KB234265

청춘靑春가를
불러요~

청춘가를 불러요

초판   1쇄 발행 _ 2005년 1월 24일
        3쇄 발행 _ 2010년 9월 24일

지은이 한창훈
펴낸이 이기섭
편집주간 김수영
기획편집 박상준 김윤정 임윤희 정회엽 이길호
마케팅 조재성 성기준 한성진
관리   김미란 장혜정

펴낸곳 한겨레출판(주)
등록   2006년 1월 4일 제313-2006-00003호
주소   121-750 서울시 마포구 공덕동 116-25 한겨레신문사 4층
전화   마케팅 6383-1602~4 기획편집 6383-1619
팩시밀리 6383-1610
홈페이지 www.hanibook.co.kr
전자우편 book@hanibook.co.kr

● 값은 표지에 있습니다.
● 파본이나 잘못된 책은 서점에서 교환하여 드립니다.

ISBN 978-89-8431-424-5 03810

한창훈 소설집

한겨레출판

차 례

바위 끝 새

불꽃놀이가 있던 밤

불꽃놀이를 하네요. 굉장히 오랜만에 보는 거예요. 내일부터 전국체전이 열린다고 하더니 그래서 저런가봐요. 우연히 팜플렛에서 봤어요. 이 도시에서는 처음 열리는 체전이라지요, 아마.

어릴 적에 살았던 곳에서도 불꽃놀이를 했어요. 바닷가 작은 도시였는데 해마다 오월이면 이순신 장군을 기념하는 행사를 했었죠. 지금도 하나 몰라요.

여러 날 동안 어른들은 가장행렬을 만들었죠. 그런 차 기억하세요? 바퀴가 세 개뿐인 트럭 말이에요. 앞이 툭 튀어나오고 그 아래 바퀴 하나가 달려 있죠. 꼭 안경 쓴 코끼리 같았는데. 기억하시는군요. 맞아요. 연탄 싣고 다니는 것도 있었고 벽돌이나 빵을 싣고 다니는 아주 작은 것도 있었죠. 지금은 어디에도 없을걸요.

목수들이 패널로 네모난 곽을 짜면 극장에서 간판 그리는 아저씨들이 며칠 동안 매달려 물고기나 문어, 미역, 꽃게 같은 것을 그려넣어요. 그걸 차에 얹었죠. 친구 작은아버지가 그런 일을 해서 몇 번 봤어요. 그리고 빈칸에 아름다운 항구, 수산업 증산, 이런 문구를 써넣었죠. 입에서 붉은 연기가 나오는 모형 거북선도 있었어요. 거북선이 지나가면 등판에서 긴 창이 자동으로 나왔다 들어갔다 했는데 나중에 알고 보니 청년들이 속에 들어앉아 손으로 작동을 하는 거였어요.

중학교 남학생들은 등불을 만들었죠. 어떤 학교는 막대에 대롱대롱 매달린 청사초롱을 만들어 들고 어떤 학교는 알파벳 에프 자처럼 만들어 세워 들었죠. 행사가 시작되면 옛날 군복 입은 군사들을 선두로 행렬을 만드는데 사이사이에 학생들이 행진을 했어요. 행진 중에 등불 창호지에 종종 불이 붙기도 해요. 그걸 보고 사람들은 낄낄거리고 웃고. 우리 여학생들은 흰 적삼 입고 줄을 맞춰 걸었어요. 임진왜란 때의 아낙들로 분장을 한 거죠. 예쁘거나 부잣집 아이들은 공주 차림으로 맨 앞에서 걸었고요.

밤이 깊어 행렬이 끝나면 학생들은 모두 공원엘 올라가요. 그것도 멋있었어요. 등불이 줄을 지어 뱀처럼 꿈틀대며 산으로 올라가는 장면을 생각해보세요. 사람들은 시내에서 그것을 올려다보죠.

정상에 올라가면 아이들은 일부러 등불을 기울여 불을 붙여요. 한순간에 홀랑 타올라 나무 막대기만 남죠. 그러면 바람 때문에 촛불은 금방 꺼지고 야간 등불 행렬은 그것으로 끝이 나요. 순식간에 주위는 어두워지죠. 그 애들은 알고 있었던 거예요. 조금 있으면 불꽃놀이가 시작된다는 것을.

그리고 문득 날카로운 휘파람 소리가 터져 나와요. 그러면 모두들 숨을 죽이며 밤하늘만 바라보죠. 그러다가 은하수가 통째로 떨어지는 것처럼 불꽃이 하늘에 생겨나요. 애들이고 어른이고 할 것 없이 환호성을 지르고. 지금 생각해보면 그게 진짜 축제였던 것 같아요. 요즘도 하겠죠? 축제가 없어지진 않으니까요.

이사 오신 지 얼마나 됐나요? 그랬군요. 그 방은 한두 달쯤 비어 있었죠. 살림하는 젊은 남자와 여자가 살았는데 여자가 집이 낡고 불편하다는 불평을 자주 하더니 석 달 정도 살다가 이사를 가더군요.

사실 이곳은 오래 살 데는 못되죠. 이런 집을 가지고 세를 놓고 사는 주인도 참 대단한 사람이에요. 제가 이사 왔을 때에도 복도에 불이 안 들어왔는데 아직도 그래요. 방은 침침하고 창문에 방충망노 없잖아요. 제가 돈을 들여 달려고 해도 안에다가 만들 수도 없고 이렇게 창밖은 아무것도 없는 허공이라 달 수도 없고. 그래서 한여름에도 닫고 살아야 해요. 간혹 밖을 볼 때만 문을 여는

데, 그쪽 창문도 방충망이 없나요? 그러니 다들 일 년씩 계약하고 오지만 몇 달 되지 않아 이사 가고 싶어하죠.

아까 저에게 말 붙였을 때 깜짝 놀랐어요. 이곳에 산 지 반년 정도 되었지만 누구와 말을 한 게 처음이거든요.

좀 우습죠? 이렇게 손바닥만 한 창을 통해 밖을 보면서 이야기를 나눈다는 게요. 밖에서 보면 우리 풍경이 웃길 거예요. 목욕탕 타일이 잔뜩 붙은 낡은 건물 3층의 좁은 창문에 얼굴을 대고 밖을 바라보고 있는 풍경이요. 마치 감옥 속 수인들처럼요. 그래요, 감옥처럼.

어머, 또 올라가요. 마치 거대한 동물이 죽어 생기는 혼불 같아요. 어떻게 저렇게 허공에다가 쉼표 같은 것을 만들 수가 있죠? 그 축제에서는 우산살처럼 퍼지는 것뿐이었는데 요즘은 모양도 참 많군요. 소리도 크고.

저요? 어떤 사람을 간병하고 있어요. 아니요, 가족이 아니에요. 그러니까 간병인이죠. 생사를 넘나드는 중환자예요. 나이는 많지 않은데 병이 깊어 혼자서는 아무것도 못하는 사람이에요. 맞아요. 암이에요. 그것도 말기. 오래 견디기 힘들 것이라고 했는데 제가 간병한 지 벌써 육 개월째예요. 정신력이라고 해야 할까, 집착이라고 해야 할까, 여하튼 뼈만 남은 모습인데도 어떤 기운이 있어요. 그것으로 버티는 듯해요.

하지만 의사는 가망이 전혀 없다고 해요. …… 그쪽 분은 무슨 일 하시죠? 말하기 싫으시면 안 해도 돼요. 아, 소설가시군요.

여러 날 뒤 비가 내리는 밤

거기 계신다는 것은 담배연기 보고 알았어요. 아뇨, 빗줄기 때문에 담배연기밖에 안 보이던걸요. 그때 나가서 이제 들어온 거예요. 일주일 되었죠? 일주일에 한 번씩 쉬는 날이 있어요. 오늘이 그날이에요. 그래서 집을 비워두다시피 하죠. 예, 제가 간병하는 사람의 누이가 오는 날이에요. 하지만 전화가 오면 다시 가야 해요. 그 누이라는 사람이 바쁘대요.

하는 일은 특별한 게 없어요. 종일 환자 곁에 붙어 있는 게 일이에요. 이상이 없나 살펴보고 옷 갈아입혀주고, 눈뜨면 말 걸어보고, 잘 먹지는 못하지만 때 되면 밥이랑 약 먹여주고, 전화 오면 받고, 통증이 심하면 간호사 불러 모르핀 맞게 하고 뭐 그런 것이죠.

긴장 때문에 자주 깨서 그렇지 밤에는 짬짬이 잘 만큼 자요. 환자 증세가 심하기는 하지만 까다로운 사람이 아니라서 아주 고되지는 않으니까 견딜 만한 거죠. 옆 병실에 친해진 아주머니가 있는데 그분은 할아버지를 간병해요. 같은 암 말기인데 까탈이 심하다고 날마다 와서 투덜거리죠. 이래라저래라, 조금만 얼굴 안 보여도 돈 받고 어디 가서 놀다오느냐, 잔소리 때문에 죽겠다고 당장 그만둔다고 해요. 그렇지만 그만둘 마음이 전혀 없다는 것을 전 알아요. 아뇨. 간병인은 처음이에요. 글쎄, 뭐라고 설명을 해야 하나. 그냥, 순식간에 시작한 일이에요. 충동적으로.

아뇨, 담배 피울 줄 몰라요. 할 줄 아는 게 별로 없어요. 술도 잘 못 마시는걸요. 뭐하고 계셨어요? 어머, 제가 방해한 거 아니에요? 그렇다면 다행이고요. 작가들은 글이 잘 안 풀리면 어떻게 하나요? 설마. 말씀을 참 재미있게 하시는군요. 무엇을 쓰는 중인데 머리카락을 쥐어뜯기까지 하나요?

단편…… 단편을 쓰시는군요.

소설요? 예전에 많이 읽었어요. 기억에 남는 것도 여러 개 있고요. 『삼포 가는 길』이라고 있잖아요? 황석영의. 예, 그거요. 거기에 백화란 여자가 나오죠? 남자들 이름은 잊어버렸는데 그 여자 이름은 잊혀지지가 않아요. 아, 맞다. 정(鄭)과 영달. 새 공사판을 찾아 눈 그친 길을 두 남자가 걸어가면서 이야기가 시작되잖아요?

전 그런 생각을 해요. 기차역에 두 사내를 남겨두고 백화가 기차를 타면서 끝나는데 그러면 그 다음은 어떻게 될까, 백화는 지금쯤 어디에서 무엇을 하고 살까, 그런 생각을요. 백화란 이름을 버리고 점례로 다시 살아갈까? 아니면 백화로 돌아오고 말까. 점례로 산다면 누구랑 결혼을 하고 어떤 아이를 낳았을까. 남편이 그의 과거를 알게 되었다면 어떻게 될까. 혹시 영달과 다시 만나서 살지는 않을까. 소설에서 영달이 다리를 삔 백화를 업고 가는 장면이 있잖아요. 그게 훗날 두 사람이 같이 살게 된다는 소리는 아닐까요? 그렇지 않고 다시 집을 나와 백화로 산다면 어디에서 어떤 모습으로 살까. 나이가 들어서도 군부대 있는 곳에서 술을 팔고 몸을 팔고 있을까.

이렇게 서로 얼굴도 모르고 이야기를 하니까 마음이 편하네요. 책을 열심히 읽던 시절이 있었어요. 어떤 사람 때문이었는데⋯⋯ 『난장이가 쏘아 올린 작은 공』과『파업전야』도 읽었고『쇳물처럼』, 그리고『포도나무집 풍경』, 하여간 그 사람이 읽으라는 것은 거의 다 읽었어요. 막심 고리키의『어머니』와 잭 런던의『강철군화』도 읽었으니까요. 딱딱한 사화과학 책보다는 소설이 더 좋았어요.

비가 좀처럼 그칠 것 같지 않네요. 제 손목은 이미 다 젖었어요. 비가 너무 들이쳐요. 요 위에 비막이가 있으면 좋겠어요. 전국체전은 아직 안 끝났다고 하던데 이렇게 비가 와서 괜찮을지 몰라요.

혹시 〈새〉라는 노래를 아시나요? 저어 청한 하늘 저 흰 구름, 이렇게 시작하는 건데. 아니요, 노래도 잘 못 불러요. 그게 어떤 유명한 시인의 시라고 했던 기억이 나요. 혹시 아세요? 맞아요. 김지하. 김지하 시인이 감옥에 갇혀 있을 때 지은 시에 곡을 붙인 거라고 들었어요. 소설가라서 역시 잘 아시네요. 그 노래 한번 불러주실래요?

갑자기 듣고 싶어요. 302호 분과 이러고 있으니 마치 우리가 감옥에 갇혀 있는 것 같아서요. 감옥에는 통방이라는 것이 있잖아요. 서로 얼굴도 모른 채 모든 이야기를 다 나눈다잖아요. 지금 우리처럼. 부탁이에요. 알고 계신다면 그 노래 한번 불러주세요.

왜 나를 울리나. 맞아요. 밤새워 물어뜯어도 닳지 않을 마지막 살의 그리움. 그래요, 가사가 그랬어요. 피만 흐르네, 더운 여름날 썩은 피만 흐르네, 함께 답새라 아 끝없는 새하얀 사슬 소리가……..

미안해요. 나도 모르게 따라 부르고 말았어요. 그리고 노래를 불러줘서 고마워요. 글쎄요. 잘 알던 노래였지요. 그 노래를 날마다 부르던 때가 있었거든요. 제가 감옥에 있지는 않았어요. 그 사람이 감옥에 있었어요.

아뇨. 비를 보고 있어요. 방충망도, 커튼도 없는 창에 비가 오니까 마치 무슨 주렴(珠簾) 같아요. 그래서 모든 게 저 너머에 있는 것 같아요. 한 발자국 뒤로 물러나서 잘 봐보세요. 자동차 불빛이 반사가 되어 마치 작은 구슬이 쏟아지고 있는 것 같잖아요.

…… 지난봄이었어요. 제가 아는 언니 하나가 이 도시 대학병원에 입원을 한 적이 있었어요. 소식을 듣고 병문안을 왔었죠. 큰 병은 아니었어요. 자궁에 물혹이 생겨 제거하는 수술을 받았더군요. 그 언니, 예전에 공장에서 만났었는데, 그때 노조운동 하던 형부랑 만나 지금도 씩씩하게 잘 살아요. 지금은 자리가 잡혔어요. 아이도 둘 낳아 잘 크고 그 형부는 노조 임원으로 활동하고 있고요.

오랜만에 만났으니까 한참 수다를 떨었죠. 수다를 떨고 있는데 옆 침대에 새 환자가 실려 들어오더군요. 한눈에 보아도 병색이 완연했지요. 사람들은 무심하게 바라보는데, 저는 가슴이 쿵 내려 앉았어요. 그 사람이다, 생각했죠. 그 사람. 이렇게 만나는구나. 언젠가 한 번은 볼 수는 있겠지 했는데, 하필 병원에서, 이런 모습 으로 만나는구나 싶었죠.

그러나 착각이었어요. 닮았던 거죠. 간호사가 침대에 매달아놓 은 이름표를 보니 나이도 몇 살 차이가 나고 이름도 다르지 뭐예 요. 전혀 다른 사람이었던 거지요. 아주 오랫동안 만나지 못한 사 람을, 그것도 암 말기가 되어 만난다면 얼굴이 좀 변해 있을 수도 있지 않겠나, 아마 순간 그렇게 생각했나봐요.

병을 숨기고 제 마음대로 생활을 하다가 쓰러진 다음에야 병원 을 찾게 되었다고 누이가 말하더군요. 그리고는 간호사에게 간병 인을 한 명 알아봐달라고 하더라구요. 왜 그랬을까요. 저도 모르 게 내가 하겠다고 나섰어요. 그래야 할 것 같았어요. 다른 사람에 게 맡겨둘 수는 없다는 생각만 자꾸 들었어요. 왜 그랬는지 저도 몰라요.

전 자청을 했어요. 경험이 있냐고 묻더군요. 있다고 거짓말을 했지요. 아무것도 모르는 그 언니는 나이 들더니 영악해졌다고 귓 속말을 하고는 웃더군요, 훗. 그때부터 간병인을 했어요. 그게 육 개월째예요. 물론 돈은 받아요.

처음에는 이 사람이 그 사람이라고 생각하는 자신을 자꾸 발견 하게 됐어요. 어느 날 아침 문득 정신이 좀 돌아왔을 때 여기가 어

던가를 묻고 그러다가 저를 알아보고…… 그런 상상을 종종 했었
죠. 그럼 전 어디에서 무엇을 하고 있었는지 묻고도 싶었고. 묻고
싶은 게 많았어요. 하지만 지금은 아니에요.

　그 사람은 그 사람이고 이 사람은 이 사람이죠. 한 사람은 어디
에서 무엇을 하는지 모르고, 한 사람은 죽음을 기다리고 있는. 당
연히 그 둘 사이에는 어떤 연관도 없어요. 그런 상상을 하다보면
환자에게 정말 미안해져요. 아픈 사람 두고 이게 무슨 짓인가 싶
어 부끄럽고요. 철사처럼 가늘게 구부러지는 손이나 동굴처럼 꺼
진 눈을 보면 정말 안됐어요. 갓 사십 넘었다면 한창 무언가를 할
때인데요.

여러 날 뒤 별이 뜨던 밤

　술 드셨군요. 작가들은 술을 잘 마신다죠? 얼마나 드셨어요? 올
라오는 발자국 소리 듣고 취하셨다는 걸 알았지요. 삼층 올라오다
천장에 머리라도 부딪힐 것 같았는데 잘 올라오신 모양이네요. 키
가 작으시나요? 아, 예. 전 작지도 크지도 않아요. 그냥 평범해요.

　안 주무세요? 저요? 그냥, 아까부터 이러고 있었어요. 오자마
자 빨래만 하고 푹 자려고 했는데 막상 와보니 말짱해져버렸어요.
지난 한 주일 동안은 비가 자주 왔잖아요. 그래서 그런지 오늘은
별이 참 맑게 떴어요. 마치 그때 불꽃놀이에서 남았던 불씨들이

올라가 박힌 것 같아요.

새를 생각하고 있었죠. 아뇨, 노래 말고요. 그냥 새요. 저에겐 사진 한 장이 있거든요. 오래전에 찍은 것인데, 그 사람하고 단 둘이 찍은 유일한 사진이에요. 남아 있는 것은 그거 하나뿐이죠. 서해안 안면도 바닷가에서 찍은 거예요.

십 년도 넘었어요. 저는 그때 대전 대화공단에 있었어요.

그 바닷가 항구에서 중학교를 졸업하고 아는 사람 소개로 산업체 부설 고등학교를 다녔어요. 아마 그런 고등학교는 우리가 마지막 세대일 거예요. 무작정 올라왔죠. 하루라도 빨리 그 항구를 떠나 돈을 벌고 싶기도 했으니까요.

졸업하고도 그 회사를 다녔어요. 방직회사였죠. 아시죠? 실 만드는. 그래요. 버릇이나 숙제처럼 그 회사에서 일했어요. 오래 다녔죠. 그런데 회사가 문을 닫았어요. 사실은 거짓으로 그랬던 거예요. 노동운동이 한참 활발하게 일어나던 때였으니까요. 잘 아시는군요.

경비도 줄이고 노동운동의 싹도 자르고 할 겸 고참들을 내보내려던 거였죠. 열일곱에 들어왔는데 어느새 그곳에서 고참이 되어 있었지 뭐예요. 전 동료들과 같이 쫓겨났어요. 그 물혹 수술 받았던 언니가 여기저기 뛰어다녔죠. 저는 그 언니 뒤를 따라다니고. 뭐, 잘 아시고 계시니 그런 걸 소상하게 말할 필요는 없겠죠. 거기 노조가 어용이었거든요. 우리는 복직에 실패했고 결국 뿔뿔이 흩어졌어요.

그때 들어갔던 곳이 용역회사예요. 제가 번듯한 대학교라도, 아니 인문계 고등학교라도 나왔으면 조금이라도 달라졌겠죠.

용역회사를 통해 대화공단 안에 배터리 만드는 공장엘 들어갔어요. 아시죠? 자동차에 쓰이는 그 배터리요. 1년 단위로 계약을 맺어 취업을 한 것인데요. 용역회사 직원으로 몇 군데 공장을 다녔지만 그곳이 기억에 남는 이유는 두 가지예요. 용역 직원으로 가장 오랫동안 근무했었고 그곳에서 그를 처음 만났기 때문이죠.

전 그곳에서 완제품 상품에 상표를 붙여 팔레트에 쌓는 일을 했어요. 제가 맡은 생산 라인은 모두 두 군데였어요. 두 라인에서 만들어지는 배터리는 금방금방 쌓이는데 좌, 우, 위에 각각 상표를 반듯하게 붙이고 서로 엇갈려가며 쌓으려면 아주 정신이 없어요.

그곳은 마치 이차 대전 때 전쟁 물자를 만드는 무슨 공장 같았어요. 이해하시겠죠? 오늘 이것을 만들어 전선에 내보내지 못하면 내일 당장 적군의 포탄이 이곳에 떨어지는 것처럼 말이죠. 폭탄이나 총알 같은, 하여간 많이 있을수록 싸움에 유리한 그런 물건을 만들어내는 곳 같았죠.

플라스틱 통을 용접불을 쏘아 넓힌 다음 납판을 넣어 고정시키고 황산을 붓고 뚜껑을 닫고 용접을 하면 그 다음 저에게로 와요. 한순간이라도 딴 짓을 하면 금방 일이 밀리기 때문에 딴생각할 틈이 없죠. 그곳은 늘 플라스틱 연기와 황산 수증기로 동네 목욕탕처럼 흐렸어요. 뉴스의 전쟁 장면에 나오는 방독면 같은 마스크를 쓰고 날마다 속 천을 빨아 새로 대지만 반나절 만에 목이 아파요.

어느 날 그 사람이 나왔어요. 용역회사 실장이 데리고 왔었죠. 속 괜찮으세요? 힘드시면 그만 주무세요. 그래요? 제 이야기가 재미있다는 사람은 처음이에요.

한눈에 봐도 그런 험한 일과는 거리가 멀게 생겼었어요. 손이 참 매끄럽고 곱게 생겼었거든요. 눈에 총기가 있어 어딘지 귀족 같은 느낌을 풍기는 그런 사람 있잖아요. 팔목도 가늘고. 그렇다 고 그게 무슨 큰 특징은 아니었어요. 어떻게 보면 평범했죠.

그가 맡은 일은 여덟 개 라인에서 나온 완제품 쌓아둔 팔레트 있 잖아요, 그걸 입고장까지 옮기는 일이었어요. 볼 만했어요. 팔레 트 실린 대차를 끈다는 게 안 해본 사람은 참 어렵거든요. 리어카 끄는 것과는 완전히 달라요. 땀을 뻘뻘 흘리며 안절부절못하는 모 습이 참 안쓰러웠죠.

오 단 높이로 쌓은 배터리를 끌고 비틀배틀 힘들게 가면 금방이 라도 쓰러질 듯해 제 작업이 밀리는 것도 그냥 두고 쫓아가서 도와 주곤 했죠. 그건 어떻게 설명 못해요.

우리 때문에 라인이 멈춰 서기도 했어요. 본사 직원들은 용역회 사 직원들한테 함부로 말 못해요. 대신 우리를 담당하는 부장이 있었죠. 그 사람은 장교 출신이에요. 아주 깐깐한 사람이었어요. 그날 작업 마치고 미팅 시간에 부장한테 된통 깨졌죠. 그 사람은 혹독하게 신고식을 치른 것인데, 전 둘이 같이 싸잡아 당하고 있는 게 나쁘지만은 않았어요. 퇴근하는데 저에게 와서 자기 때문에 괜히 혼났다고 미안하다며 사과를 하더군요. 전 괜찮다고 웃었지만 그 사람은 잘 웃지 않았죠. 같이 좀 웃었으면 좋았을걸.

그래도 하루 이틀 만에 슬그머니 사라지는 사람들에 비하면 제법 강단이 있는 사람이었어요. 일을 따라가지 못해 쩔쩔매다가 며칠 지나자 서서히 요령이 생기기 시작하더군요.

저건 인공위성이죠? 정말 별 같아요. 예전에 저게 별이다, 아니다, 하면서 친구랑 내기까지 했었는데.

시간이 좀 지나 서로 친해지자 그 사람은 책읽기 모임을 만들었어요. 저도 들어갔지요. 처음에는 소설을 읽고 노동과 경제에 관한 책도 몇 권 읽었어요. 그러니까 그 사람은 노동운동 하러 들어온 사람이었던 거예요. 용역회사 직원들처럼 비정규직의 노조 설립이 그 사람 목표라고 나중에 들었지요.

엠티를 도시락을 싸가지고 바닷가로 딱 한 번 갔어요. 술도 마시고 게임도 하고 노래도 부르고 했지요. 돌아오기 직전 단체사진을 찍었어요. 전 그 사람에게 같이 하나 찍자고 했어요. 사람들은 환호성을 질러 놀리고. 그래도 남아 있는 게 그 사진이에요.

지금 제 손에 있어요. 죽어버린 굴 딱지가 하얗게 붙어 있는 바위에 촌스럽게 생긴 처녀가 모자를 쓰고 있고 마른 사내는 약간 어색하게 웃고 있어요. 그런데 말이죠. 그 사람이 생각날 때마다 사진을 들여다보았는데, 나중에 우연히 발견한 게 있어요. 새예요.

울퉁불퉁 솟구치다가 점점 바닥으로 가라앉은 바위 끝에 물새 한 마리가 서 있었던 거예요. 너무 작아서 처음에는 못 봤어요. 노란색이 약간 섞인 자그마한 물새인데 이름은 몰라요. 우리 둘은 이쪽을 바라보고 있고 그 새는 바다 저쪽을 바라보고 있어요.

그 새를 생각하고 있었어요. 그 바위 끝에 서 있는 새가 노래 속의 그 새인지 어떤지는 잘 모르겠어요. 단지 제 기억으로 그 물새는 마치 고무줄놀이이나 줄넘기를 하듯, 바위를 총총 뛰어다녔거든요. 그러다가 바위 끝에 서 있는 거예요. 이제 더 이상 뛸 수가 없죠. 움직이려면 날아야 하니까.

새가 바라보는 것은 어디일까요. 바다겠죠? 그러면 너무 크고 넓어 차마 이륙하지 못하고 있는 걸까요?

오늘은 담배를 많이 피우시네요. 아니요, 연기 안 와요. 이 동네는 밤엔 참 조용해요. 병원은 이래저래 시끄러울 수밖에 없는 곳인데 여기는 시내 가까운 곳인데도 정말 조용해요. 간혹 차 지나가는 것 말고는 아무 소리도 나지 않잖아요. 옆에 시장이 있어서 그런가봐요.

그는 오래지 않아 회사를 떠났어요. 지명수배가 내렸다는 소문이 있었죠. 회사도 발칵 뒤집어졌고요. 원래 용역회사는 오는 사람 안 막고 가는 사람 안 붙드는 곳인데 그때부터 거기도 신입사원 신상검열을 하기 시작했어요. 실장이 워낙 설쳐대서 모임도 흐지

부지됐고요.

두 달쯤 지났을 거예요. 잔업이 없던 날이라 시내엘 나갔죠. 친구랑 만났는데 친구가 일찍 들어가버렸어요. 전 오랜만에 좀 걷기로 마음먹었죠. 그 도시의 역 앞에서 제 방이 있던 공단 쪽으로 가다보면 초등학교가 하나 나와요. 고가도로 맞은편에. 거기를 지나가는데 학교 담 옆에 그 사람이 서 있었어요.

전 한눈에 알아봤죠. 느낌으로요. 그사이 머리카락은 더 길고 얼굴이 까칠해졌더군요. 전 섰어요. 그는 불안한 모습으로 이쪽저쪽을 살피다가 저를 발견했고요.

알아보더라구요. 어떻게 된 거냐고 묻자 아는 사람을 만나기로 했는데 제시간에 나타나지 않아 이제 어딘가로 가야 한다고 하더군요. 갈 곳이 있냐고 물었고 그는 아무 대답을 하지 못했죠.

전 무작정 그 사람을 택시에 태웠어요. 수배자를 도우면 곤란해진다는 것쯤은 저도 알았죠. 하지만 아무 생각도 안 났어요. 제 방으로 데리고 들어갔죠. 그는 순순히 따라왔어요.

다음 날 저는 회사를 결근하고 새로운 방을 찾았어요. 공단에서 멀리 떨어진 곳에 방을 얻고 오후에 벼락치기로 이사를 했어요. 주소는 옮기지 않구요. 재개발 계획이 잡혀 있던 곳이었는데요. 마당에 키 낮은 감나무가 한 그루 있는 집이었어요. 연달아 방문이 네 개 붙어 있었고요. 문을 열면 벽에 수도꼭지가 붙어 있는, 쪼그리고 앉아 밥을 지어야 하는 부엌이 있고 좁은 방이 하나 딸려 있는 곳이었죠. 그곳에서 그 사람과 스무하루를 같이 살았어요.

그래요. 그 사람하고 딱 스무하루를 살았어요. 전 출근하면서 그 사람의 부탁대로 바깥에서 문을 잠갔어요. 그러면 그는 아무 소리 내지 않고 누워 있었죠. 컴컴했지만 불도 켜지 않고 소변은 슬그머니 기어 나가 부엌 수채 구멍에 여자처럼 쪼그리고 앉아 보고요.

장사익 노래 중에 그런 게 있잖아요. 문을 걸어 잠그고 돈벌이 나간 부모가 집에 돌아와보면 하루 종일 방 안에 갇혀 있던 아이들이 강아지처럼 기어 나오고 그걸 지켜보고 있노라면 출렁 가슴이 채워진다는 노래. 예, 맞아요. 그 노래. 꼭 그랬어요. 밤늦어 서둘러 돌아와보면 컴컴한 방에서 부스스 몸을 일으키는데 그 모습을 보고 있는 제 마음이 그랬어요.

뭐하며 지냈어요? 심심하지 않았어요? 밥은 좀 드셨나요? 그러나 그 사람은 핏발이 날카롭게 선 눈으로 바깥만 노려보았죠. 안심하세요, 아무도 안 따라왔어요.

사실 저도 공장에 있는 동안에는 그 사람 걱정에 마음을 졸이고 퇴근 시간이 되면 혹시 형사라도 미행하지 않나 싶어 몸이 오그라붙었죠. 수상한 사람이라도 따라온다 싶으면 일부러 택시를 타고 멀리 가서 거기에서 버스를 타고 다른 곳에 갔다가 다시 돌아오곤 했어요. 저는 계속 속삭였어요. 잠은 좀 주무셨나요? 배고프죠? 얼른 밥을 지을게요. 이제 불 켜도 돼요.

그는 신경이 면도날처럼 예민했죠. 깊은 밤 주인 할머니가 화장실 문 여는 소리만 들려도 화다닥 깨어나곤 했지요. 그래도, 그 사람이 어디 안 가버리고 제 방에 있다는 것이 그렇게 좋았어요. 이유야 어쨌든 나를 기다리는 사람이 있다는 것. 그 사람이 방에서 무얼 했겠어요. 종일 누워서 나만 기다린 거지요.

아무 이상 없다는 것이 확인되면 그 사람은 그제야 얼굴이 밝아졌지요. 전 행복했어요. 그동안 한 번도 행복한 적이 없었다는 것을 그때 알았으니까요. 부식가게에서 사온 것으로 대충 저녁을 지어 먹고 우리는 라디오를 켜놓고 책을 보았어요. 말을 해서는 안 되거든요. 그는 그곳에 없는 사람이었으니까요. 귓속말을 하거나 수화(手話)처럼 손짓으로 했어요. 입을 다물기에는 독서처럼 좋은 게 없잖아요.

그는 밤이 깊어도 잠이 들지 못했지만 저는 자꾸만 쏟아지는 잠이 괴로웠어요. 잠들지 말자. 자면 안 돼. 지금이 얼마나 행복한 시간인데. 이 사람을 두고 나만 잠들 수 없어. 정신을 차려. 아무리 마음을 먹어도 순간 정신 들어보면 저도 모르게 잠이 들어 있었던 거예요. 그는 어느새 옷을 입고 있었죠. 양말까지 다 신고. 여차하면 도망칠 준비를 한 거죠. 제 옷까지 다 입혀 놓았으니까요.

쓰신다는 단편은 다 쓰셨나요? 아직도 그런 상태시군요. 단편 하나 쓰는데 얼마나 걸리나요? 그렇군요. 읽어보면 한순간에 쓴 것 같은데. 힘드시겠어요. 하지만 읽는 사람은 또 달라요. 작가가 한 달 걸려 쓴다면 어떤 사람은 그 소설 때문에 수십 배는 오랜 시간 같은 생각을 하게 되기도 하지요.

그래요 단편. 그때도 그런 생각을 했어요. 백화는 집에 잘 갔을까. 집에 가서 어떻게 말했을까. 대처에 나가 지금까지 열심히 돈 벌었는데 그만 도둑을 맞고 말았어요, 이렇게 대답을 했을까. 그 소설에서 백화가 돈이 없어 영달이 차표를 끊어주잖아요. 아니면 어떤 남자를 알았는데 멀리 외국으로 돈 벌러 나갔어요, 제가 벌었던 돈은 그 사람 외국 나가는 경비로 썼어요, 삼 년만 기다리면 큰돈을 벌어가지고 올 거예요, 이렇게 말했을까요?

내가 만약 고향으로 돌아간다면 어떤 모습일까. 이 사람과 같이 간다면. 엄마, 제 남자예요. 인사 받으세요. 인사드려요. 우리 엄마예요. 살아 계셨다면 아버지도 기뻐하셨을 텐데.

그랬죠. 형사에게 쫓기는 사람을 두고 그런 생각을 했던 거죠. 하지만 어쩌겠어요. 그런 생각이 드는걸.

하루는 돈을 좀 달라고 하더군요. 중요한 약속이 있다고 했어요. 아무 말 없이 돈을 주었어요. 보내야 했죠. 노동운동을 하던 사람이었으니까요. 조직이 있고 동료들이 있고 지켜야 할 원칙들이 있잖아요. 제가 사랑 타령을 하며 붙잡을 수는 없었죠. 언제 올 거냐, 돌아올 거냐, 묻지도 않았죠. 택시에 태워 데리고 오면서 언제쯤 갈 거냐고 묻지 않은 것처럼요. 그는 꼭 스무이틀 만에 외출을 했어요. 그리고 돌아오지 않았죠.

사흘 뒤에 형사들이 찾아왔어요. 그 사람이 잡혔고 제 방을 불었대요. 형사들은 아마 제 방이 무슨 큰일을 준비하는 곳인 줄 알았나봐요. 함부로 뒤지더군요. 그가 시킨 대로 꼬투리 잡힐 만한 책들은 버리거나 남에게 준 뒤였으니 뭐가 나오겠어요. 비키니 옷장을 넘어뜨려 뒤지다가 옷가지밖에 없자 장판까지 다 걷어보더군요. 이러지 마세요. 형사 하나가 뺨을 때리더군요. 전 입을 다물었어요. 그리고 보안과로 끌려갔어요. 사흘인가 나흘 동안 잡혀 있었죠. 파란색 벽지로만 되어 있던 방에서요.

한참이나 그 파란 방에서 떨고 있는데 어떤 놈이 들어와서는 검사한다고 옷을 벗기더군요. 전 발악을 했지만 힘으로 어떻게 그들을 이겨내겠어요. 그놈은 옷을 다 벗기고 팔을 뒤로 꺾어 저를 쓰러뜨렸어요. 그리고 제 그곳에 손가락을 집어넣었어요. 이런 년들은 이런 곳에 무엇을 숨겨놓기도 한다니까. 전 혀를 깨물려고 했어요. 이년, 그 새끼하고 밤마다 빠구리 쳤구나. 옴찔거리는 것 보니까.

…… 아마 제 눈에서는 눈물 대신 피가 흘렀을 테지요. 그랬죠. 눈물 따위는 아무것도 아니었어요. 무섭고 치욕스러워 내 영혼에서 피가 흘러내렸어요.

그리고 취조를 당했어요. 잠을 한숨도 안 재우더군요. 그 사람의 동료들을 불라고 했어요. 전 아무것도 모른다고 대답했어요. 사실 노동운동 하다가 어떤 사건에 연루되어 수배자 명단에 올랐다는 것 외에는 아무것도 몰랐으니까요. 더한 고문을 당한다 하더라도 모르는 것을 어떻게 말할 수 있겠어요.

아무리 괴롭혀도 나오는 게 없자 그들은 백지에 지문을 억지로 찍고는 풀어줬어요. 대학 출신 하나 물어보려고 몸과 잠자리를 제공한 공순이년. 이게 제 죄목이었죠. 바깥세상은 하나도 변하지 않고 그대로더군요.

그는 누구였을까요. 전 그게 더 큰 고통이었어요. 그 사람과 스무하루를 사는 동안의 행복 때문에 그동안 단 하루도 행복하지 않았다는 것을 알게 된 것처럼 그가 사라지고 나자 그에 대해 알고 있는 게 하나도 없다는 것을 깨달았죠. 어디 출신이고, 어디에 집이 있고, 부모는 어떤 분이고, 형제들은 누가 있고, 어떤 대학을 나왔으며…… . 전 아무것도 알지 못했어요.

그는 오지 않았어요. 집행유예로 풀려났다는 것만 풍문처럼 들었죠. 전 회사에서도 쫓겨났지만 그 집에서 주인의 눈초리를 견디며 사 년을 살았어요. 그리고 시간이 지나 지금에 이른 거지요. 세월이 우리에게 약속하는 것은 이것 하나인 것 같아요. 흘러가겠다는 것.

여러 날 뒤 새벽이 가까운 밤

예, 지금 오는 중이에요. 뭐하고 계셨어요? 저를요? 아니, 언제

올 줄 알고 그러셨어요? 어쨌든 절 기다려주셨다니 고마워요. 하지만 괜한 짓을 하셨어요. 감사할 기분이 아니거든요.

그 사람이 죽었어요.

예. 제가 간병하던 환자. 어젯밤 아홉시 이십칠분에. 그때 아침에 가보았더니 혼수상태에 빠져 있더군요. 담당 의사 말로는 당장 밤을 넘기기 힘들다고 했는데 그런 상태로 5일이나 버텼어요. 눈도 못 뜨고 그저 심장만 움직일 뿐인 상태에서 5일이나 견딘 거지요. 이야기를 듣지 못해 무엇 때문에 그 고통스러운 시간을 버티는가는 알지 못했지만, 이제 그 사람은 평안한 상태가 되었어요.

말씀 안 드렸는데 말기 암 환자들의 투병을 보고 있자면 너무 혹독해서 아예 눈물도 안 나요. 몸서리쳐진다는 말 있죠? 얼마나 힘들고 끔찍한지 당사자보다는 보고 있는 사람한테 그런 기분이 들어요. 저 사람이 나와 같은 인간인가, 저 존재가 예전에는 지금의 나처럼 말하고 밥 먹고 화장실 가고 사랑하고 이별하고 화내고 사과하고 그런 사람이었나 싶죠. 몸이라는 게 참 무섭죠?

그가 숨을 거둘 때 나 혼자 있었어요. 혼수상태에서 잠깐 깨어 저를 바라보더군요. 떴다, 라기보다는 감았다고 하는 게 훨씬 어울릴 그런 눈으로요. 무슨 말을 하려고 했어요. 뭐라고요? 전 물었죠. 그러나 그대로 다시 혼수상태에 빠져들더군요.

그동안 위기가 여러 번 있었죠. 심장 박동수가 뚝 떨어지고 의식을 잃고, 그러다가 살아나곤 했거든요. 그런데 어제는 제가 직감적으로 알았어요. 이제 가는구나. 다른 때라면 간호사를 불렀을 거예요. 하지만 그러지 않았어요. 손을 잡았죠. 뼈와 껍질만 남은 그 손을요.

오래도록 그 사람 간병을 했는데 그렇게 손을 잡기는 처음이었어요. 늘 일으켜 앉히고 주무르고 했었는데 말이에요. 그리고 숨을 거뒀어요. 그 사람은 냉동실로 갔어요. 몇 달 동안 그 사람이 있었던 침대만 덩그라니 남았죠. 모든 게 꿈같았어요. 단지 그 사람 몸에서 흘러나온 체액 몇 방울만 시트에 무늬를 그리고 있었죠.

전화를 하자 누이가 와서 울더군요. 전 멍하니 서 있었어요. 빈소가 꾸려지자 내려가서 영정 사진을 봤어요. 아프기 전 모습이었겠죠. 흰 셔츠를 입고 환하게 웃고 있더군요. 단단한 눈매가 인상적이었는데 의외로 그 사람하고는 닮지 않았어요. 억지로 꿰맞추자면 눈썹이 가지런하다거나 뭐 그런 것이 비슷하기는 했는데…….

육 개월 넘게 그 사람과 지낸 것이죠. 제가 왜 충동적으로 그 사람 간병인이 되었을까요. 아무런 인연도 없었는데. 처음 보았을 때 그 사람과 비슷해서 그랬다고 했지만 어쩐지 제가 좀 바보 같죠.

담배를 배워둘걸 그랬죠? 이런 날은 담배를 하나 피우고 싶기도 한데. 아뇨, 저 대신 피우세요. 이제 새벽이 되는가봐요. 저쪽 하늘이 조금 붉어지는 것 같아요.

빈소에 있었어요. 집안이 한산한가봐요. 누이의 일행과 몇몇 친구들이 찾아온 게 다였으니 조용했죠. 누이는 날짜를 쳐서 남은 계산을 해주며 이제 그만 가보라고 했지만 차마 일어서서 오지 못하겠더군요. 일도 좀 돕고 싶었고 마지막 인사 정도는 해야 했지요.

제가 그 사람을 못 잊어하고 심지어는 닮았다는 이유 하나 때문에 충동적으로 간병했던 게 무엇인가를 생각했어요. 아, 이유는 단 하나였어요. 정상적으로 헤어지지를 못했던 것이죠. 그만 안녕. 이제 그만 만나. 이렇게 이별을 했더라면 훨씬 일찍 마음을 정리했을 거예요. 제가 그 사람에게 지금껏 잡혀 있었던 이유가 그것이더군요.

단 한 번만 그 사람이 찾아와서 스무하루 동안 있었던 일은 잊자고 말했어도 전 고개를 끄덕거렸을 거예요. 그 사람은 시작이 없었으니 끝도 없는 것이겠지만 전 시작을 했었거든요. 그래서 끝이 필요했어요. 끝이. 그래야 그 다음 시작을 할 거 아니겠어요.

저 청한 하늘, 저 흰 구름.

그 노래가 자꾸 떠올랐어요.

낮이 밝을수록 어두워가는 암흑 속의 별 밭. 청한 하늘 푸르른 저 산맥 넘어 멀리 떠나가는 새. 왜 날 울리나 눈부신 햇살 새하얀 저 구름. 죽어 너 되는 날의 아득함 아 묶인 이 가슴.

그 사람이 감옥에 있는 동안 그 노래를 혼자서 불렀어요. 이야기했었죠? 푸른 수의를 입고 감옥에 갇혀 있는 모습이 떠올라 무엇 하나도 손에 잡히지 않았죠.

고통을 이기는 가장 좋은 방법은 고통 속으로 완벽하게 들어가 버리는 것이라고 어느 책에서 읽었죠. 그래서 그 사람이 그리울 때마다 사진을 들여다보며 그 노래를 불렀어요. 그때 그 새를 발견한 거죠. 갯바위 끝에서 먼바다를 향해 서 있는 새 말이에요. 아, 이 사람은 얼마나 새의 자유가 그리울까. 얼마나 끔찍하게 산맥을 넘고 싶고 바다를 건너고 싶을까.

그런데 오늘 새벽 그 한산한 빈소에서 생각해보니 묶여 있는 가슴은 그 사람이 아니고 저였어요. 새가 부러운 이는 바로 저였던 거죠. 날고 싶어도 날 수가 없는. 시작만 있고 끝이 없는.

끝. 그게 필요했어요. 소설을 쓸 때 어떤 생각으로 끝, 자를 쓰나요. 끝, 자를 쓰면 정말 모든 게 끝나나요? 『삼포 가는 길』에서도 그랬고 『난장이가 쏘아 올린 작은 공』에서도 그랬어요. 끝, 다음에는 아무것도 없었어요.

사는 게 단편처럼 끝이 있는 것이면 얼마나 좋을까요. 예를 들어, 그때 그 사람 처음 만나는 데서 시작해서 그 사람이 구속되는 때까지 내가 존재하다가 끝, 이렇게 마무리가 되었으면 얼마나 좋았을까요.

그런데 그렇지가 못해요. 백화처럼 그렇게 살다가 도망을 치고 길에서 두 사내를 만나고 발목을 삐고 영달의 등에 업히고 시루떡을 사 먹고 그러다가 기차를 타는 것으로 마무리가 되면 좋겠는데, 자꾸 제 생각에는 그 이후의 백화를 생각하고 있었던 거죠. 제가 끝을 못 만나니까 그런 이야기도 자꾸 연장시키려 했던가봐요.

나는 지금도 이렇게 무언가에 얽매여 있는데 더 이상 상관 마라, 묻지도 말고 알려고 하지도 마라, 나는 더 이상 말해줄 게 없다, 이렇게 사라져버리니까 아마 그게 싫었던 것 같아요.

하지만 이제야 모든 게 끝났어요. 제 단편이 끝난 거예요. 그 환자가 마침내 한 편의 이야기를 끝낸 것처럼요. 그러고 보면 저나 그 환자나 후반부가 좀 지루한 그런 주인공들이겠죠.

벌써 다 피셨어요? 아, 이제 신문 배달하는 사람들이 돌아다니는군요.

저도 이제 제 인생의 한 부분에 끝, 자를 붙이려고 해요. 노동운동을 한 남자를 만났다가 떠나보내고 스무하루를 같이 산 것 때문에 십 년 넘게 그 남자를 생각했던 덜떨어진 여자 이야기는 이제 끝난 거예요.

제가 보내왔던 시간은 이제 제 것이 아니에요. 바위 끝의 새처럼, 총총거리는 것은 그만 두고 이제 바다 너머 다른 세상으로 날아가야겠어요. 그때가 온 듯해요. 날이 밝기 전에 가야겠어요.

그럼. 안녕히.

이제 그곳에는
봉네가 없다

　봉네 이야기를 하자면 조포댁 포장마차부터 이야기하는 게 맞는
순서이다.

　항구가 있고, 옛날에는 마을을 가르며 장하게 푸른 물이 흘렀
을, 똥오줌과 세제 거품이 흐르는 하천이 있고 하천이 끝나는 지
점에는 늘 크고 작은 어선이 묶여 있는데 하천을 따라 이쪽저쪽에
늘어선 포장마차 중 한 곳이 바로 조포댁 포장마차이다.

　이곳에는 이른 아침에 반짝 도깨비장(場)이 서고, 두세 개의 슈
퍼와 철물점, 간이 농산물 집하장, 정육점, 횟집, 붕어빵집, 부산
오뎅집, 목욕탕과 미장원 그리고 이곳저곳에 퍼져 이런저런 일을
하는 이 사람 저 사람들의 집이 있고 하천 저쪽으로는 포장마차촌

을 방패 삼아 아라비아 사막지대 무슨 부족들의 토굴처럼 깊숙이 박혀 있는 창녀촌이 자리하고 있기는 하지만, 그러나 바다와 만나고 있는 하천이란 물이 있기 마련이라 마침 밤에 밀물을 만나면 가지런한 불빛을 반사시켜놓기도 해서 보기에 괜찮은 풍경이 만들어지기도 했다.

이곳에서 삼 년째 포장마차를 해서 이제 중고참 서열에 들어가는 조포댁은 누구인가. 삼 년 전까지 그는 항구 저쪽 상설 시장 구석에서 식당 겸 대폿집을 하던 아낙이었다.

조포댁 포장마차는 최목수라는, 자기 집에는 못 하나 박을 줄 모른다는, 애초부터 일보다 방랑을 먼저 배운, 하여 연장 가방 하나 들고 넓은 세상 돌아다니다가 술 잘못 만난 탓에 가뜩이나 별 볼일 없던 기술마저 퇴화되어버린, 그런 다음에서야 집구석에 얌전히 앉아 있다는 이가 만든 거였다. 힘이 부치고 기술도 딸려서 그렇지 그래도 명색이 목수라 단단하게 만들기는 했다.

맨 처음 최목수에게 포장마차를 주문한 사람은 아주 팔팔한 이십 대 중반의 젊은것들이었다. 그러니까 시내 나이트클럽에서 만나 남들은 넘자, 말자, 말도 많고 탈도 많은 선(線)을 그날 밤으로 넘어버리고는 곧바로 동거를 하고 있던 쌍인데 오다가다 만나 동거하는 사이란 게 밤에만 좋고 낮에는 지루하기 마련인데다가 그나마 쥐고 있던 몇 푼의 돈도 홀랑 까먹기 십상이었다. 단내 나는 밤과 하품 또는 잔소리로 점철된 낮을 한 석 달 열흘 보내던 남자는 꼴에 사내라고 취직시켜주는 곳이 없으니 포장마차라도 하겠다며 아버지, 어머니, 큰형, 누나, 작은형을 들들 볶아 돈을 뜯어내는 데 성공했다고 한다.

그는 하천 포장마차촌이 오래되고 우격다짐의 아우성만 높아 젊고 신시대적인 문화가 없다고 늘 탓해오던 버릇대로 새 포장마차를 맞추어 생뚱맞게도 양주와 칵테일, 맥주와 샐러드, 마른안주 이런 것을 팔았다.

물론 미역국, 오이, 당근, 김치를 기본 안주에 닭발, 똥집, 꽁치, 꼼장어, 제육볶음, 병어회, 전어회, 갈치구이, 조기구이, 장어구이처럼 비린 것을 주로 구워대고 볶아대는 촌에서는 아주 획기적인 사건이었다.

그러나 획기적이라는 게 여차하면 망해먹기 쉬운 팔자를 보듬고 살기 마련이라 말아먹어도 곱게 말아먹어라, 너 같은 놈이 무슨 포장마차냐, 세상에 누가 이런 곳으로 양주를 먹으러 온다고 이러냐, 뭐, 포장카페? 뚫린 눈으로 어디서 본 것은 있어 갖고, 저것이 언제쯤 철들라나, 해가며 말린 부모 형제 친구들의 걱정대로 석달도 못 견디고 폐업하기에 이른 것이다.

동거하는 여자와 헤어지기로 한 게 결정적인 이유라고 변명을 했지만 칵테일 만드는 포장카페 운운이 안주 만들 자신이 없다는 것의 이면(裏面)이었음을 모르는 사람은 없었다. 부산 해운대 놀러 가서 봤다는, 라이브 음악 나오는 포장카페를 본뜬 것인데, 그

렇다 하더라도 그게 포장마차 딱 그것이지 다른 게 아닌 탓에, 포
장마차라는 게 이것으로 자리 못 잡으면 나는 죽는다, 목숨 걸고
덤벼들어야 하는 업종인 만큼 겉멋 하나 가지고 덤벼들, 그렇게
만만한 게 아니었던 것이다.

고만고만한 친구, 후배들 호주머니나 우려먹고 너무 취해 다른
포장마차에서 대접 못 받고 쫓겨난 고주망태의 주정 들어주고 간
신히 맥주 한두 병 팔아먹다가 역시 세상사 만만한 것 없다는 것
을 비로소 깨달은 젊은것은 두 달 보름 만에 자기가 샀던 권리금
본전에 포장마차는 덤으로 붙여서 조포댁에게 넘기게 되었던 것
이다.

식당으로 내준 곳에서 하필 대포 장사를 해서 종일 시끄러워 죽
겠다고 아침저녁으로 꼬박꼬박 고시랑거리는, 2층에서 사는 늙은
주인 할멈과의 마찰에 시달리던 조포댁은 이왕 고생하려면 손님들
씀씀이가 헤픈 포장마차 쪽이 괜찮겠다고 궁리를 마친 다음 날 교
차로 신문을 집어 들었다. 그날이 신판이 나오는 월요일이었고 지
난 토요일에 여자는 떠나버리고 장사에는 오만 정 떨어진 젊은것
이 권리금 유, 시설비 무, 상태 A급 포장마차는 그냥 넘긴다는 광
고를 전화로 냈었다.

사람들이 이르기를 난국이 총체적으로 다가왔다고 했는데 그래
서 그런지 막상 포장마차 또한 장사가 그다지 반질거리지 못해서
차라리 그냥 해장국 파는 대폿집으로 눌러앉을걸 그랬나, 후회를

심심하면 소금 찾듯이 해가며 한 2년 버텨오던 때 봉네를 알게 된 것이다.

이 즈음에서 봉네가 누구인지를 말해야 할 것 같다. 그런데 간단히 설명하기가 용이치 않다. 이를테면 아, 그 사람? 저 골목 안에서 건어물가게 하는 노인이지, 또는 포장마차 몇 번 집 아짐씨 아닌감? 이렇게 지목하기가 어렵다는 것이다.

물론 그렇게 할 수도 있다. 그냥 여자라고 할 수도 있고 말없이 검지로 머리통 옆에 동그라미 하나 그려넬 수도 있다. 혀를 찰 수도 있고 흐뭇하게 웃을 수도 있다. 하지만 그 어떤 것으로도 그를 확연하게 가리킬 수는 없었다. 문제는 그가 누구인지, 어디에서 왔는지, 무엇을 하던 사람인지, 하천 주변에 살고 있는 이들도 잘 모르고 있다는 것이다. 그렇지만 달리 말하면 그들은 모두 봉네를 잘 알고 있다. 이름만 듣고도 바로 누구인지 알고 길 가다가 언뜻 스쳐도, 도대체 배달 외에는 할 수 있는 게 아무것도 없다는, 하여 인건비 싼 맛에 두고 쓴다는 얼음가게 조수 손군까지도 금방 알아차릴 수 있다. 그러니까 봉네는 사람들이 잘 안다고 해도 말이 되고 통 모르는 사람이라고 해도 말이 되는 그런 이였다.

그럼 봉네가 누구냐.

그냥 여자이다. 여자는 여자인데 집이 있는 것도 아니고(처음에는 있었겠지) 그렇다고 절이 있는 것도 아니다(나중에 혹 생길지 아는가). 가족도 없고 따라서 아이나 남편도 없었다. 그럼 어디에 서 누구랑 사느냐. 주로 조포댁 포장마차에서 지내고 잠은 포장마 차촌 인근 여관에서, 일 없을 때는 동보여인숙에서 잤다.

일이 없다는 것은 남자가 없었다는 말이고 여관에서 잔다는 것 은 남자가 있었다는 말이다. 그렇다면, 창녀냐 하면 창녀는 아니 되 아닌 것도 아니었다. 창녀라면 저 아라비아 사막의 토굴 같은 골목에서 쪽방 하나 배정 받아 엄마라고 손쉽게 통칭되는 포주를 오른손으로 받들고 오빠라고 흔히들 부르는 기둥서방을 왼손으로 모시면서 쉬었다 가세요, 놀다 가요, 내 잘해드릴게, 아, 왜 그래, 여기까지 왔으면 뻔한 건데, 쉬었다 가. 응? 빨아주고 돌려주고 할게, 한길을 모포 삼고 바람을 친구 삼고 있어야 하는데 그게 없 는 걸로 보아 아니었다. 그렇지만 사내에게 돈을 받고 여관방에 들어가니 창녀 아닌 것은 또 아니었다.

그는 밤꽃〔夜花〕이되 어디 속한 곳이 없었다. 한마디로 하자면 프리랜서였다.

그런데 그가 정말 프리랜서인가 하는 문제가 생긴다. 포주 없 이, 그러니까 빚이라고 명명되는, 개미지옥에 빠진 개미처럼 발버 둥을 칠수록 점점 더 발목 잡혀가는 갈고리 없이, 홀로 명함 박아 돌리고 홀로 이 여관 저 여관 발로 뛰며 순번과 영업시간을 스스로 판단하고 정하는, 이른바 신세대 개념의 그런 프리랜서와는 한참 이나 층이 졌다.

봉네는 글자를 몰라 명함을 박고 싶어도 못 박았다. 숫자를 몰라 전화도 못했고 따라서 프리랜서의 가장 기본적인 도구인 핸드폰도 없었다. 나무나 풀이 세상에 보여줄 수 있는 게 나무와 풀로 이름지어진 자신의 몸 하나뿐이듯이 그가 그랬다. 글쎄, 평생 노가다로 한 시절 살아버린 늙은 사내처럼, 몸을 이용하여 먹고 자는 신세였다. 아니 이곳에 오면서 그런 신세가 되어버렸다.

몸을 팔아 살고 있다면, 못할 바 없지만 하기 쉬운 것은 아닌 탓에, 그 반대급부로 현금이나 값비싼 옷가지나 고급 화장품이나 최신형 가전제품이나 한도액이 웬만한 대기업 과장급에 해당하는 골든 카드를 지니고 있어야 말이 되지 않는가, 프리랜서라면. (물론 이곳의 밤꽃들이 그렇다는 것은 아니다. 그들은 어제 입은 옷 오늘도 입었다 벗었다 하고 있으며 화장품이 고급인지 중저가인지는 쓰는 사람만이 알고 있는데다 가전제품이란 게 구색을 맞추기 위해 들여놓은 것뿐이고 카드는 있는지 없는지 아무도 모른다. 전화카드 정도라면 다 가지고 있겠지만.)

그러니까 봉네는 프리랜서이기는 하되 저 엄마와 오빠와 빚, 이 세 단어로 축약될 수 있는 쪽방의 아가씨들만도 못한 신세라는 소리였다.

봉네가 하천의 포장마차촌에 모습을 나타낸 것이 아마 장마가 거의 끝나갈 무렵이지 않았나 싶은 것으로 조포댁은 기억했다. 몇

시간 잠잠하던 비가 다시 한소끔 내리기 시작했을 때 조포댁은 졸
다가 깼다. 초저녁에 손님이 들었다가 다시 비가 올 것 같자 서둘
러 마시고 나간 다음에 자신도 모르게 엎드려 잠이 들었던 것이다.
그러다가 깼고 본능적으로 어서 오세요, 소리를 내뱉었는데 포장
을 들추고 어떤 사람이 하나 조용히, 긴한 볼일이라도 있는 것처
럼 서 있던 거였다.

늙지는 않고 그렇다고 아주 젊지도 않은, 생머리이긴 하되 잘
감지 않아 군데군데 엉킨, 그러나 그럭저럭 빗질은 되어 있는, 맥
풀린 눈초리와 고만고만한 이목구비를 가진, 뭐 있어도 좋고 없어
도 상관없게 생긴 그런 여자였고 그이가 봉네였다.

조포댁은 오랜 경험으로 인해 술 마시러 온 손님이 아니라는 것
을 직감적으로 알아챘다. 그러나 자신은 졸다가 깬데다가 어쨌든
속을 알 수는 없는 노릇이라 빤히 올려다보았고 그 또한 말없이 멀
뚱하게 내려다보았다.

이 괴상한 정적을 깬 사람은 쌀가게 오사장이었다. 쌀만 팔아서
는 직성이 안 풀려 가게 한쪽에 과일과 채소를 떼다 팔고 있는 그
는 점심때부터 친구들과 화투짝을 비빈 탓에 마누라 잔소리에 한
바탕 시달리다가 술 마시러 온 거였다.

오사장은 술을 마셨고 옆에 어중간하게 앉아 있는 여자에게 저
절로 눈이 갔다. 배가 고프냐고 물었다. 봉네는 그렇다고 대답했
다. 오사장은 김밥을 샀고 안주로 먹고 있는 갈치구이를 밀어주었

다. 봉네는 주는 대로 넙죽 받아먹었다. 오사장의 눈이 조포댁에게로 갔다. 조포댁은 고개를 갸웃거림으로써 자신도 전혀 모르는 여자라고 답했다. 오사장이 소주를 따라주자 봉네는 한 잔 마시더니 아주 괴로운 모습으로 진저리를 쳤다. 그리고는 더 이상 못 마시겠다고 고개를 틀었는데 한 잔으로 이미 얼굴에 붉은색이 돌았다.

오사장은 자꾸 조포댁을 바라보았다. 조포댁은 알아서 하라는 표정을 했다. 아직 잠이 덜 깨어(어쨌든 한세상 짧지 않게 살아온 이들에게는 비란, 신경통이나 몸살기를 동반하기 마련이지 않는가) 여러 가지가 귀찮기도 했었던 것이다.

"나 따라올 거야?"

"어디 가는데요?"

"어디든. 돈 있어? 내가 돈 줄게."

쏟아지는 비를 뚫고 오사장은 봉네를 데리고 나갔다. 조포댁은 아무래도 여러 날 되풀이되는 비가 지겨워 자꾸 어깨가 무겁고 눈꺼풀이 내려앉았다.

다음 날 조포댁이 장사 준비를 마치고 앉아 있는데 봉네가 들어왔다. 아주 태연하고 무심한 얼굴이어서 허허, 조포댁은 웃었다.

"어제 오사장하고 어디 갔었어?"

"여관에요."

"엥, 진짜?"

봉네는 고개를 끄덕였다. 뭐 이런 여자가 있는가 싶어 조포댁은 어안 벙벙하다가 다시 실실 웃음이 나왔다.

"돈 주던?"

"오만 원 줬어요."

"많이 벌었네. 나한테 수고비 안 줘?"

장난으로 내뱉은 말이었는데 봉네는 호주머니에서 주섬주섬 돈을 꺼내더니 만 원짜리를 하나 건네주었다.

"아니야, 왜 이래. 그걸 내가 왜 받아."

당황스러운 이는 되려 조포댁이었다.

"근데 너 원래 이런 일을 했었니?"

봉네가 두 눈을 끔벅거렸다.

"남자한테 돈 받고 같이 자주고 했냐고."

"아니요."

"허어."

그 즈음에서 손님들이 들어왔다. 포장마차가 꽉 찰 정도여서 봉네는 슬그머니 나갔다.

뭐 그렇게 봉네는 슬그머니 포장마차촌 사람이 되었다. 적당한 시간이면 포장마차를 왔다 갔다 하는 그의 모습을 발견하기란 어렵지 않았다. 고향을 버리고 새로운 땅에 들어간 사람이 맨 처음 발을 댄 곳이 안골이면 안골사람 되고 감나무골이면 감나무골 사람 되듯이 그는 창녀촌 있는 다리 저편으로는 잘 가지 않았다.

근처 몇 군데 포장마차를 왔다 갔다 하며 붐비지 않는 곳엘 들어가 앉아 있곤 했는데 심심한데 잘 왔다며 반기는 이도 있었고 이상한 여자로 쳐서 거리를 두되 굳이 쫓아낼 것까지는 없다고 생각하는 이도 있었고 소문이 슬슬 퍼지면서 아예 발도 못 붙이게 싸늘하게 대하는 곳도 있었다.

한 달쯤 지나자 마음 놓고 들락거리는 곳이 구분이 되었는데 그중에서 조포댁 포장마차가 본거지였다. 그럴 만한 이유가 있었다. 포장마차라는 게 어차피 술 팔아먹고 사는 곳이고 술 팔아먹으려면 술 마시려는 손님이 와야 하지 않는가.

처음에 봉네가 왔을 때는 재수가 없으려니 별 희한한 게 다 와가지고 신경 쓰이게 한다고 불만도 없지 않았다. (자주는 아니지만 손님 중에는 남녀 섞인, 비교적 점잖은 이들도 있었는데 한쪽에 멀뚱하니 서 있는 봉네를 여자들이 힐끔거렸다. 근처 창녀촌이 있는 관계로 혐의를 그쪽에 두고 있는 게 역력했다. 그러면 조포댁은 얼른 나가라고 내보냈다.) 하지만 시간이 지나다보니 이게 꼭 그런 것만은 아니었다.

우선 오사장부터, 나중에는 그의 패거리들이 자주 찾아왔고(근처에서 살아 주인들 얼굴을 알고 있는 이들은 어느 한군데만 단골로 정해놓지 않는다) 새로운 단골도 몇몇 생겼다. 그 여자를 만나려면 그곳에 가야 한다는 소문이 점차 번지면서 점차 소포댁의 내상에 도움이 되었던 것이다.

봉네가 아예 마음먹고 그 일을 시작한 것인지 아니면 오사장 때문에 그렇게 돈 버는 방법이 있다는 것을 배운 것인지 당사자가 말하지 않아 알 수는 없지만(사람들의 추측은 뒤쪽이었다) 어쨌든 한동안 착실히 그 어중간하고 정체 모호한 밤꽃 노릇을 했었다. 그 덕에 먹고 자고 할 수 있었다. 그러나 돈은 모으지 못했다. 씀씀이가 헤픈 것도 아니었다. 그가 쓰는 돈이란 가자는 남자가 없어 혼자 잘 때의 여인숙 방값과 주전부리하는 게 전부였다. 물론 저 동굴 속 아가씨들의 긴 밤 값이 일이십만 원씩 하는 시대에 단돈 얼마에 자는 것이 아주 헐한 값이기는 했지만 그래도 몇만 원이 그에게는 적은 돈이 아니었다. 그러면 왜 못 모았을까.

그건 이렇다.

오사장부터 시작된 그 행위가 슬슬 주변으로 퍼졌는데 그러다보니 사내들이 봉네의 약점을 간파하기에 이른 거였다. 그건 봉네가 전혀 문자 속도 모를 뿐더러 계산도 약하다는 거였다. 셈에 아주 젬병은 아니었다. 천 원권 오천 원권 만 원권 구분도 했고 간단한 계산 정도는 할 수 있었다. 문제는 자신의 영업에 대한 개념이 너무 약하다는 데에 있었다.

그것도 오사장부터 시작됐다. 마누라가 친정 간 어느 날 일찍 문 닫아걸고 향수다방 내실에서 늘 어울리는 정육점, 슈퍼, 횟집 사장 등과 화투짝을 돌렸다. 오사장은 끗발이 도통 오르지 않자 충동적으로 봉네를 떠올렸고 잠시 다녀올 곳이 있다고 이르고는 조포댁에 들려 맥주를 마셨다. (끗발을 세우는 데 여성과의 교접이 효과가 있다는 게 그 바닥에서는 오래전부터 내려온 설인데 그들은 한동네라는 이유로 창녀촌에는 가지 않았다.) 한 삼십 분 기다리다보니 봉네가 나타났다. 밥을 사주고 나서 데리고 나가다가 오만 원을 건넸다. 전에 여관을 갈 때에는 여관에 가서 한바탕 일을 치르고 집으로 돌아가기 전에 돈을 주었는데 그날은 길에서 그랬던 것이다. 속셈이 있었다.

여객터미널 근처에는 여관이 몇 개 흩어져 있었다. 그는 그중 한 군데를 들어가면서 봉네에게 말했다.

"돈 있으니까 여관비 내."

봉네는 시키는 대로 여관비를 지불했다. 305호에 가서 이불 깔고 옷을 벗고, 벗기고, 씻고, 씻기고, 만지고, 만지게 하고, 빨고, 빨게 한 다음 격렬하게 한바탕 씩씩거렸다. 평소라면 조금 누웠다가 이제 끗발 좀 오르겠지 하고 돌아갔겠지만 그날은 자꾸 본전 생각이 나서 어떻게 하는가 보려고 또 말을 했다.

"목마르다. 가서 맥주 좀 사와."

봉네는 벗어두었던 옷을 주섬주섬 다시 입고는 슈퍼에 가서 시키는 대로 맥주를 사왔다. 그러고 나니 봉네한테는 채 만 원도 남지 않았다. 오사장은 그날 밤에 끗발을 세웠고 그 소리가 화투판에서 친구들에게 퍼졌다. 하나 둘씩 봉네를 찾았다. 다들 돈을 먼저 주었다. 화투와 주고받는 현금으로 끈끈한 우정을 쌓아온 그들은 이번에는 이른바 구멍동서가 되어 더욱 견고한 대오의 틀을 갖추게 되었다.

돈 받고 남자랑 자러 가는데 주머니가 늘 헐한 것에 이상한 생각이 든 조포댁이 하루는 물었다. 먼저 말을 걸지는 않지만 물어본 것은 아는 대로 모두 대답하는 게 문제요 특징인 봉네는 곧이곧대로 대답했다. 언젠가 조포댁은 취한 김에 지나다 들른 오사장에게, 굳이 따진다기보다는 마침 생각이 난 김에 심심풀이로 물어보는 셈으로 그 말을 꺼냈다. 오사장은 대답 대신 오늘 봉네는 어디로 갔느냐고 물었다.

"오늘은 영 보이지 않네. 누구 따라간 모양이지."

하긴, 말했듯이 봉네가 조포댁 식구는 아니었다. 언젠가 옆 포장마차의 줄산댁 말대로 하자면, 봉네는 어디에서 뜬금없이 나타난 강아지와 같은 거였다. 어디에서 왔는지도 모르고(그래, 포장마차촌이라는 데가 수없이 사람들이 드나드는 곳이고 또 그 사람들이 어디에서 왔고 어디로 가는지는 정말 중요하지 않는 거였다. 물론 자기가 어디에서 왔는지 봉네는 말하지 않았는데 잘 모르는 것 같기도 했고 일부러 숨기는 것 같기도 했다. 그것뿐이었다) 어디로 갈지 알 수도 없었다.

"왜 봉네가 뭐라고 했나?"

"걔가 무슨 말을 해요. 꽃 팔러 갔다 왔는데 주머니에 몇 푼 없으니까 그렇지."

“그게 꽃이여?”

“……”

“돈 쓰고 오입하려면 네미, 성성한 것들 얼마나 많어.”

조포댁은 그 정도에서 그러려니 하고 입을 다물었다. 그에게 있어서 중요한 것은 봉네 덕분에 조금이라도 오른 매상이었다. 봉네 덕분에, 또 며칠 전부터 죽도댁이 하는 왼쪽의 포장마차(줄산댁 포장마차는 오른쪽이다)가 휴업 상태인 관계로 재미가 남달랐다. 역시 대폿집 그만두고 포장마차 하기 잘했다는 생각이 유난히 자주 든 것도 그 즈음이었다.

죽도댁 남편이 한 며칠 안 보였고 평소 버릇대로 어디 멀리 대처 바람이라도 쐬러 갔으려니(그런데 바람으로 친다면 바다와 맞닿아 있는 이 하천이야말로 세상 어느 곳 못지않게 불어대는 곳이다) 했는데 인근 도시 어디 어디에서 어떤 여자랑 같이 살림 사는 것을 보았다고 사돈 팔촌네 일없는 누군가가 전해왔었다.

집에도 남아도는 술 밖에서 마시는 것이나 내가 손에 찬물 묻혀가면서 번 돈 들고 나가 화투 쪼이거나 취해 살림살이 뒤집는 것 모두 용서할 수 있지만 그것만은 눈 뜨고 볼 수 없다며 들고 있던 식칼을 도마에다 탕, 내리치고 휭, 하니 남편 찾으러 간 게 5일 전이었다. 여태 문 안 여는 것으로 보아 뭔가 단단히 틀어진 모양인데 어쨌거나 이웃사촌이기는 하지만 형제자매는 아닌 탓에 스스로 해결하기를 기다릴 수밖에 없었다. 그 덕에 그 집 찾아온 손님이 조포댁에게로 들어왔다.

봉네가 제대로 버는 경우가 그럴 때 생겼다. 사실 화투패들이 늘 봉네를 찾는 것은 아니어서 일없이 포장마차에 우두커니 앉아 있을 때가 적잖았지만 멀쩡한 손님(손님이라는 말이 좀 그렇지만, 어쨌거나) 만나 멀쩡하게 돈을 받을 때도 있었던 것이다. 이럴 때다.

낯선 사내들이 술을 마시다가 봉네를 바라본다. 봉네의 눈은 김밥에 주로 가 있는 편이다. 그 시간이면 배가 고프기 때문이다. 사내와 여관서 잘 때도, 혼자서 자는 동보여인숙에서도(자주 가다보니 여인숙 주인 노파가 싸게 해준단다) 보통 낮 열두시 퇴실 시간에 맞추어 나온다. 일찍 나와보았자 할 일도 없지만 봉네 말에 의하면 잠들기 전에 빨아두었던 빨래가 얼른 마르지 않아서라고 한다.

그 다음에는 혼자서 어선들이 줄지어 묶여 있는 선착장이나 좀 먼 거리이긴 하지만 공원이나 조포댁이 장사했었던 상설 시장을 돌아다닌다. 좌판에서 빈대떡이나 호떡 따위로 주전부리를 하면서 오후 해를 물리고서 해가 떨어지면 이곳으로 오기 때문에 그 시간이면 으레 배가 꺼져 있기 마련이었다.

기웃거리던 남자는 김밥을 먹을 거냐고 묻고 봉네는 끄덕인다. (그러고 보면 김밥 정도 사 먹을 돈이 있어도 굶고 있는 것은 어떻게 보면 마케팅일 수도 있었다. 속은 아무도 모르지만.) 항구의 사내들이란 그 나름대로 닳고 닳은 데가 출중해 곧바로 눈치를 살핀다. 그들이 머리를 굴리는 것은 창녀인지 아닌지를 가늠하는 것이다. 창녀촌과 서로 붙어 있는 관계로 여차하면 그들이 포장마차로 들어오기도 하고 주인 중에 개인적으로 잘 아는 이들도 있어 술도 팔고 즉석에서 흥정을 하여 핸드폰으로 아가씨를 부르기도 하기 때문이다.

그들이 궁리를 마쳤든 아직 진행 중이든 간에 사내들 술 마시는 옆 좌석에서 밥도 못 먹은 여인네가 있다는 것은 동포의 의리상, 같은 도시 시민으로서의 의무상 그냥 넘어갈 수가 없는 것이기에 먹을 것을 권한다. 어묵이나 김밥이나 삶은 계란 이런 것이 봉네 앞으로 온다. 그러면 봉네는 오물오물 그것을 먹는다. 그러나 초창기 고생을 몇 번 한 이후론 마시면 괴롭다고 술은 입도 대지 않는다. 담배도 못 피운다. 권하는 안주는 잘 집어먹는다.

간혹 옆가게에서 줄산댁이 봉네 왔냐, 이리 좀 와봐, 부르기도 한다. 봉네는 예, 대답하고 그곳으로 간다. 그러면 사내들은 여자의 정체에 대해서 묻는다. 조포댁은 애매한 웃음을 짓는다. 그럴 수밖에 없다. 딱히 무어라고 말할 수 없기 때문이다.

다른 포장마차 중에 좀 거시기 한 주인은 그냥 바보라고 답한다. 어중간한 부류는 그냥 그렇고 저런 여자라고, 알아서 생각하라고 대답한다. 전혀 거시기 못한 이들은 혀를 쯧쯧 찬다. 장난기가 많은 이들은 꼬셔보라고 권하기도 한다.

어쨌든 그들의 대답은 한가지이다. 창녀는 아니지만 꼬시면 잘 넘어가는 여자라고.

창녀는 아니되 잘 넘어간다는 말에 웬만한 사내들은 그냥 참고 있지 못한다. 그 즈음에서 줄산댁 심심풀이(주로 물어보는 것이 어제는 누구랑 잤냐, 돈은 얼마나 받았냐, 몇 번이나 했냐, 이런 것이다. 물론 봉네는 물어오는 대로 조금 전 조포댁에게 했던 말 그대로 시시콜콜 다 대답해준다) 말상대를 해주다가 그곳에 손님이 들어오거나 더 이상 묻지도 않고 뭘 주지도 않으면 다시 앞 장소로 돌아온다.

사내들은 다시 먹을 것을 권한다. 그중 하나가 "아가씨, 우리 연애 좀 해" 하며 본격적인 접근을 한다. 승부는 쉽게 난다. 사내 쪽에서는 술기운도 빌리고 또 친구에게 선수를 뺏기지 않으려고 배짱을 부려보는 것인데 봉네의 반응은 간단하다.

"예."

그러면 사내 쪽에서 되려 벙벙한 표정을 한다. 그리고 다시 주인을 쳐다본다. 정말 창녀 아니냐는 이야기이다. 조포댁은 고개를 젓는다.

"최소한 저 골목 아가씨가 아닌 것은 내가 보장해."

"아줌마가 데리고 있는 아가씨 아니에요?"

"아니. 뜬구름처럼 어디에서 온 애야. 대신 앞으로 우리 집에 자주만 와. 내 잘해줄게."

그 정도 되면 일은 일사천리로 진행된다. 선수 친 친구가 먼저 간다는 말 한마디 남기고 봉네를 데리고 간다. 봉네는 순순히 따

라간다. 선수를 뺏긴 친구들은 멍, 하기도 하고 아차, 하기도 한
다. 그들이야 속상하면 한잔 더 하고 돌아가는 길에 다리 너머 동
굴 속에 잠시 들리든 말든 데리고 먼저 나간 입장에서는 당장 신경
쓸 부분은 아니다.

이렇게 간 날은 뺏기지 않고 잘 가지고 온다. 데리고 간 사내들
이 비용에 관해 얼마나 고민을 했는지, 평소 어느 정도의 액수를
생각하고 있는지, 한눈에 표시도 난다. 받아온 돈이 천차만별이었
던 것이다. 그리고 다시 찾는 이들도 적잖았다.

자, 이제는 봉네가 왜 포장마차촌에서 떠났는지를 말할 차례이
다. 사실 봉네는 떠난 게 아니고 쫓겨갔다. 가을 지나 겨울이 본격
적으로 시작되고 있을 때였다. 그 사연은 이렇다.

알다시피 봉네와 처음 잤던 오사장 주변에는 친구들이 많다. 친
구라는 게 마누라만 빼고 뭐든 서로 나누는 사이인지라 그들은 이
미 구멍동서가 되었는데, 동서라 하더라도 줬다가 뺏는, 생소금
버무린 소태처럼 짠 오입으로 맺어진 유별난 동서들이었는데, 구
멍동서가 법적인 구속력이 없기는 하지만 그래도 도의적인, 신체
적인, 비밀스러운, 별스런, 그들의 선조 대 말로 하자면 서울 가본
사람들끼리 통한, 요즘 말로 하자면 금강산 등산해본 사람들끼리
이해하는, 그런 공통점을 지니고 있기에 그들은 더욱 친해졌었다.

하지만(친척간에도 말할 것 없이) 부모자식간에도 의가 상하고

부부도 헤어지고 형제자매간에도 여차하면 연을 끊는 게 다반사인 세상에서 네 돈 따서 내 용돈 쓰자고 만난 사이니 아무리 구멍동서로 맺어진 사이라 한들 늘 좋을 수만은 없었다.

그런고로 그들은 싸움이 났는데 이유라는 게 뻔하니 화투판 때문이었다.

그날 딴 사람은 정육점 박사장이었다. 이 판도 나름대로 룰이 있어 딴 사람은 잃은 사람들에게 어디 가서 술 한잔 마시고 집으로 돌아갈 때 계란만 낳다가 아랫도리 오므릴 시간도 없이 기름 솥으로 간 치킨이라도 한 손 들고 갈 수 있게 개평을 나눠줘 왔었다.

하지만 박사장은 유난히 손을 아꼈고 이것으로 제주도나 한번 갔다 와야겠다, 마누라 코트나 한 벌 해줘야겠다, 집에 가서 떠벌려야 할 소리를 그 자리에서 내뱉었다. 이유는 있었다. 그는 승률이 낮았던 것이고 그만큼 돈 잃어가며 더러운 소리 적잖이 들어와서 나름대로 속에 쌓인 것이 있었던 것이다. 이를테면 복수였다.

"알았으니까 그만 해."

"아니, 그냥 내 코트를 하나 장만할까. 그래도 한참 남는데 남는 것으로는 뭘 할까."

"하, 이 사람."

"어디 보자, 이게 얼마냐. 돈아 너 참 오랜만이다. 어디 갔다가 이제야 왔니."

"알았어, 알았어. 목욕이나 하러 가자."

"목욕이야 하고 싶은 사람이나 하라고 그래. 이걸 그냥 어디 지리산 온천이나 가서 한 사흘 기집애 끼고 뒹굴어버려?"

"……"

"잃은 사람들은 왜 안 가실까. 딴 사람 부담스럽게."

"너 좀 심하다."

"심하기는. 심심한 거지."

"이게 보자 보자 하니까."

"그럼. 돈이 보이지. 보자 보자 하다보면 보이거든."

"이 새끼가."

기다렸다는 듯 박사장은 돈을 세다 말고 절대 피하지 않겠다는 자세를 했다.

"새끼?"

"어허, 왜들 이래. 노름은 노름에서 끝나야지. 서로 낯 붉히지 말자고. 오사장도 그만하고 박사장도 그만 하고 이사장도 그만 해."

자신도 속이 뒤틀렸지만 나이 몇 살 많다는 이유로 참고 있던 슈퍼 사장이 나서서 또래들끼리 붙은 시비를 말렸다. 하지만 이미 욕설까지 튀어나온 마당이라(제 입에도 흔히 달고 있는 게 욕이지만, 내가 뱉은 침과 남이 뱉은 침이 어디 같은가) 정리되기가 어려웠다.

"씨팔, 덩치는 큰 게 완전 쫌생이라니까."

"쫌생이? 너 말 다했냐? 그래 난 쫌생이다, 어쩔래. 그동안 잃은 게 얼만데. 너 이번에 뽑은 자가용 반은 다 내 돈이야, 새끼야."

"쪽팔리게 그런 거 계산하고 쳤냐?"

"그러면? 본전 생각 안 하면 뭐한다고 힘들게 방구석에서 이것 쪼이고 앉았냐."

"더럽다. 그래, 너 다 가지고 가서 마누라 코트를 해주든 제주도를 가든 너 알아서 해. 서지도 않는 좆을 좆이라고 달고 다니니까 하는 짓이 그 모양이지, 니미럴."

"뭐?"

"죽은 좆 가지고 뭐? 온천 가서 기집애 끼고 뒹굴어?"

"이 씨발놈이. 내 좆 서는지 안 서는지 니가 어떻게 알아. 임마."

"왜 몰라."

싸움은 솜 집에 불붙듯 번져나갔다.

"니가 니 눈깔로 봤냐고."

"봐야 알간. 봉네년이 그러더라. 저녁 내내 좆이 안 서서 하지도 못했다며? 야. 임마, 너 그래서 돈 도로 뺏어왔다며? 이 더러운 새끼야."

"……"

"좆이 좆같으니까 하는 짓도 좆같지."

"그래 이 새끼야, 그러는 너는 깨끗해서 봉네 똥구멍에다가 했냐? 이 추잡스러운 새끼야."

"……"

"그리고 너. 너는 보지에다가 담배는 왜 집어넣냐? 거기로 담배 피워보라고 그랬다며? 씨발 새끼들. 누가 더러운지 모르겠네."

"뭔 소리야. 봉네년이 그 소리까지 다했단 말이야?"

이왕 나온 것이어서 말은 걷잡을 수 없이 튀어나왔다. 이 사람이 저 사람 공박할 때, 너는 네 물건에다가 뭘 발라놓고 빨아먹게 했다며? 그러는 너는 똥구멍 핥아달라고 하지 않았냐? 또 그 다음 사람 공격할 때는, 너는 왜 서서 오줌 싸보라고 했냐, 이 변태 새끼야, 그래도 나는 안 서지는 않는다, 이 고자 새끼야, 이렇게 지나가다 누가 들었으면 듣는 것만으로도 얼굴 붉어질 소리들이 줄을 이었다. 그러다가 어느 순간 그들은 입을 모으듯 한동안 정적의 시간을 보냈다.

"그 씨팔년이 그 소리까지 했어?"

"그래."

"너 그걸 어떻게 알았냐? 그년이 먼저 말하지는 않았을 테고."

"그럼 너는 내 물건 안 서는 것을 어떻게 알았는데?"

"……"

"……"

그들은 그제야 친구들의 비밀스러운 부분을 똑같이 봉네에게 물어봤다는 것을 알게 되었다. 그러니 싸움은 더 이상 진행될 것은 없었다. 단지 그 정도에서 다들 부끄러워하며 돌아들 갔으면 좋았겠으나 어떤 위기감이 엄습하는 것을 어쩌지 못했다. 누가 먼저랄 것도 없이 그들은 향수다방 내실을 박차고 하천으로 걸음을 급히 옮겼다.

그때 조포댁 포장마차에는 손님이 없었다. 봉네도 그날따라 손님이 없어서 싸늘한 의자나 데우는 셈으로 얌전히 구석에 앉아 있고 줄산댁이 재차 찾아와서는(조금 전에 수다나 떨려고 찾아왔다가 자기 가게에 손님 들어오는 기척이 들리자 반색을 하며 뛰어갔는데 누구 혹시 안 들렀느냐 물어오는 사람이라 입맛만 다시다가 한바탕 누고도 미진하여 되돌아 변소 문 다시 여는 모습으로 포장을 들추고 들어왔다) 어제 모처럼 찾아온 단골 중에 저기 시내 쪽 사거리 볼링장 사장이 데리고 온 아가씨가 아무리 봐도 직원 같아 보이지는 않더라, 날이 추워지고부터 병어값이 뛰었는데 값을 더 올려 받아야 되지 않겠는가, 드라마 〈죽어도 못 살아〉에 나오는 큰 며느리가 아무래도 옛날 애인을 찾아갈 것 같지 않아? 연애야 즈 이들 맘대로 붙어먹든지 말든지 멋대로 할 일이지만 나는 돈 보따 리 짊어지고 앉아 있는 그 시엄씨 콧대나 한번 콱 눌러놨으면 좋겠 어, 아무래도 눈이 올 것 같지? 올 여름 그렇게 사람 삶아댔으니 겨울도 뭣 나오게 춥겠지? 못 살겠어, 한참이나 궁시렁거리며 동 그란 엉덩이를 반 네모로 만들고 있는 중이었다. 도통 밤 깊어지 도록 손님 없는 공황 상태의 시간이었다. 사내들이 들이닥치지 않 았다면 그들은 한동안 조용한 상태에서 수다나 더 떨면서 시간을 보냈을 거였다.

그때 잡아 찢듯 포장이 한쪽으로 쏠리면서 오사장이 먼저 들이
닥쳤다.

"엄마야."

"이년, 여깄어"

오사장은 암살 노리는 자객처럼 몸을 날려 들어서기는 했으나
그 다음은 뭘 해야 좋을지 몰라 노려보며 씩씩거리고만 있고 뒤이
어 일행이 빈 곳을 채웠다.

"왜 이래요. 무슨 일이요."

조포댁과 줄산댁이 뒤로 나자빠질 듯 깜짝 놀라 몸을 일으켰다.

"너, 이리 나와."

"아니, 사장님. 얘가 무슨 짓을 했다고 이러시우."

"어디서 이런 것이 들어와서."

"아니, 도대체 무슨 일이우."

일행은 누가 먼저랄 것 없이 봉네를 끌어내리려고 했다. 봉네는
자다가 물벼락 맞은 아이처럼 입을 벌리고 멍하니 사내 쪽을 바라
보고만 있는데 점차 눈에 두려움이 들어차기 시작했다.

"아니, 한 명도 아니고 다들 왜 이러신댜? 공용 애인을."

줄산댁이 멋모르고 한마디 했다.

"아줌마, 말조심해."

"누가 누구 애인이라는 거요?"

"아니, 필요할 땐 조용히 찾더니 오늘 갑자기 다들 왜 이러시냐

는 거지, 내 말은. 말 한마디 제대로 할 줄도 모르는 애한테."

"저게 말도 못한다고? 모르면 가만히 있어."

"어이, 말 길게 할 것 없어. 얼른 데리고 나오기나 해."

봉네는 벌벌 떨며 끌려왔다. 주인네들도 뭐가 어떻게 된지도 모른 채 사내들 서슬에 눌려 어떻게 하지를 못했다. 조포댁만 따라 나오면서 한마디 덧댔다.

"어떻게 하실라고 그러시우."

"때리거나 하지는 않을 테니까 걱정 마시오. 단지 멀리 보내려고 그러는 거요."

누군가 차를 끌고 왔고 차는 떠났다. 그들은 역으로 갔다. 가는 도중에 돌아가면서 한마디씩 했는데 듣고 말고 할 것도 없이 무조건 기차를 타고 멀리 가라는 거였다. 굳이 한마디 더 보탠다면, 한 번만 더 이곳에 발을 들여놓으면 죽여버리겠다는 것 정도. 봉네는 거의 울상이 되어서 벌벌 떨며 쥐어준 지폐 몇 장을 꼭 쥐고는 고개를 끄덕였다. 그들은 봉네가 서울행 무궁화호를 타는 것까지 확인하고서야 되돌아왔다.

조포댁이 좀 섭섭하기는 했지만 새로 생긴 단골들이 잊지 않고 찾아주어 오래 가지 않았다. 이제 그곳에는 봉네가 없다. 그는 자신이 왜 갑자기 뺨을 맞고 쫓겨났는지 아마 영원히 모를 거였다.

주유남해
舟流南海

배는 돌산도(島) 쪽에서 불어오는 바람이 뒤로 밀려날 정도로
돌진을 하다가 급회전을 하면서 원을 그렸다. 달려오는 제 위세에
놀란 배가 사정없이 기우뚱거리며 자신의 파도에 거칠게 흔들렸는
데 그 여파로 중심을 잃고 시퍼런 바닷물 향해 순간 빨려들 듯하다
가 갑판에 가슴을 부딪히며 뒤로 퉁겨 나온 세포댁은 오씨를 노려
본다.

"잘 잡어, 잘."

오씨는 키를 반듯하게 하며 이물 쪽으로 냅다 소리를 질러 쏘아
오는 눈빛을 막아낸다. 배는 가막만(灣) 가운데에서 서쪽으로 치
우친 나진(羅陣) 앞바다에 자리를 잡았다. 어스름이라 가느다란

노을이 빈 하늘에 날카로운 획을 그으며 화양면 너머 여자만(灣)으로 뻗어나가고 있고 어제보다 좀 수그러지기는 했지만 아직 성질머리 꺾지 않은 바람이 뒤에서 부추기고 있다.

잔뜩 엔진을 뽑아 올렸다가 갑자기 떨어뜨린 탓에 터질 듯하던 기계 소리 잦아졌고 바다는 무슨 일 있었냐는 듯 다시 바람 소리의 세계로 돌아갔는데 남편 쪽을 노려보는 아내 눈초리는 쉬 가라앉지 않는다. 오씨는 콧방귀를 뀌며 배 멈춘 곳이 적당한가를 표시나게 살펴본다.

하늘에 걸린 날카로운 노을의 가시들은 아래 세계에도 영향을 주어 저만치 보이는 화양반도 소나무 숲 머리채가 붉고 노랑 기운들로 알록달록한데 그 아래 갯가 주름잡힌 안쪽으로 나진리가 옴팍하게 자리잡고 있다. 그곳은 그의 고향이다. 오씨는 그곳에서 낳고 자라 뱃일을 배웠고 또래들 하나 둘씩 장가가던 즈음에 백야도 방면 땅 끝 세포리 처녀였던 아내와 중매로 만나 결혼하여 살섞고 산 지 서른 해가 넘었다.

그는 이곳에서 백야도를 향해 주낙을 놓을 것이다. 그러니까 남편의 고향 마을 앞바다에 첫 낚시를, 아내 고향 마을 앞에 마지막 낚시를 던질 것인데, 아이들 크고부터 옮겨 산 여수시 인근 갯가 마을에서 주낙 어장 하면서 종종 찾아오는 곳이기는 하지만, 고향 땅을 지천에 두고 시댁이나 처가 안부 한마디 없는 것은 서로 심사가 잔뜩 뒤틀려 있는 탓이다.

"줄 잡어."

"……"

오씨 목소리는 여전히 날이 서 있고 세포댁 눈 또한 발끈한 기운을 한끝도 빼지 않고 있다.

"얼른 줄 잡으랑께."

"잡었소. 보믄 모르요?"

둘은 싸우듯 악을 지른다. 남이 보았다면 아마 가는귀먹은 부부라 할 만하다. 그녀는 남편을 쏘아보다가 스티로폼에 깃발 꽂아 만든 부표를 신경질적으로 바다에 던진다. 크러렁. 배는 전진 기어를 받아 파도를 타며 앞으로 나아간다. 어쨌든 부부의 어장은 시작된다. 배의 속도에 맞춰 세포댁은 간밤에 미끼 달아 동그랗게 말아놓은 주낙을 휙휙 던진다. 연승줄이 뱅그르르 춤을 추며 순서대로 낙하를 한다. 고등어살 끼운 낚시는 천천히 바다 밑바닥으로 가라앉는다.

이러면 부부는 말이 없다. 한 사람은 키를 잡고 원하는 방향으로 적정한 속도를 유지하고 남은 한 사람은 주낙 놓는 일만 한다. 차라리 이게 편하다. 노을의 자투리 기운이 두 사람의 볼 한쪽에 옮겨오고 간혹 뱃전에서 튀어 올라온 물방울이 옷을 적시기만 할 뿐이다.

그사이 노을이 지고 오씨는 갑판 불을 켰고 샛별이 떴다. 다섯 벌 주낙을 다 던져 넣자 세포리가 몇 개 불빛을 반짝이며 이만치

가까워져 있고 이미 밤은 진행 중이다. 파도가 자기는 했지만 그래도 아직 기세가 남아 있어 세포댁 윗도리는 거의 젖어 있다.

오씨는 그곳에서 처가 동네를 버리고 맨 처음 시작했던 자기 고향 마을 쪽으로 배를 몬다. 60촉짜리 전구가 바람 부는 밤바다 한가운데 움직이는 작은 한 점이 된다. 출발점에 되돌아온 오씨는 비로소 키를 고정시키고 담배 하나를 문다. 이제 밤 깊어질 때까지 기다리는 게 일이다.

봄이 익어간다고는 하지만 아직 밤 기온이 차다. 낮이 꽃피는 계절에 반팔 차림이라면 밤은 곧 눈이라도 올 듯한 시절에 외투 입성이다. 해가 저물면 바다 위로 차가운 칼바람이 불었고 바닷물은 아직도 겨울이다. 수온(水溫)이 올라가려면 한두 달 더 지나야 한다. 그는 흰 물보라를 바라보며 흠칫 몸을 떤다.

주낙을 건져 올리려면 세 시간은 있어야 한다. 그 정도면 집엘 다녀올 시간은 되지만 오가는 거리가 짧지 않아 집 잘 있나 구경만 하고 돌아와야 하는데다 기름이 닳기도 하고 혹 주낙이 다른 배에 상할 수도 있어 이렇게 바다 위에서 죽치는 게 오랜 생리이다. 제자리 찾은 배는 돌산 쪽에서 밀려오는 파도에 다시 흔들리기 시작한다.

다른 날 같았으면 옷이 다 젖었네, 파도가 아직 좀 씨구만, 얼른 수건으로 좀 닦소, 뭐 이런 빈말 공치사라도 했겠지만 심사가 말이 아니라 못 본 척하고 만다. 아내가 주섬주섬 풀어놓은 도시락만 노려볼 뿐이다. 그녀는 그녀대로 모자 아래로 얼굴을 숨기고 있다. 입에 돌을 달고 마지못해 손만 움직인다.

반 평 남짓한 고물 갑판 위에서 보자기가 몸을 푼다. 동그란 스테인리스 찬합(그녀가 시집을 때 해왔던 것으로 그들은 삼십 년 동안 배에서는 거기에 담긴 밥을 먹었다)에 밥이 굳어 있고 플라스틱 네모 반찬통에는 김치와 시래기 나물과 말린 숭어 양념장에 찐 것, 그렇게 담겨 있다. 국도 없다. 예쁘면 곰보 자국도 보조개로 보이지만 미우면 윙크도 안질이라 타박 안 하고 넘어갈 수가 없다.

"이게 뭐여, 시방. 뭔 반찬에 돼지 비계 쪼가리 하나가 읊어, 그래."

세포댁은 들은 척도 안 하고 제 밥그릇에 밥 한 사발 푸고는 나물을 처억 올려놓는다.

"염병. 날도 춥구만 멀국이라도 한 사발 담아오지, 이렇게 묵고 뭔 일 하겄어."

차가운 바람도 한번 뒤틀린 심성을 얼리지 못한다.

"깜박했소. 그람, 컵라면 잡술라요? 뜨신 물은 가지고 왔응게."

그러나 목소리에 미안함 같은 것은 없다. 그녀는 마지못해 하는 동작으로 가방에서 컵라면 하나 꺼내 봉지 열고 보온병의 물을 따른다. 가느다란 수증기가 피어오른다.

오씨는 그것도 마음에 안 든다. 지금 밥을 먹고 몇 시간 기다린 다음 한 벌씩 걷어올리면 얼추 새벽이 된다. 그러면 신항 어판장에 생선 넘기고 이른 아침 햇살을 받으며 집으로 돌아간다. 새벽 세네 시 정도 되면 배가 몹시도 출출해지는데 컵라면은 그때 몫으로 아껴두는 것이다. 그런데 새벽 참거리를 지금 거침없이 꺼내놓고 있지 않은가.

"라면을 지금 묵으라고?"

"……"

"지금 묵어불믄 이따가는 뭐 묵으라고?"

"……"

"뭔 밥을 앞뒤 분간도 안 하고 내밀어. 하다못해 된장국이라도 한 사발 안 담아오고 집구석에서 뭐했어?"

"아따, 그냥 있는 대로 묵으시오."

그예 세포댁은 새된 소리 한 대목 지르는 것으로 남편의 성화에 구색을 맞춘다. 오씨는 뺨 맞은 사람처럼 눈을 부라린다.

"뭐한다고 국 한 그럭 갖고 투정을 부리요, 부리기는."

"이런, 말하는 것 좀 보소이."

"이녁이 쬐깐한 아그들이요? 밥 주라 국 주라, 사람 성가시게 하기는."

"그란께 내 말이 그 말 아니여, 날도 추운디. 이 짓 어디 하루 이틀 해? 흔해빠진 멀국 한 그럭 싸오는 것이 뭐가 어려워? 알아서 잘하믄 되잖어."

새된 반응과 부아 난 언성은 서로 만나 상승작용을 일으킨다.

"그래, 어렵소, 어려워. 어려워서 못 싸왔소."

"이런, 빌어먹을."

"놈들은 메느리가 뜨신 밥 해 바치는 거 받아묵는디 나는 읎던 애새끼들까지 들러붙어 뒤치다꺼리에 쎗바닥이 빠지는구먼."

"……"

"쬐깐한 것들도 성가셔 죽겄는디 왜 당신까지 이러요."

세포댁도 아예 마음먹었는지 숫제 밥숟가락 던져놓고 몸을 바로 한다. 여전히 바람은 불고 파도는 찰싹거리고 60촉 전구는 밝고 그 바깥은 하늘, 바다, 같은 색으로 컴컴하고 별은 총총 떴다. 바다 한가운데에서 이러니 듣는 사람 아무도 없다는 것이 다행이기는 하다.

"왜 이리 악을 지르고 지랄이여."

오씨는 꼬여 있는 중에 마누라가 자신을 손자 녀석들과 한꾸러미로 엮어서 도매금 처분하는 게 더 분하고 기분 상한다.

"내가 소리 안 나게 됐소, 지금?"

"염병, 요즘 누구네 집 집구석에서 며느리가 해준 따신 밥 받아 묵고 있는가. 지금 혼자 고생이여? 혼자 고생한다고 유세여? 그럼, 나는? 아, 나는."

"좋소, 그런 집 읎단 것도 잘 아요. 하지만 팔자에 없는 애 농사 짓느라 뜬금읎이 쎄가 빠지는디, 이녁은 뭐요? 갈래기(발정기) 도진 강아지도 아니고."

갈래기 소리에 오씨는 재차 울컥, 한다.

"서방한테 갈래기? 개? 이런 씨부랄 여편네가 있냐."

"……"

"그래, 갈래기 도졌다고 치자. 치자구. 저 새끼들 오고부터 도대체 뭐여, 도대체 나는 뭐여? 난 사람도 아니여? 뭔 일 있어도 할 것은 하고 살어야지, 그거 하자는 소리에 개를 갖다 붙여?"

그는 꾹꾹 눌러둔 말을 꺼내는 순간 한바탕 사고 쳐버리고 싶은 충동이 인다.

"씨팔, 좆같이. 나 안 묵어."

뜨끈뜨끈하게 잘 익어가던 컵라면이 파편을 휘날리며 바닷속으로 자맥질을 한다. 그게 가라앉아서 밑밥이 될지 안 될지 구분할 새도 없이 오씨는 내친김에 보온병까지 걷어차버리고 말았는데 그래서 말라붙은 고물 갑판에는 잠시 뽀얀 김이 오른다. 세포댁은 기가 막히다는 얼굴로 서방을 빤히 쳐다본다.

어제 오씨는 아침나절부터 바다와 경계를 이루고 있는 벽에 달라붙어 있다시피 했다. 내리 사흘째 샛바람이었다. 돌산도 산을 타고 넘은 바람이 재작년 새삼 재미 붙였던 월드컵 축구 선수들 우 달려가듯 가막만 너른 바다를 흔들며 화양면 쪽으로 몰려가고 있었다. 바람이 스치는 곳마다 일일이 흰 물보라가 일어 보기에도 영 눈이 편치 못했다. 봄이라 낮바닥은 따뜻한데 콧구멍 속으론

찬바람만 들어왔다.

사리철이라 피하고 바람 불어 공치고 하여 어장 못 나간 게 벌써 얼마나 되었나. 이대로 놀면 어장하기 좋은 조금철이 또 가버릴 것이어서 그는 며칠째 바다만 들여다보았던 것이다.

"예보에 오늘 밤부터 바람이 잔다고는 하등만."

그와 같은 업종으로 벌어먹고 사는 옆집 송이 담 너머로 얼굴만 내민 채 바다를 탐색하다가 말을 걸어왔다. 바람에 눈동자를 저 안으로 말아 넣고 있는 송은 까치집 지은 반백 머리카락 꼭지가 결을 이뤄 하늘로 올라가 붙어 있다. 같은 일, 비슷한 나이에 이웃이라 그가 보이면 오씨는 거울 볼 필요가 없었다. 둘은 멀뚱하니 담벼락으로 목에 줄 그어놓은 채 말을 주고받았다.

"어째, 나가볼랑가?"

"가봐야지 어쩌겄어. 아들놈 차 온 김에 잇갑(미끼) 사러 가볼까 하네. 바다만 쳐다보고 있으면 어디 메르치 한 마리 손에 들어오나, 제기랄."

옳은 말이다. 안 그래도 한번 나가야 할 텐데 하고 있던 차에 마침 송이 미끼 사러 간다니 마음이 더 혹했다. 그때 뭔가가 다리를 잡아당겼다.

"한나부지."

손자이다. 다섯 살 난 큰녀석이 콧구멍을 흰 콧물로 막고 올려다보고 있다.

"바람 찬디 뭐할라고 기 나왔어."

아이는 히잉, 하는 얼굴이었다. 아침에 제 할미가 낯바닥 씻어주는 걸 분명히 봤는데 그새 뭘 했는지 원상태로 완벽하게 돌아가 있다.

"아이구, 꼬라지하고는."

눈이 깊숙이 들어가 나중 크면 성질 좀 있겠다 싶은 것은 아들 거쳐 대물림해놓은 제 탓이겠지만 벌어진 콧방울이며 아랫입술 튀어나온 심술보 낯바닥은 제 어미한테 받은 것이다. 신발도 어디서 흘렸는지 맨발이다. 이게 이른바 눈에 넣어도 안 아프다는 것이다. 이렇게 올려다보고만 있으니 어쩔 수 없이 아이를 들어 담벼락 위에 올려놓았다.

"아이구 추워, 이 새끼야. 쬐깐한 자식이 뭐한다고 꼭 바람 부는 바다를 보겠다는 거여. 그러니 노상 감기를 달고 살지."

물론 애는 귀를 닫고 있다.

"워치께 할랑가?"

송이 물었다.

"나 두 상자만 사다주소. 오늘 채비해서 널이라도 나가봐야지. 애새끼들 믹이느라 집구석에 세종대왕이 씨가 말랐어. 어째, 지금 돈 주까?"

"일읎네. 이따가 금 봐서 주소."

그때 나도 있어요, 하는 소리가 안방에서 들렸다. 제 형 빼닮은 둘째 녀석이 으앙, 울음을 터뜨린 거였다.

"가만히 좀 있어, 이놈아."

마누라 소리다. 사람이 나이 먹으면 여러 가지 순해지는 곳 중에 첫째가 입이라고들 하던데 저 사람은 나날이 쉿소리만 늘어갔다. 그게 다 아들, 손자 탓이라는 것을 모르지는 않았지만 귀에 거슬려 뭐한다고 애를 울려, 안방 향해 버럭 소리를 질렀다. 방에서는 별 대꾸 없이 으앙, 아이 우는 소리와 내가 못 살어, 소리가 화답을 하는데 반응은 엉뚱하게도 손에 쥔 큰 녀석에게서 나왔다. 뒤쪽 바라보느라 손에 힘을 놓은 탓에 아이가 발길질로 담을 박차 순간 화단 아래로 넘어질 뻔했다. 조그마한 녀석이 힘은 왜 이리 센지 그는 기도 안 차서 할 말이 없었다.

주낙 어장으로 밥 먹고사는 내외에게 손자가 손님이 아니고 군식구로 들어선 게 석 달 전 겨울이 한참일 때였다. 아들이 내려놓고 간 것이다.

생선 잡아 대학까지 가르쳐놓은 아들은 뭘 배웠는지 남들이 손내젓는 사업마다 벌였다가 끝내 털어먹고 마는 버릇이 있었다. 그게 최근에 생긴 버릇이 아니라는 걸 부부는 알고 있었다. 말리는 결혼을 밀어붙인 쓸데없는 저돌성이나, 결혼 때보다 더 말리는 이혼을 감행하는 과단성, 자식 둘 책임지고 키워낼 수 있다고 큰소리치던 당당함이 그 버릇과 궤를 같이 했는데 두 아이 슬쩍 내려놓고 이번에 벌이는 일만 잘 되면 돈을 덤프트럭으로 싣고 와 안겨주

겠다고 실실 웃을 때는 이것을 옛날에 더 때려놨어야 했는데, 싶
었다.

"너는 심지어 똥 눌 때도 쇠 들고 방위 봐서 눠야 할 놈이여."

조심에 조심을 더하라고 그렇게 일러 보내고 나자 아이들 둘만
하늘에서 뚝, 떨어졌다. 할아비, 할미가 까짓 손자 못 봐주겠는가
마는, 이게 한 놈도 아니고 두 놈에다가, 하나는 걷기는 하되 기저
귀를 찼고 하나는 미운 다섯 살이라 짐작보다 훨씬 수고스러웠다.
감기는 형제가 공놀이하듯 주고받고 떼쓰는 것은 협동으로 단결하
고 밤중에 우는 것은 불침번 교대하는 듯하고 밥은 각자 개인 식단
을 원하고 뭘 부수고 깨는 사고는 뭐라고 한마디로 정리할 수 없을
만큼 다양하게 일어나니 세포댁은 차라리 죽은 시엄씨를 다시 모
시는 게 낫겠다고 고시랑거리고 오씨는 오씨대로 삶의 흐름이 뒤
죽박죽이 되어버려 죽을 맛이었다. 자식이 상전이라면 손자는 상
감이었다.

사지 뻗대며 앙탈 부리는 큰 녀석 원하는 대로 담장에 추켜올려
주며 언뜻 보니 그예 갔는지 송은 보이지 않았다. 담 아래 개 한 마
리만 바람에 제 털을 빗고 있을 뿐이다. 날씨도 날씨지만 오씨는
공연히 미끼를 사는 것은 아닌가 싶기도 했다. 아이 봐줄 사람으
로 시내 사는 딸을 찍어놓고는 있으나 아직 물어보지를 못했던 것
이다.

고등어 두 상자 받아 회 뜨듯 조목조목 칼질한 뒤 다섯 벌 주낙 미끼 단 게 저녁부터 새벽 세시까지 일이었다. 일 있다고 거절하는 딸을 달래기도 하고 윽박지르기도 해서 반승낙 얻어놓고 아이고 죽었네, 소리부터 내지르는 마누라 재촉하여 벌인 일이었다. 송이 말한 대로 밤부터 여수 앞바다는 점차 파도가 가라앉을 것이라고 일기예보가 장담하는 것도 한몫했다.

저녁상 치우고 손질해서 광 속에 넣어둔 주낙 꺼내 미끼 끼우기 시작했는데 다른 때 같았으면 두 내외 달려들어 열두시 못 되어 끝났을 거였다. 문제는 녀석들이었다. 밥 먹이랴, 싼 것 치우랴, 씻기랴, 옷 갈아입히랴, 싸우는 것 말리랴, 칭얼대는 거 업고 달래랴, 재우랴, 손 하나가 제대로 빠져나가 한참 더뎠다.

케이비에스 마감 뉴스 시작할 때 찡찡대던 투정 마감하고 두 녀석 잠들자 나갔던 손이 비로소 돌아와 붙었는데 이미 탄력을 잃은 판이라 속도가 나지 않아 쥐나 고양이 안 타게 뒷정리해놓고 보니 세시가 다 되었다. 그는 하품만 만들어내는 아내에게 소주 한잔을 부탁하고는 밤바다를 한번 돌아보았다.

장담대로 바람이 좀 수그러진 듯도 싶었다. 내일은 조금 끝물에 물 때 좋기도 하거니와 한동안 바람이 불어대서 어장을 쉬었기에 이래저래 놓치고 싶지 않은 날이었다. 풍랑 인 직후에는 비교적 어장이 괜찮으니만큼, 어느 구름에서 비가 올지 모를 일이기는 하지만 이럴 때 한몫 잘 올리면 다른 때 두번 세번 나가는 폭이 되고

도 남을 듯싶었다.

그는 좀 들뜬 기분이 되어 방으로 돌아왔다. 아이 다독이다가 늘 먼저 잠들곤 하던 세포댁이 모처럼 깨어 있지 않은가. 석 달 동안 부부 합환은 고사하고 살 한 점 만져보지 못했던 것이다. 삼십 년 넘게 살아 어디가 어떻게 생겼는지는 눈 감고도 환하지만 기억만으로 바늘 끝만큼이라도 해소된 적이 있던가 어디. 살 붙여보자고 여러 날 기회를 노리던 끝에 막상 기회가 오자 그는 몸이 금방 달아올랐다.

그러나 아내는 쟁반에 반쯤 든 되들이 소주병, 마늘쫑 하나 달랑 붙여놓고 벌써 몸을 눕힌 뒤였다. 어느새 가느다랗게 코까지 골고 있었다. 그는 큼큼, 마른기침을 하며 참고 마셨다. 자신도 모르게 설핏 잠든 모양인데 깔끔한 데가 있는 사람이라 조금 있다가 씻으러 일어나려니 싶었던 것이다.

입 적시던 소주가 점점 내려와 아랫도리까지 다다르자 세포댁 코고는 소리가 더 높아졌다. 그는 못 참고 깨웠다.

"어이, 안 씻고 잘랑가?"

코고는 소리가 조금 낮아질 뿐이었다.

"내금새 날 텐디 씻고 자지 그래?"

그제야 끄응, 돌아누우며 이불 차낸 큰 녀석 덮어주면서 잠결에 답했다.

"뭔 내금새가 난다고……."

오씨는 아내 뒤통수를 한번 노려보다가 내쳐 입을 더 열었다.

"아, 좀 씻고 와봐."

"밤중에 왜 소리를 지르고 그런다냐, 이 양반이. 애들 깨졌구먼."

"소리 안 지르게 됐어? 좀 씻고 오라고 했잖어."

세포댁은 고개 돌려 편치 않은 얼굴로 이쪽을 보며 대꾸했다.

"술 자셨으면 얼른 자기나 하시오. 내일 어장 나간다고 이때껏 잇갑 끼놓구서."

오씨는 술잔에 술 남은 걸 마치 아버지 죽인 원수로 여긴 듯 단숨에 털어 넣으며 목소리를 낮췄다. 큰소리에 작은 녀석이 발길질을 하며 뒤척였던 것이다.

"니기미. 속이 꽉 찼는디."

그러나 못 들었는지 그새 코고는 소리로 답을 했다.

"염병. 아무리 피곤해도."

그는 거기까지 해놓고 입을 다물 수밖에 없었다. 잠투정을 하던 둘째가 기어이 깨나서 울음을 터뜨린 것이다. 아이가 방해를 한 듯해서 신경질이 나면서도 영영 잠들어버릴 아내가 그 덕에 깨날 것 같기도 해 그는 어느 쪽으로 표를 던져야 할지 혼동되기도 했다.

"아, 애 울어."

"……"

그는 아내 머리맡을 향해 홀로 돌아다니는 베개를 찼다.

"애 운당께."

날아든 베개를 벽 쪽으로 휙 집어던진 아내의 목소리가 순식간에 올라간 게 그때였다.

"작은 새끼 좀 얼른 보듬으시오. 되(고단해)서 꼭 죽겠구먼. 나보고 뭘 어쩌라는 거요. 이녁이 애 깨봤응게 알아서 달래시오."

그렇게 쏴붙이고는 이불 둘둘 말아 철갑 두르고 자버렸던 것이다. 오씨는 젖 먹던 힘까지 동원해 신경질을 누르며 우는 아이를 한동안 달랬는데 그런 까닭에 아침이 되어서도, 그리고 오후 어장 나올 때까지도 뒤틀려 있었던 거였다.

"참말로, 라면이 뭘 잘못했다고 그것을 버리고 그러요."

넘어진 보온병을 세우며 세포댁은 따져 들었다.

"생각이 있으믄 생각을 좀 해봐. 애새끼들 들어왔다고 하지만 안 키워본 새끼들도 아니고, 생각이 쬠만이라도 있으믄 서방을 이렇게 홀대해서 쓰겄어? 쪼금만 맘을 쓰믄 그것이 뭐가 어려워."

이를테면 오늘 새벽에, 이쪽이 이렇게 뭔가 가득 차서 해소해야 할 필요가 충분한데, 한두 해 산 게 아니라서 어느 때 무엇을 어떻게 해야 하는지 빤히 아는 마당에 그 정도면 눈치를 챘어야 옳고, 눈치 챘다면 인지상정으로, 상정이 아니면 오래도록 해왔던 습관대로 고쟁이 한번 내려주면 맘도 안 상하고 몸도 개운하지 않겠느냐는 말이 다문 입 속에서 돋아났다가 도로 들어가 소화불량이 되는 그 내용이었다.

"씨부랄, 어장 잘되겄다. 아나 어장이다. 어장이고 뭐고 확 끊어불고 다 때려치워불라."

"듣자 듣자 항께요, 참말로 염병하네. 이녁은 그렇다고 치고, 나는, 나는 뭐요. 부를 때마다 오는 쫑이요? 메리, 해피요?"

어쨌든 돌아가는 폼이 저가 거시기 하자고 칭얼대는 게 본 내용이라 그는 이를 악물고 담배 하나를 다시 문다.

"당신이야말로 생각이 있으믄 생각 좀 해보시오. 내가 몸뚱아리가 두 개 시 개도 아니고, 이녁하고 거시기는 새로간에 물 한번 제대로 해본 게 언젠지 모르는디."

"……"

"그것도 뭐 마음이 돼야 하든지 말든지 할 것 아니요. 죙일 애새끼들 치다꺼리에 정신도 하나 없고 안 쑤시는 데가 없는디, 서방이라고 뭐하나 거들 생각은 안 하고 그것만 안 준다고 저렇게 떼를 쓰니."

"오씨는 자꾸 입이 씰룩거리는 것을 참으며 담배만 빤다. 자신이 어린 손자들과 맞물려가는 게 거듭 뭐했기 때문이다.

"나도 늘그막에 애새끼들 보는 것이 좋겄소? 좋겄냐고."

"적당히 보믄 되잖어."

"그 새끼들이 내 것들만이요? 이녁 새끼들은 아니요? 아이고 팔자야, 팔자야."

"……"

"에이, 드러워서 나도 안 묵어."

세상일이라는 게 마음이 먼저 풀리면 일도 따라 저절로 풀리고 마음이 꼬이면 일도 덩달아 꼬이는 법이다. 라면 던져버린 서방과 숟가락 놓아버린 아내는 각자의 화를 삭이느라 말도 없이 파도에 흔들리기만 했는데 불편한 와중에 더디게 시간은 갔다.

일은 일이라서 두 사람은 각자의 위치에 선다. 아무 말 없이, 해 왔던 습관대로 일을 시작한 것이다. 첫 번째 부표를 걷어올리고 나란히 앉아 오씨는 롤러로 주낙을 당겼고 세포댁은 그것을 차곡차곡 감아 상자에 담기 시작한다. 이게 어장이 되려면 첫 번째 낚시에서부터 주렁주렁 달려 올라오는데 세 개 중에 입이 지나가 하얗게 남은 바늘은 그나마 하나뿐이다. 250미터짜리 첫 벌에 쥐노래미 댓 마리와 그나마 쓸 만한 것으로 민어가 하나 물었는데 어느새 문어가 붙었는지 한쪽 얼굴이 상해 있다. 눈을 파먹고 간 것이다. 이러면 팔 수가 없다.

다음 번 벌도 별 차이 없다. 오씨는 마음 더 가라앉을 곳이 없는 상태에서 줄을 올렸고 세포댁은 남은 미끼 빼내고는 낚시를 순서대로 나무 상자 모서리에 꾹꾹 눌러 끼우며 챙기기만 한다.

배 엔진이 갑자기 털털거리다가 꼬르륵 꺼져버린 것은 세 번째 줄을 끌어올리던 도중이었다. 놀란 오씨가 손에 쥔 것을 내던지고 기관실로 뛰어갔으나 엔진은 급살맞은 것처럼 몇 번 몸을 들썩이다가 목숨을 놔버린다.

기름통 살피니 연료는 아직 남아 있고 전구 불빛이 그대로이니 배터리가 이상 있는 것도 아니다. 기관실에 물이 찬 것도 아니다. 시동을 걸어보아도 틀틀, 소생 불가의 신음만 내다가 다시 죽는다.

남편 자리로 옮겨 앉은 세포댁이 주낙을 올리며 이쪽을 살피는데, 이런 시간에 바다 한가운데에서 배 엔진이 스스로 꺼져버리는 게 보통 일이 아니라는 것을 그녀도 잘 알고 있기 때문이다. 엔진 오일이 새는 것도 아니다. 그렇다면 원인은 한 가지이다.

역시나 그거였다. 선미루 갑판 아래 척척 부딪히는 물살 사이로 보니 프로펠러에 적잖은 밧줄이 칭칭 감겨 있다. 얼마나 단단히 감겼는지 프로펠러와 이어진 회전축이 가려 아예 보이지도 않는다. 이런 경우가 없지는 않지만 이처럼 엔진이 멈춰버릴 정도로 된통 당하기는 아주 모처럼 만이다.

올라오라는 생선은 아니 오고 오지 말라는 이런 것이 왔는데, 왔으면 쉬 갈 것이지 이렇게 헤어진 지 십팔 년 된 오누이처럼 딱 달라붙어 있으니 오씨는 기가 찬다.

"이런 니미럴."

그는 낫 감아 묶은 대나무를 집어넣는다. 닳고 낡은 밧줄이라면 낫질 몇 번에 한 꺼풀씩 벗겨지면서 회전축이 매끄럽게 나타날 텐데 이번 것은 아예 맘먹고 달려든 빚쟁이처럼 너 죽고 나 붙자식으로 한 꺼풀도 허용하지 않는다.

"이런, 씨부럴…… 지미럴…… 이 좆같은…… 씨팔."

낫질 한 번에 딱딱 아귀 맞춰 후렴구 넣듯이 욕질 해대던 오씨 뒤로 세포댁이 다가온다.

"뭐 단단히 걸렸소?"

"주낙 안 잡고 뭐하러 와."

오씨는 쳐들어오는 적군에게 고함치는 장수처럼 일갈을 내지른다.

"다 올렸소."

하긴 그 말이 맞다. 프로펠러에 밧줄 걸렸다고 올리던 주낙을 내던질 사람이 아니다. 뻔히 알고 있지만 노느니 개 팬다고 당장 눈에 걸리는 마누라에게 역성을 낸 것이고 세포댁 또한 정황이 정황이라 남편의 말도 안 되는 성질을 일단 받아주느라 목소리가 수그러진다. 주낙 다 올린 배는 바다에서 붙잡아줄 게 아무것도 없어 천천히 떠밀리기 시작한다.

"기계까지 섰을 정도믄 뭐가 단단히 감았는갑소이."

"……"

부릴 수 있는 역정은 이미 부려버려서 마땅히 대답할 게 없는 그는 신경질적으로 낫질에 힘을 주는데 힘이 과했던지 그만 낫 모가지가 쑥 빠져 바닷속으로 가라앉고 만다. 그는 빈 대나무를 들어 올려 빠히 쳐다보다가 휙 휘둘러 패대기를 친다. 대나무는 뱃전에 부딪히며 빠직, 반으로 허리를 접고 만다. 그러는 사이 배는 점점 화양면 갯바위 쪽으로 떠밀려간다. 아직 건져내지 못한 주낙 두

벌은 그럴수록 저만치 멀어지기만 한다.

순간 마음이 다급해진 오씨는 제가 무엇을 부러뜨렸다는 것도 잊고 좌우로 고개를 돌린다. 바다에 배를 묶어놓을 수 있는 양식장 같은 것을 찾는 것이다. 아무것도 보이는 게 없다.

"얼른 닻, 닻."

그 소리에 세포댁은 달려나가 닻을 던지고는 능숙하게 뱃머리 기둥에 묶는다. 떠밀리던 배는 길게 원을 그리다가 바람 불어오는 돌산도 쪽으로 주둥이를 틀고는 멈춘다. 그러나 그뿐. 이게 항구에 정박한 것이라면 모를까, 밤바다 가운데 일단 세운 상태이고 아직 올리지 못한 주낙과 시동이 안 걸릴 정도로 단단히 줄이 감긴 프로펠러를 어떻게 해야 한단 말인가. 제 할 일 마친 세포댁이 고물 쪽으로 건너와 물속을 들여다보면서 혀를 찬다.

촘촘히 밤하늘에 박힌 별과 그사이를 유장하게 흐르는 은하수. 그것들을 말갛게 닦으며 지나가는 샛바람. 별빛을 반짝반짝 반사하는 파도. 담배 문 오씨 눈에는 물론 그것들이 제대로 들어올 리 없다.

달도 안 뜬 밤바다. 추운 날씨. 하루 종일 꼬여 있는 심사. 그것의 원인이라고 여기는 아내. 그리고 멈춰버린 배. 이것만이 숙제처럼 그 앞에 놓여 있는 것이다. 담배를 핀들 무슨 수가 날 것일까만 당장 할 수 있는 일이란 게 그것밖에 없어 그는 뻑뻑 밤바다 가운데 작은 불똥 하나를 키웠다 죽였다를 되풀이한다.

"씨팔. 되는 일이 읆어, 되는 일이."

그러고 보면 사람들이 흔히 하는, 꼬인 속을 풀 수 있는 것이 담배라는 말은 틀린 말이다. 그는 그 다음 할 일을 찾았다는 듯 아내들으라고 또 한바탕 주절거린다.

"……"

"좃같이. 집구석에서부터 꼬이니 뭔 일이 제대로 되겄어."

세포댁은 발끈한 얼굴로 뭐라고 대꾸를 하려다가 긴 숨만 내쉬고 만다. 이 상황에서 싸워봤자 아무 소용없다는 것을 알고 있는 까닭이다. 그가 장화 벗고 칼 찾아든 것은 순간이다.

"오매, 지금 뭐한다요?"

놀란 것은 세포댁이다.

"뭐하기는, 보믄 몰라?"

"오매, 세상에. 들어갈라고라?"

"그러면?"

오씨 얼굴에서는 큰일을 작정한 사람 특유의 결연함 같은 게 도드라진다.

"쪼끔 기다려봅시다. 뭔 배 하나만 지나가믄."

"니미. 여기서 집에까지 채다(견인)줄 배가 어디 있고 설사 그런다한다믄 그 사람들이 돈은 안 받고? 저 주낙은 또 어칙하고, 지랄."

"거, 욕 좀 안 하고는 말 못하요? 입이 썩겄소, 썩어."

"입구멍이 썩든 귓구멍이 썩든, 내가 시방 욕 안 나오게 생겼어."

오씨는 숫돌에 칼을 갈며 답한다.

"그래도 쫌만 기다려봅시다. 이 추운 날씨에 어떻게 들어간다고."

세포댁 말이 다시 수그러든다. 밉든 좋든 지금 남편이 차가운 밤바다 속으로 들어가 직접 줄을 풀어내겠다는 것 아닌가. 말리기는 할지언정 뭐라고 지청구할 형편은 못 된다.

"아따, 살다보니 이녁이 나 걱정을 다 해주네이. 허참, 왜 인자사? 사람 돼질 때 된께 걱정을 하기는 좀 하구먼."

"……"

"씨부랄, 내가 들어가는 것밖에 방법 읎어. 그러니 이참에 혹 나 뒈져블믄 지나가는 배 얻어 타고 가서 당신 맘대로 하고 살소."

그렇게 유언하듯 내뱉고 오씨는 심청이처럼 풍덩 물로 들어간다. 시커먼 물방울이 화들짝 폭발하면서 한겨울 북풍한설 같은 차가운 기운이 몸을 찔러온다. 춥다기보다는 추위에 한방 제대로 얻어맞았다는 표현이 더 맞는데 그래서 그는 일도 시작하기 전에 태풍 맞은 비닐 포장처럼 떨었다.

"아, 가만히 있지 말고 불 좀 비춰."

일단 몸을 적신 오씨는 고개를 내밀고 고함을 지른다. 짠물 한 모금 목구멍 속으로 벌컥 들어온다. 한 소리 또 들은 세포댁은 조타실 위에 켜놓은 전구를 끌어다 묶고 손전등을 찾아온다.

오씨는 흔들리는 불빛에 프로펠러 위치를 가늠하고는 자맥질을 한다. 차가운 밤바다가 그를 통째로 뒤집어 감싼다. 바닷속은 바람 대신 물살이 흘렀고 그는 떠밀리지 않으려고 필사적으로 프로펠러를 잡는다. 회전축은 위에서 보던 것보다 더 단단하게 밧줄에 감겨 있다. 그는 자꾸 떠오르는 몸을 힘주어 균형 잡으며 칼을 댄다. 그러는 사이에 차가운 기운은 바늘처럼 파고들고 저 아래 깊은 바닷속에서 올라온 무서움이 척추를 뚫고 제멋대로 돌아다녔다.

사실 할 짓이 아니었다. 세포댁 말대로 지나가는 배를 기다려야 하는 것이다. 물에 들어간다 하더라도 춥지 않은 날에, 별 위험 없는 마을 앞바다에서, 최소한 한낮에 하는 것이고 이래저래 여의치 않으면 배를 뭍으로 올려 손질을 해야 하는 것이다. 그러나 그는 지금 파도치는 밤바다 속에 혼자 들어가 있다.

이게 아차 하는 순간 죽을 정도로 위험한 짓이라는 걸, 그러니까 저체온으로 인한 심장마비로 몸이 굳고 그대로 가라앉아 한 사흘 바닥에 누워 있다가 창자가 썩으면서 가스가 차면 부력으로 두둥실 떠올라 파도치는 대로 흘러 다니는 아주 볼썽사나운 것이 될 수도 있다는 것을 새삼 깨닫고 말고 할 것도 없을 정도로 정신이 없다. 그 정도로 춥고 무섭고 혼미하다.

그러나 이유야 어쨌든 그는 결행을 한 거였고 결행의 끝을 봐야 했기에 혼신의 힘으로 밧줄을 잘라나간다. 하지만 밧줄은 녹슨 식칼로 쉽게 해볼 수 있는 상대가 아니다. 숨이 막히면 부랴부랴 뒷전에 머리 부딪혀가며 고개를 올려 숨 몰아쉬었고 그리고 다시 들어가 칼집 만들어놓은 곳에 재차 날을 박아 썬다.

별 한두 개가 더 뜰 정도 시간이 갔으나 작업에는 진척이 없다. 한 꺼풀 잘라내기는 했지만 뽑혀 나오는 것이 없다. 씨팔, 씨부랄 것. 그는 물속에서도 욕을 했다. 욱해서 내뱉었던, 죽어버리겠다는 생각은 실제 죽을 수도 있는 정황과 만나면서 말짱 사라졌지만 도대체 되는 일이 없다는 부아는 여전히 빛을 발하며 항아리처럼 동그랗게 마음속에 모여 있는데 아마 그것 때문에 이 짓을 할 힘을 얻는 것인지도 몰랐다.

어쨌든 몸은 급속도로 식어간다. 손가락이 굳고 얼마 있지 않아 손목과 어깨가 남의 것이 되어버렸다. 발을 놀리면 언 아랫도리에서 얼음 갈라지는 소리가 들리는 듯하다. 아마 혼(魂)이 반 이상 빠져나갔으려니 싶었을 때 어찌어찌 한 토막의 밧줄이 둘로 나뉘면서 순식간에 프로펠러는 자유의 몸이 된다.

오씨는 자신도 모르게 숨을 쉬었는데 아직 물속에 있다는 사실을 잊고 있어서 공기 대신 재차 물을 들이키고 만다. 그는 이제 진짜로 죽는구나, 싶다. 빨리 물 바깥으로 나가야 하는데 몸이 그대로 경직되어서 한끝도 움직일 수 없다. 오른손은 칼을 쥔 채, 왼손은 밧줄 토막을 쥔 채 그대로 동상(銅像)이 되어간다. 터져 나오는 기침만 본능적으로 참을 뿐으로 혼미해지던 정신은 급기야 아득해지며 저 속에서 고통이 몸부림을 치기는 하지만 원하는 대로 되는 것은 하나도 없다. 그는 그대로 가라앉아갔다. 끝을 알 수 없는 시커먼 바닷속이 조금 가까워지는 듯하다가 멀어진다. 무언가가 그를 끄집어올리고 있다.

남편이 침 맞은 병아리처럼 움직임이 없자 세포댁이 삿대를 집어넣어 갈고리로 점퍼 모자를 걸어 올린 것이다. 가물가물한 정신으로 오씨는 재작년에 세상 버린 어머니를 만나 숨을 쉰 듯하고 북두칠성님 만나 별도 구경한 듯하고 영등 할미 만나 바람도 만난 듯했다. 그는 자신의 몸이 어떻게 갑판에 올라왔는지 알 길이 없다.

"정신 채리시오, 오매 무건거, 즈가부지, 여기 좀 잡아보시오."

세포댁 소리가 만고강산 유람헐제, 이런 노래 대목으로 들리고

"미쳤어, 미쳐. 염병한다고 바다에 들어가 갖고는……. 아이고, 정신 좀 채려보란 말이요"

이 말은 너는 죽었느니라, 너는 이제 씨언허게 죽어부렀니라, 이런 저승사자의 말로도 들린 듯하다.

이제 살길은 체온을 회복하는 것밖에는 없다. 어찌어찌 조타실에 누운 오씨는 여전히 정신을 놓고 으어어어, 으어어어, 얼어붙은 신음만 내뱉는다. 좁은 조타실에 무어가 있겠는가. 따뜻한 물이 있으면 좋으련만 갑판에서 기화해서 구름 되어버린 게 한참이다.

세포댁은 뒤도 안 보고 남편 옷을 벗기기 시작한다. 어부의 딸에, 어부의 아내에 저 자신도 어부가 된 지 반평생이라 지금 무어가 필요한지 훤히 알고 있는 것이다.

그는 다시 자신이 중학교 다닐 때 세상 버린 할머니를 만나 뭔가

주는 것도 받아먹고 처음 보는 팔 대조 할아버지도 만나 뭐라고 한 소리 듣기도 하고 문득 새신랑 되어서 장가들기도 하고 느닷없이 개가 되어 달 보고 컹컹 짖기도 하고 갑자기 가오리가 되어 그물에 잡히기도 하고 뜬금없이 방패연이 되어서 꽁꽁 언 채 하늘도 날고 순식간에 태어나서 어머니 젖을 물어보기도 하고 그러다가 머리가 빠개질 것처럼 아프며 정신이 든다.

봄을 만난 듯 얼어붙은 어느 한 곳이 허물어진 듯하다. 따스한 기운이 살랑살랑 피부에 퍼지면서 정신이 조금씩 돌아오는데 여전히 배 흔들리는 것으로 보아하니 저 죽어 어디 꽃피는 곳으로 간 것 같지는 않다.

눈 떠보니 홀랑 벗겨져 있는데 똑같이 벗어 알몸인 세포댁이 언 몸을 꼭 껴안고 있는 것 아닌가. 가슴께를 누르느라 양 젖이 옆으로 잔뜩 퍼져 있고 아랫도리는 행여 물 샐 틈 있을세라 촘촘히 밀착한 상태이며 그 위로 적잖은 엉덩이 두 개가 달처럼 포실하게 떠 있는데 두 팔로 목과 머리를 껴안고 그렇게 이불처럼 덮고 있는 것이다. 온기는 세포댁에게서 온 거였고 그만큼 그녀는 떨고 있었다.

"정신 좀 드요?"

"이 사람아……."

그는 입이 차마 안 떨어졌다. 굳이 말 마무리할 필요도 없다. 앞뒤 볼 것 없이 군용모포 끌어 머리끝까지 뒤집어쓰고는 아내를 꼭 껴안는다. 석 달 만이다.

여인

"어제 전화가 왔어요."

동풍에 눈물을 말리고 있던 여인은 입을 열었다. 바람 중에서도 거세기로 이름난 게 동쪽에서 오는 거라 눈물은 세상에 나오자마자 수증기로 변해버렸다. 대신 부풀어오른 머리카락이 여인을 서쪽으로 데려가려고 몸을 흔들어댔다.

"처음 들어보는, 아주 젊은 아가씨 목소리였어요. 내 이름을 묻더군요. 누가 내 이름을 그렇게 또박또박 물어오는 게 얼마 만이었는지 몰라요."

여인은 담배연기를 바람에 흘리듯 말을 천천히 이어갔다. 항구의 등불이 가녀리게 반사되고 있는 몇 뼘의 검붉은 수면을 제외하고는 세상은 온통 바람으로만 가득 찬 곳 같았다.

"전화가 울렸을 때 난 글자 박힌 유리창을 통해 바깥을 바라보고 있었지요. 우편배달부가 가게 앞에 오토바이를 세우고 있었거든요. 그 배달부가 우리 가게로 들어오겠구나 생각을 했어요. 먼 곳에서 어떤 소식이 올 것 같은 그런 기분 있지요? 자신도 모르게 마음이 설레고 일이 손에 잘 안 잡히는. 하지만 배달부는 옆집 부동산컨설팅으로 갔어요. 거기에는 늘 승용차들이 빽빽하게 들어차 있기에 오토바이 하나도 세워둘 공간이 없기 마련이거든요. 왜 그렇게 마음이 허전하던지. 나도 이제 늙어가는구나, 싶었어요."

입을 다문 여인은 마치 바람이 너무 거세어 가던 길을 잠시 멈추고 몸을 웅크리는 모습 같았다.

"이럴 줄 알았으면 차라리 허전하고 만 게 좋을 뻔했지요. 내 이름이 맞다고 하자 이번에는 다른 이름 하나를 대면서 기억하느냐고 묻더군요. 순간 가슴이 철렁하며, 뭐라 말 못할 기분이 되었어요."

여인은 눈을 돌려 바람 따라 물살 만들어지는 곳을 지나 희붐하게 자태를 내보이는 맞은편 섬을 바라보았다. 말은 조금 있다가 이어졌다.

"이곳은 보다시피 바다이지만 이곳과 저쪽 섬이 너무 가까워 마치 강을 끼고 있는 협곡 같죠. 그래서 늘 이렇게 바람이 불어요."

그의 말처럼 바다이긴 하지만 너무 좁아 그것은 강에 가까웠고 그래서 아주 먼 길의 시작 같기도 했고 세찬 물살로 인해 어떤 거

대한 동물의 뼈와 뼈 사이를 흐르고 있는 굵은 핏줄 같기도 했다. 그는 떠나려는 자의 손목을 잡듯 손가방을 들어 엉덩이 쪽으로 옮겨놓았다. 엉덩이는 노란색과 초록색이 서로 엇갈린 체크무늬의 가방에 가려졌고 그러자 여인과 가방은 몹시 친숙한 관계가 되어 한덩어리로 합쳐졌다. 가방을 든 여인이란, 이곳을 떠나는 중이거나 먼 곳에서 찾아왔거나 또는 길을 가는 중이라는 소리였다.

"사람들은 늘 이 협곡의 바다를 통해 어디론가 가곤 했죠. 예전에는 저 도시로 나가는 길이 산 때문에 좋지 않았어요. 아직 기차도 없었고. 그래서 육지에 볼일이 있는 사람은 작은 배를 타고 저 협곡을 따라 위로 올라가고 뱃사람들은 저 아래쪽을 타고 바다로 내려갔지요."

육지와 섬이 양쪽에서 보듬고 있기에 밤이 지나도 열기가 식지 않아 바람 드문 날에는 협곡의 바다에서 안개가 피어올랐다. 그 안개는 무풍의 시간대 탓에 태양이 태워버릴 때까지 오래도록 머물렀는데, 그래서 안개에 의해 매장되어버린 마을 같았는데, 그 속으로 배 한 척이 떠난 날이 있었다.

여자애는 선착장에 서서 울고 있었다.

"얼른 못 가니?"

사내는 인상을 잔뜩 긁었다. 여자애는 그대로 서 있었다. 선착장의 폭은 아주 좁아 서너 걸음만 앞으로 가도, 뒤로 가도 바다였다. 누가 맘먹고 누르기만 하면 곧바로 뽀그르 가라앉아버릴 것 같은 작고 낡은 배의 갑판에는 여자애보다 더 마른 여자가 이불을 뒤집어쓰고 충격 방지용 타이어에 머리를 베고 누워 있었다. 머리카락이 빠져 반쯤 남아 있는데다 피부는 탄력을 잃어 오그라 붙었고 눈은 푹 꺼져 있었다. 추운 날씨가 아닌데도 부들부들 떨고 있었는데 떨림 때문에 살아 있다는 표시를 내고 있었다.

"어엄마."

여자애는 선착장 끝에 서서 계속 울었다.

"얼른 저리 못 가?"

사내가 노인이 쥔 잔에 소주를 따르다 말고 악을 썼다. 여자애는 움찔했고 노인은 연거푸 석 잔을 받아 마셨다. 꼴깍, 꼴깍, 소리가 배 가라앉는 소리 같았다. 노인은 진저리를 한 번 친 다음 기관실로 들어갔다. 통통통통 기계가 일어났다. 컬럭, 컬럭. 갑판의 여자는 고무공처럼 몸을 퉁기며 기침을 토해냈다.

"엄마, 죽지 마."

"재수 없게 이놈의 자식이."

사내는 돌을 집어던졌다. 돌은 여자애의 발등을 맞췄다. 아얏. 여자애는 발을 붙들고 주저앉았으나 물러서지 않았다.

"아빠 말 들어. 엄마 병 나아서 올 테니까 얼른 집에 가 있어."

여자가 가느다란 목소리로 말했다. 노인은 앞으로 다가와 이쪽을 힐끗 한번 쳐다보고는 줄을 풀었다. 통통통. 배는 서서히 뒤로 물러났다. 배기구에서 동그란 연기 덩어리가 퉁퉁 튀어 올라 하늘로 올라갔다. 여자애는 그게 만화에서 보았던, 천사나 죽은 사람의 머리 위에 떠 있는 동그라미 같다고 생각했다.

배는 안개 속으로 사라졌다. 여자애는 태양이 안개를 다 태워버릴 때까지 선착장에 있었다. 안개가 긴 날은 어선들이 바다로 나가지 않아 주변은 조용했다. 그러자 모든 게 꿈 같기도 했다. 지금 집으로 걸어가면 어머니는 군용 모포로 몸을 칭칭 감고 기침약으로 쓰는, 콩나물 넣어 곤 갱엿 덩어리를 숟가락으로 긁어 먹고 있을 것 같았다. 그게 아니면 답답해, 가슴이 답답해, 하며 종재기에 소주를 따르고 있을지도 몰랐다. 아버지는 산 너머 먼 곳에서 살고 있을 것이고.

그러나 돌에 맞은 발등은 파랗게 멍이 들어 있었다. 친구가 다가왔다.

"엄마 갔어?"

여자애는 고개를 끄덕였다. 친구는 마당을 한가운데 두고 맞은편 집에서 살았다. 여자애는 어머니 술 심부름 할 때 외에는 그 친구와 함께 지냈다. 학교도 같이 갔고 바닷가도 같이 쏘다녔고 술에 취한 어머니가 발작을 할 때는 그 애 집에서 같이 자기도 했다.

"다 울었어?"

"응."

"이것 볼래?"

친구는 입구가 넓은 소라껍질을 보여주었다.

"너 울고 있을 때 요 밑에서 주었어. 이거 우리 사는 집 하자. 이 것은 장롱이고 이것은 배고 이것은 강아지고 이것은 밥상이고."

여자애는 친구 옆에 앉았다.

"엄마 장에 갔다 올게."

"싫어, 나도 갈 거야."

"너는 집 보고 있어. 말 잘 들어야지."

"그러면 맛있는 것 사가지고 빨리 와야 해. 예쁜 옷하고."

"그럼. 붕어빵하고 저고리랑 운동화랑 사올 테니까 잘 놀고 있어."

햇볕이 쏟아졌고 뒤늦게 바다에 나가느라 삐걱삐걱 노 젓는 소리와 통통통 기계 소리로 주변이 어지러웠다.

"아가, 내 딸아."

"엄마, 이제 왔어?"

"응, 아이고 허리야. 우리 이쁜이 뭐하고 놀았어? 자 이것은 붕어빵이고 이것은 갱엿이고 이것은 저고리고 이것은 운동화고."

친구는 고동껍질을 하나씩 늘어놓았다.

"야, 이쁘다. 하지만 갱엿은 싫어."

"그럼 이것은 인절미라고 하자. 얼른 먹어."

"엄마, 배고프지? 내가 밥 해놨어. 이것은 밥이고 이것은 국하고 반찬이고."

여자애는 사내가 던졌던 돌로 말라비틀어진 파래를 콩콩 찧어

내놓았다.

　여러 날 뒤 사내가 왔다. 배 타고 저쪽 도시에 간 어머니는 그곳에서 기차를 타고 큰 병원이 있는 곳으로 갔는데 그곳에서 죽었다고 말했다. 여자애는 안개 속으로 멀어져가던, 통통, 배에서 올라오던 동그라미를 떠올렸다.

　사내는 방을 뺀다고 했다. 그게 살던 방이 없어진다는 소리라는 것을 몰랐다. 여자애는 얼마간의 돈과 더불어 친구의 집에 얹혀졌다. 언젠가는 데리러 온다는 말을 하고서 짐 싸서 어디론가 갔다. 저기 서울이라는 제일 큰 도시에서는 우리나라 군인들끼리 총싸움이 벌어져서 사람이 여럿 죽었으며 혹시 전쟁이 날지 모르니 꼼짝 말고 이 집에서 살고 있어라 하고는 화물 트럭을 빌려 타고 갔다. 그는 그 말이 무슨 뜻인지, 어머니가 쓰던 장롱과 찬장 따위를 싣고 어디로 가는지 알 수 없었다. 선착장에서처럼 울지 않았기에 사내는 돌을 던지지 않았다. 여자애는 친구 집에서 함께 살았다.

　"어머니가 돌아가시기 전에 자주 했던 말이 있어요. 이 세상에는 밤과 낮처럼 딱 두 가지 종류의 인간이 있다고."

　여인의 머리 뒤로 새벽 기운이 완연했다. 밤사이 흔적을 지웠던 나무들의 유곽이 생겨나고 어둠 속에서 흐르던 바닷물도 새로운 기운을 받아 여인이 눈 한번 끔벅일 때마다 새로운 색깔로 변해갔다.

　"하나는 가해자이고 또 하나는 피해자랬지요."

　새벽은 여인의 머리카락과 옷가지와 가방에도 속속 스며들었다. 사물이 분간되는 빛이 퍼지면서 바람의 위세는 줄어든 듯도 보였지만 그것은 보이는 것이 많아 생겨난 현상이었다. 눈이 어둠에서 벗어나면 사람을 밀어대는 바람 또한 섬이나 파도나 짐 싣고 지나가는 밤배나 방파제 끝의 자그마한 등대나 다닥다닥 붙어 길게 늘어서 있는 횟집 건물들처럼 세상을 만들고 있는 여러 가지 것들 중의 하나일 뿐이었다.

　"세상의 사람들이 죽은 자와 산 자로 나뉘듯이 말이에요."

　여인은 짤막하게 말하고 길게 침묵했다.

　"어머니에게는 아버지가 가해자였어요. 결혼도 하지 않고 날 낳았고 내가 태어나자 어머니를 방치해버렸으니까요. 항구 저편 어떤 마을에 아버지의 본부인과 아들들이 살았는데 한 번씩 찾아올 때도 그쪽으로는 절대 오지 말라는 소리를 몇 번씩 했죠. 그렇다고 그쪽 눈치 보느라 그런 것은 아니었어요. 늘 외지를 떠돌았고 무슨 일인가를 끊임없이 벌였지요. 어머니가 병이 들고는 더 했어요. 간혹 나타나 약값을 던져주고는 또 나갔죠.

　사람들은 아버지를 두고 노름꾼이라고 했고 주색잡기로 세상을 사는 한량이라고 불렀어요. 사이가 나쁜 이는 사기꾼에 도둑놈이라고 했고 친한 이는 시대만 잘 만나면 정치할 사람이라고도 했어요.

　너만 안 태어났어도.

　어머니가 술에 취했을 때 나에게 했던 소리예요. 너만 안 태어났어도 내가 이렇게 되지는 않았을 텐데. 흣. 어머니는 술에 취해 늘 누군가를 원망하고 저주하고 그 다음에는 우는 것을 되풀이했었지요. 머리카락을 쥐어뜯고 저고리를 북북 찢어대며 이를 바드득 갈면, 친어머니였지만 차마 눈 뜨고 못 볼 지경이었어요. 아, 얼마나 많은 울화가 쌓이면 사람이 그렇게 변할까요. 그러다 지치면 하염없이 울었어요. 그걸 다 해야 온전히 잠이 들 수 있었던 거예요. 어머니에게 나는 가해자일까요, 피해자일까요."

여인은 그러고 나서 엷은 한숨을 조금 길게 내쉬었다. 분간과 간격이 생겨나는 새벽에 무거운 한숨이란 어울리지 않았지만 그러나 사람과 정황에 따라서는 밤에 길을 떠나듯, 풍년에 아사(餓死)하듯, 혼동은 으레 있기 마련이었다.

"그 집에서 여러 해를 살았어요. 생활비는 더 이상 오지 않았기에 난 친구 어머니에게 수시로 머리채를 잡히는 신세가 되었어요. 그 시절에는 밥을 먹는다는 이유 하나만으로 사람 취급 안 하는 게 통용됐지요. 아무리 일을 열심히 하고 눈치를 보고 살아도 남의 집 자식이란 결국 그런 거지요."

여인은 마치 오래된 흑백의 필름이 돌아가는 컴컴한 극장 속에 앉아 있는 얼굴을 했다. 새벽의 맑은 기운이 그것을 없애주진 못했다.

"죽고 싶었죠. 갈 곳도 없었고. 어머니는 죽어버렸고 아버지는 어디 있다는 것을 알았다 하더라도 찾아갈 마음은 손톱 끝만큼도 없었거든요. 그럴 때마다 친구 오빠가 말려주었어요. 친구가 혹 내 변명이라도 하면 같이 죽일 것처럼 난리를 치다가도 친구 엄마는 아들에게만은 꼼짝 못했죠. 그 덕에 살았어요.

그리고 열여덟이 되던 초봄. 선원이 되어 처음으로 바다로 나간 그 오빠가 석 달 만에 돌아오던 날. 그는 내 최초의 사내가 되었죠. 햇볕은 따스하지만 바람은 차갑고 배는 늘 고프고 머리에는 버짐이 피던 그때."

새벽이 빠른 대신 항구에서의 밤은 더디게 찾아왔다. 해는 마지막 한 모금 숨까지 알뜰하게 항구를 향해 토해놓고서야 수평선 너머로 사라졌는데 종일 빛을 머금은 바다 탓에 그러고도 한동안 완전한 어둠이 찾아오지 못했다. 이윽고 바다도 자신이 쉬어야 할 때라는 것을 알아차리고 어둠 속으로 거대한 몸을 숨기기에 이르렀고 그러자 사람들의 마을에는 하나 둘 가로등이 들어왔다.

바다로 나 있는 네모난 쪽창은 점차 컴컴해졌다가 오래전부터 고장이 나서 죽었다 살았다 하는 가로등 불빛이 들어오면서 주황색으로 바뀌기 시작했다. 불이 들어왔기에 누워 있는 처녀와 밥상에 고개를 박고 있는 친구의 그림자가 좁은 방 안에서 흐릿하게 만들어졌다. 처녀가 물었다.

"이번 배가 내일 들어온다고 했지?"

"응, 내일."

처녀는 모포 속으로 몸을 더욱 깊숙이 들이밀었다가 발이 삐져 나오자 이불을 밑으로 잡아당겼다. 다시 코가 시렸다. 가로등이 꺼져 침묵은 어둠 속에 몸을 사렸다. 둘은 잠시 서로의 모습을 잃었다.

"사공의 뱃노래 가물거리면"

옆방의 영자 언니는 삼 일 만에 손님을 데리고 들어왔다.

"삼학도 파도 깊이 스며드는데"

"언니는 오늘도 취했네."

공책에 뭔가를 적고 있던 친구는 배시시 웃었다. 영자 언니는 친구의 먼 이모였다.

피 묻은 속곳을 빨고 돌아온 날 친구는 처녀를 껴안고 울었다. 사내가 강제로 덮쳤을 때 몇 번 거부를 하다가 그냥 있었다. 좋아서가 아니었다. 먹고 잔 값을 무엇으로라도 해야 했고 그것은 아무리 청소와 빨래를 열심히 한다 한들 그걸로 해소되는 셈이 아니었다.

"우리 오빠 너무 미워하지 마."

"미워 안 해."

"어디 가버릴 거야? 그냥 우리랑 살자, 응? 서로 의지하면서."

"갈 곳 없어."

"미안해, 난 뻔히 눈치 채고 있었는데 모른 척했어. 내가 말렸어야 했어."

“괜찮아. 네 탓 아니니까 걱정하지 마.”

한 계절쯤 지나서 친구에게도 남자가 생겼다. 그 사람도 선원이었다. 나가 살자며 친구가 보따리를 쌌고 처녀도 뒤를 따랐다. 친구는 영자 이모를 찾았다. 이모는 두 사람에게 옆방을 하나 얻어주며 자신을 언니라 부르라고 했다.

언니는 남자에게 별 인기가 없는 창녀였다. 성질이 괴팍했고 술을 좋아했다. 돈벌이보다도 술 얻어먹기 위해 몸을 파는 것처럼 보였다. 어쩌다 남자 하나 걸리면 취해서 방에 들어왔고 그럴 때는 이렇게 노래를 불렀다.

“너무 추워.”

“지금은 괜찮아. 겨울 되면 더 추워.”

“난 추위를 잘 타잖아.”

“그럼 얼른 이불 속으로 들어와.”

친구는 쓰던 공책을 집어던지고 이불 속으로 들어왔다. 일본식 건물 이층 방은 유난히 외풍이 셌다. 친구 몸이 차가워서 처녀는 추워졌고 처녀가 따뜻해서 친구는 포근해졌다. 그리고 얼마 있지 않아 둘은 같은 체온이 되었고 밤이란 살아 있는 것의 온기를 앗아가는 존재라 같이 추워졌다. 그사이에 가로등이 몇 번이고 새로이 살아나 나란히 붙어 있는 젊은 머리카락을 노인네의 그것처럼 만들곤 했다.

“날씨도 추워졌는데 너 내일 어떡하니?”

“저번에는 네가 나갔잖아.”

“그렇지만 그때는 이렇게 추워지기 전이잖아.”

“난 괜찮으니까, 그 사람하고 맛있는 것 먹고 잘 지내.”

영자 언니 노래가 끝났다. 언니는 노래를 더 하겠다고 떼를 쓰고 손님은 그만 하라고 짜증을 부렸다. 싸움까지는 안 가야 할텐데, 생각을 하며 처녀는 친구를 힘주어 껴안았다. 옆방에서 싸움이 나면 깊은 잠이 들지 못했다. 특히 이렇게 추운 날엔 자다가 깨면 더 괴로웠다. 팔에 힘을 주는 것은 친구도 마찬가지였다. 연인처럼 둘의 몸은 한치 틈도 없이 합쳐졌다. 오랜 시절 둘은 그게 익숙했다. 추웠고, 항구였고, 외로웠으며, 무엇보다도 그들은 아직 열아홉이었다.

다음 날 처녀는 그물공장을 나와 항구의 밤거리를 걸었다. 앞으로 5일. 그는 그 기간 동안을 집 바깥에서 보내야 했다.

갈 곳이 있을 때와 그렇지 않을 때의 거리는, 그것도 밤이 되면 하늘과 땅보다 더 차이가 컸다. 바다에서 만나는 안개는 달랐다. 바다에 안개가 잔뜩 끼면 배는 갈피를 못 잡기 마련이지만 그러나 갈 곳이 없는 것은 아니었다. 괴롭더라도, 지루하더라도 갈 곳이 있다는 것은 행복한 것이라는 것을 처녀는 이런 밤마다 뼈저리게 깨닫곤 했다.

어둠은 사람들의 등을 떠미는 능력을 지닌 채 항구의 좁은 골목마다 슬그머니 내려앉았다. 갈 곳이 없어도 그냥 서 있을 수는 없

는 일. 갈 곳 없는데도 어딘가로 걸어가야 한다는 것은 무거운 형
벌과 같았다. 항구의 술집이 몰려 있는 곳은 환했지만 취한 사람
들이 너무 많았다. 너무 어두운 곳은 무서웠다. 가로등이 켜져 있
되 사람들이 뜸한 곳은 항구를 다 뒤져도 얼마 되지 않았다. 있다
하더라도 백 미터도 넘지 않았다.

결국 그는 예전처럼 역 대합실로 걸어갔다.

이렇게 밤길을 걷던 첫날이 있었다. 방을 얻고 공장에 다닌 지
보름 만에 친구의 남자가 바다에서 돌아왔었다.

처녀는 샛별여인숙이라는 곳에 들어갔다. 그러나 그는 그곳에
서 두 번씩이나 절망을 했다. 하나는 하룻밤 숙박비가 이틀치 일
당이라는 것을 알았을 때이고 또 하나는 사람들 때문이었다. 입구
옆에 화장실이 있고 그 옆에 세면대가 있었다. 세수할 때 화장실
에서 나오던 젊은 사내가 따라와서 방문을 두드렸다.

"아가씨, 잠도 안 오는데 우리 술 한잔하지."

처녀는 드러누워 대답을 하지 않았다. 불을 끄고 싶었으나 형광
등은 옆방과 천장 아래 통로로 이어져 같이 쓰는 거였다.

"응? 안 자는 거 알아. 내 소주 받아다 놓았다니까. 한잔하자
구."

처녀는 밝은 형광등만 노려보았다.

"아 씨팔, 좋으면 좋다, 싫으면 싫다, 말을 해야 할 거 아니야?

혼자서 여인숙 들어오면 뻔한데 말이야."

"이봐. 젊은 아가씨가 피곤한 모양인데 그만 귀찮게 하고 가서 자네나 마셔."

옆방에 든 사람은 늙은 사내였다. 젊은 사내는 슬슬 물러났다.

"여, 아가씨. 이것도 인연인데 심심하면 화투나 칠까? 저 청년은 내가 쫓았으니까 걱정하지 말고. 아버지 같은 사람이니까 안심하고 말이야."

이번에는 늙은 사내가 형광등 매달려 있는 천장 아래 네모 통로에 입을 대고 말을 걸어왔다.

둘째 날은 길거리를 왔다 갔다 하다가 순경에게 잡혔다. 죄목은 통행금지 위반이었다. 그곳에는 뜻밖에도 사람들이 많았다. 비슷한 또래도 한둘 있었다. 그렇다고 반가워할 그 무엇이 있는 것은 아니었다. 여자들도 여럿 있다는 것, 그중에 또래도 있다는 것, 그것 하나로 차가운 시멘트 바닥에서 잠이 들 수 있었다.

셋째 날은 걸어다니다가 열두시에 파출소 앞으로 걸어갔다. 문제는 열두시까지 어디에서 시간을 보내느냐였다.

처녀는 몇 년 전에 생겼다는 기차역을 찾아냈다. 열한시 오분에 저 멀리 큰 도시로 나가는 보급 열차가 있었다. 그 시간까지는 사람들이 대합실에 있었다. 술 취한 사내들과 공안들이 자주 왔다 갔다 했지만 밤차라 하더라도 늘 길 떠나는 노인네들이 있기 마련이리 그 옆에 쪼그려 앉는 것으로 시간은 보낼 수 있었다. 처녀는 그곳에서 어디 먼 곳으로 떠난다는 것을 처음으로 생각했다. 어머니처럼, 그 전의 아버지처럼, 자신도 어딘가로 떠날 수 있다는 것을.

열한시 십분이 되면 역은 문을 닫았다. 처녀는 딸네 가는 시아버지 전송을 마친 며느리처럼 서둘러 역 광장을 빠져나왔다. 그리고 파출소를 향해 걸었다.

"여자가 남자를 안다는 게 늘 그런 과정을 겪더군요. 세상을 알기도 전에 여자는 남자를, 남자는 여자를 알게 되고 그러다가 이별을 하고. 특히 항구란 만나고 헤어지는 게 늘 되풀이되는 곳이죠. 사내는 바다로 가고 여자는 도시로 가서 또다시 외로워지고."

움직임이 없는 이는 풍랑과 파탄을 겪은 자만의 특징이었다. 여인은 예전에 방파제 만들 때 아직 조각가의 꿈을 접지 못한 석공 하나가 화강암 바위 하나 남겨두었다가 또각또각 정 찍어 만들어 놓은 상(像)처럼 보였다. 새벽 청동빛이 얼굴에 반사가 되어 더욱 그랬는데 어쨌거나 흘러간 세월이 한순간에 모여들면 아무래도 사람이란 이것의 무게에 짓눌리게 되는 법이었다.

"난들 왜 아름다운 꿈이 없었겠어요. 하지만 세상일이라는 게 늘 꿈과는 반대로 나가잖아요."

"아니, 이 아가씨 또 왔네. 도대체 어디서 무엇을 하길래 이렇게 통금 위반을 자주 해?"

밤 깊어 처녀는 다시 파출소를 찾아갔다. 키 작은 순경은 아는 체를 했다. 그는 구석진 자리로 가서 몸을 구부렸다.

"미안해, 벌써 이렇게 추운데."

아침에 집 앞에서 헤어지며 친구가 말했다.

"걱정하지 마. 다음 달에 너네 오빠 오면 너도 또 나가야 하잖아."

"5일이야. 딱 5일만 어디서 잘 지내다 와. 오늘부터 연탄 사다 넣을 거니까 너 오면 방이 아주 따뜻할 거야."

"그래, 잘 지내."

처녀는 힘주어 돌아섰다. 그러나 이미 한기는 몸을 파고들고 있었다. 아직 따스한 방에서 잠들어 있을 영자 언니가 부러웠다. 어젯밤부터 몸속에 부슬부슬 부슬비가 내렸다. 딱히 감기 같지도 않고 그렇다고 몸살이 난 것도 아니었다. 그냥 몸의 한 축이 허전하고 어지럽고 이상했다. 모처럼 경도(經度)가 있을 것 같았다. 공장에서도 하루 종일 그랬다.

시멘트에서 한기가 올라왔다. 몸이 부르르 떨렸다. 파출소 유치장이 이제 익숙해질 때도 되었지만 해마다 어김없이 돌아오는 겨울에 모든 사람들이 추워하듯, 찬 기운을 피할 수 있는 방과 친구가 그리워졌다. 따뜻한 봄날이나 더운 여름이 생각났고 어머니와 지냈던 단칸방도 떠올랐다. 동생들과 뒤엉켜 자던 진구네 집도 아른거렸다.

친구는 한 달 만에 돌아온 남자의 품에서 잠들어 있을 것이다. 친구는 눈 동그란 그 남자를 진심으로 사랑했다. 식당에서 고기를 얻어와 먹였고 월급받은 몇 푼의 돈을 쪼개 바다에서 입을 작업복과 속옷을 사주었다. 행복한 미래를 공책에다 또박또박 적는 걸 좋아했다. 남자가 오면 키 작고 늘 겁먹은 얼굴의 친구 몸에서는 생기가 돋아났다. 처녀는 한 남자를 깊이 사랑할 수 있는 마음이 부럽기도 했다.

그러니 설사 파출소 유치장보다 더한 곳에서 자더라도 방으로 돌아갈 수 없었다. 그것은 반대 입장에서도 마찬가지였다. 일전에 처녀의 사내가 왔던 며칠 동안 친구는, 오빠인데도, 들어오지 않았다. 그게 그들의 약속이었다. 둘은 각자 방을 얻을 능력도 안 될 뿐더러 외롭기도 해서 한방에서 살고 있는 것이고 각자의 애인이 바다에서 돌아오면 나머지 하나는 밖에서 자야 했다.

친구는 식당 일을 했다. 다행히 식당 방에서 얻어 잘 수 있었다. 처녀가 다니는 공장에는 잘 곳이 없었다. 그래서 찾아낸 방법이 통금 위반자가 되어 파출소 유치장에서 밤을 새우는 거였다. 덕분에 전과가 자꾸 올라갔다.

젊은 사내들이란, 더군다나 그들처럼 먼바다에서 파도와 일과 수면부족에 시달리다 돌아온 선원들이란 포근한 이불과 성욕에 굶주려 있게 마련이었다. 종일 잤고 밤에는 끊임없이 섹스를 했다. 처녀의 사내도 그랬다. 공장에를 다녀오면 사내는 그때까지 잠에 빠져 있었다. 밥을 지으면 부스스 일어나 먹고는 설거지를 마치기 무섭게 끌어당겨 속곳을 벗겼다. 한밤중에 자다가도 일어나 위로 올라왔고 일 나가려고 할 때도 잡아당겼다. 섹스는 싫었으나 누군가의 품속에 안겨 있는 것이 순간 좋을 때도 있었다.

다시 찾은 유치장에서 하룻밤을 보낸 다음 날 처녀는 몸이 정상이 아니라는 것을 알게 되었다. 점심시간에 밥을 먹으려는데 비릿한 기운이 치솟아 오르면서 멀미하는 것처럼 몸에서 힘이 주욱 빠져나갔다. 비위가 뒤틀려 급히 공장 담 뒤 바닷가로 갔다. 시원한 바람을 맞는데도 한번 울렁거린 속은 좀체 진정이 되지 않았다.

쫓아 나온 반장 아주머니가 손을 잡아채며 너 혹시, 소리를 굳이 하지 않았어도 그는 본능적으로 임신임을 알 수 있었다. 한동안 경도가 비치지 않았던 경우가 종종 있었기에 설마 했었다. 갑자기 추워진 날씨 탓에 감기가 오려나 했을 뿐이었다. 모든 게 아득해지고 눈앞이 캄캄했다. 반장 아주머니를 밀어 넣고 혼자서 걸었다.

"엄마."

어머니를 불렀다. 눈물이 났다.

딸 하나 낳고 평생 쓸쓸하게 살았던 어머니. 사내를 남편이라고 부르지도 못했던, 짧은 사랑과 소주와 한숨과 욕설과 저주와 눈물과 기침의 긴 세월을 살았던 어머니.

사내가 오지 않으면 어머니는 아주 신경질적이 됐다. 딸을 때리고 욕을 퍼붓고 머리카락을 움켜쥐고 방을 굴러다녔다. 여자애는 어른들이란 늘 그렇게 무언가에 화가 나 있는 사람이라고 생각했다. 어머니는 결국 병이 들었다. 말라서 눈이 움푹 패였다. 밤마다 가슴이 아프다는 소리만 했다. 가슴속에 불덩어리가 하나 들어 있다고, 이것 때문에 죽고 말 거라고 가슴을 쥐어뜯었다. 정작 불덩어리는 어머니의 눈이나 입에 들어 있는 것 같았다. 나 죽는다, 얼른 가서 소주 사와. 그러면 여자애는 가게로 달음박질을 쳤다.

"또 외상이냐?"

"아버지가 오시면 갚아드린댔어요."

"그 팔도 노름꾼이 언제 오는 줄 알고. 지난번 것도 안 갚았잖아."

"제발 한 병만 주세요. 못 가지고 가면 나 혼나요."

"쯧쯧. 그래, 어린 네가 무슨 죄냐. 주마. 술도 좋지마는 너희 엄마 병원부터 가봐야 한다. 아버지 오면 꼭 그렇게 일러라."

어머니는 소주를 밥그릇에 부어 마셨다. 아이고, 이제 살겠다. 그러나 그걸 몇 사발 마시면 취했다. 벌겋게 취해서 무당이 주문을 외우듯 무슨 뜻인지 알 수도 없는 소리를 중얼거리며 아랫도리를 벗었다. 웃기도 했고 울기도 했고 누가 있는 것처럼 허공을 보며 말을 하기도 했다. 그렇게 난리를 치다가 축 늘어졌다. 벌어지고 늘어진 어머니의 음부를 여자애는 운동장의 태극기만큼이나 자주 보았다. 밤마다 그곳의 한줌 터럭은 빈곤한 형광등 불빛을 받아 하얗게 변색되었다.

끝내 소주도 마시지 못할 지경이 되었을 때 풍문처럼 사내가 왔
다. 다음 날은 안개가 항구를 감쌌다. 배를 타고 영영 가버린 어머
니. 빈방에 홀로 남은 어머니의 딸.

처녀는 버림받은 여자의 자식이라는 게 어떤 존재인가를 잘 알
고 있었다. 아무도 축복하지 않은 탄생. 태어나서 처음 외치는 울
음이 외로움과 고난의 상징이 되어버리는 것.

그날 밤 처녀는 다시 파출소 안에 있었다. 그 시간, 그곳의 사내
들이란 뻔한 구석이 있기 마련이라 술 취한 어떤 사내가 처녀의 몸
을 건드렸다.

"어이, 아가씨. 저번에도 본 것 같은데 또 왔어? 젊은 사람이 말
이야, 이런 곳에 자주 오면 쓰나. 술집 다녀?"

여느 때 같았으면 못 들은 척하거나 노려보는 것으로 넘어갔을
거였다. 하지만 그는 일부러 그러지 않았다.

"당신이나 잘해."

"뭐? 어허, 어른이 다 잘되라고 하는 소릴 그렇게 받아들이면
돼?"

사내 손이 어깨를 턱턱 두드리다가 허리께로 스르르 미끄러지더
니 엉덩이에 닿았다.

"손 치워. 이 새끼야."

“뭐, 새끼? 이년이 어디서.”

사내가 눈을 부라렸고 처녀는 뺨을 갈겼다.

“이 쌍년이 죽을려고 환장을 했나.”

주먹이 날아왔다. 처녀는 독이 올라 손을 물어뜯었다. 손을 물린 사내가 남은 손으로 머리채를 휘어잡았다. 처녀는 멱살을 잡고 으르렁거리며 달려들었다.

“이년이. 이것 못 봐.”

사내가 있는 힘껏 밀쳐냈다. 순간 처녀는 백팔십 도 돌아 바닥으로 떨어졌다. 시멘트 바닥에는 네모반듯한 목침이 놓여 있었다. 목침이 아랫배를 사정없이 파고들었다. 바다로 흘러가는 개울 옆 빈 공터에서 친구 아버지가 개를 잡고 있었다. 장작불로 그슬리자 아랫배가 동그랗게 부풀어 올라왔다. 친구 아버지는 날 세운 식칼로 배를 죽 갈랐다. 꼭 그것 같은 통증이 저 속에서 칼날처럼 솟아올랐다.

“뭐야, 왜 이리 시끄러워?”

“김경사님, 여기 내 손에 피난 것 좀 봐. 자꾸 통금에 걸려들어 오길래 그렇게 살지 마라고 타이르는데 그냥 나를 물어뜯어버리네, 개 쌍년이.”

처녀는 통증으로 몸을 활처럼 휘며 식은땀을 흘렸고 신음을 하다가 병원으로 실려갔다. 유산이었다.

"그 아이가 보고 싶을 때가 있어요. 어떻게 생겼을까. 남자 아이였을까 여자 아이였을까. 키가 컸을까 작았을까. 얼굴이 나를 닮았을까 그 사람을 닮았을까. 노래를 잘했을까. 혹시 그림을 잘 그리지 않았을까. 나 때문에 생겨났고 나 때문에 도중에 죽어버린 아이……. 그때 태어났더라면 저 아이들처럼 멋진 청년이나 아름다운 아가씨가 되었을 텐데."

여인은 고개를 돌려 항구의 안쪽, 차양이 아침 햇살에 환하게 빛나고 있는 집을 바라보았다.

"그 일 때문인지 더 이상 아이를 갖지 못했어요. 살면서 아이를 낳고 싶다는 생각이 들 때가 있거든요. 하지만 그때는 달랐죠. 아직 세상을 모르고 살 때였으니까요. 나와 같은 운명을 가진 아이가 태어난다는 게 너무도 끔찍한 일이었죠. 내가, 엄마로서 그 아이에게 해줄 수 있는 건, 세상에 태어나지 못하게 해주는 것, 그것뿐이었어요. 하지만 이곳에 오니 생각이 더 간절해지는군요"

병원에서 하룻밤을 보낸 다음 날 소식을 들은 친구가 부랴부랴 찾아왔다.

"미안해. 네 조카이기도 했는데."

"허어엉. 나 때문이야. 네가 임신한 줄 알았으면 내가 나가는 건데."

"나도 몰랐어."

"얼굴이 이게 뭐야, 세상에. 모두 나 때문이야, 나 때문."

그날 오후 처녀는 친구의 부축을 받고 방으로 갔다. 친구의 사내는 엉거주춤 앉아 있었다.

속은 계속 매스껍고 머리는 어지러웠다. 사람이 하나 살아보다가 떠나간 아랫도리는 허전하고 아리고 쓰렸으며 몸속의 피는 모두 제멋대로 흘러 다녔다. 다시 밤이 찾아왔다. 네모난 쪽창을 통해 가로등 불빛이 들어오면서 방 안의 모든 것이 엷은 주황색으로 변했다가 깜짝 하며 어둠 속으로 숨어들었다.

"이러지 마, 친구 있잖아."

"주사 맞고 왔다며, 그러면 잠에 떨어졌을 거야."

처녀는 눈을 꼬옥 감았다. 피잉. 별 하나가 머릿속에서 유성처럼 불타며 떨어져 내렸다.

"오늘은 참아. 제발."

"잠깐만. 잠깐이면 돼."

울컥, 어떤 덩어리 하나가 식도를 타고 올랐고 예전에 어머니가 마시다가 남긴 소주를 한 모금 마셨을 때처럼 비위 상하는, 어떤 독한 기운이 뼈마디마다 대롱대롱 매달렸다. 처녀는 토한 것을 소리 안 나게 걸레에 문질렀다.

"빨리 끝내. 깨겠어."

"알았어. 다리 조금만 이렇게 해봐."

소리를 죽인다고 하면서도 어쩔 수 없이 신음 소리는 생겨나고 있었고 한동안 격해졌다가 천천히 잦아들었다. 머릿속에서 자꾸 별이 떨어졌다.

들어오는 게 아니었어. 어딘가로 가야 했어. 하지만 어디로 간단 말인가.

그러다가 별 하나가 유난히 길게 떨어지는 것을 보았다. 별이 떨어지는 곳은 역(驛)이었다.

다음 날 처녀는 점심때 일어났다. 식은땀으로 온몸이 젖어 있었다. 머리맡에는 친구가 어디에서 구해 끓였는지 미역국 한 사발과 밥이 쟁반에 놓여 있었다. 순간 눈물이 났다.

남자는 어중간하게 누워서 천장을 향해 눈을 끔벅이고 있었다. 가방을 챙겼다. 여전히 아랫도리에 칼날이 지나가고 있었다. 착한 애니 헤어지지 말고 오래도록 예뻐해주세요. 남자는 배시시 웃으며 고개를 끄덕였다.

공장에 들러 병이 깊어 요양을 가겠다고 말을 했다. 뻔히 짐작하겠다는 얼굴로 여자들이 수군거렸고 사장은 한참 뜸을 들이더니 근무한 날짜를 쳐서 계산을 해주었다.

"마음 독하게 먹어야 쓴다."

반장 아줌마가 따라 나왔다. 처녀는 역으로 갔다. 저 먼 도시로 나가는 기차표를 끊고는 잠시 지금까지 한 번도 떠나본 적이 없는 항구를 바라보았다. 오래지 않아 기적이 울렸나.

벌써 삼십 년이 다 되어가는군요. 삼십 년. 한 아이가 완전한 어른이 되고도 남는 시간이고 죽어버린 사람을 잊어버리기에도 충분한 시간이지요. 너무 긴 세월이지요."

여인의 눈은 급한 곡선으로 솟구쳤다가 완만하게 바다를 향해 미끄러지는 항구의 뒷산 등성이를 마치 새로운 집터 찾는 사람처럼 천천히 둘러보았다. 간혹 한 군데씩 유난히 눈길을 오래 주었는데 오래된 기억과 만나는 지점이라는 것을 누가 보아도 알 수 있었다.

"사람들은 마지막으로 돌아갈 수 있는 곳으로 고향을 꼽죠. 하지만 난 반대였죠. 끊임없이 이곳과 멀어지려고 애를 썼어요. 기억에서 아예 지워버리고 싶었죠. 저 친구는 나를 몹시 찾았대요. 그랬을 거예요. 자기 때문에 내가 유산을 했을 거라고 생각했겠죠. 사실 내 스스로 그런 것인데……."

그리고 여인은 다시 바다를 바라보았다. 산등성이와 마을을 바라볼 때의 흔들림과는 또 다른 흔들림이 눈에, 바람 만난 이파리처럼 나타났다.

"글쎄 뭐랄까, 한 번은 오게 되겠구나 싶기도 했는데, 그게 저 친구 장례 때문일 거라고는 생각도 못했어요."

여인의 눈은 다시 울음소리가 나는 곳으로 갔다. 그사이 버스가 도착해 있었다.

"이제 가려나봐요. 얼굴을 못 봐서 섭섭하군요. 나처럼 많이 변했을 텐데. 하지만 이렇게 먼발치에서 보는 것도 괜찮군요."

한번 시작된 울음소리는 점차 커져갔다. 검은 양복에 흰 장갑을 긴 사내들이 관(棺)을 들고 나왔다. 관은 버스 뒤꽁무니로 들어갔다. 울고 있던 소복 차림의 아가씨가 주변을 두리번거리기 시작했다.

"나를 찾고 있군요."

여인은 몸을 일으켰다.

"아주 잘 컸어요. 제 엄마를 닮아 착하고 순한 얼굴이에요. 나에게 전화했던 아이예요. 둘째라고 하더군요."

사람들이 버스를 들락거리고 자가용들이 순서를 잡고 하느라 분주해졌다.

"저 친구를 그 후로 본 적은 없어요. 내가 연락을 안 했으니까. 저 친구는 그때 그 남자와 해로를 한 모양이에요. 자식 낳고 잘 산 거죠. 그런데 불쌍하게도 몇 년 전부터 깊은 병이 들었다고 하더군요."

아가씨는 계속 두리번거리고 있었다. 여인이 손을 들었으나 집과 방파제 사이에는 적잖은 거리가 있어서 얼른 알아보지 못했다.

"친구의 소원이 나를 보는 거였대요. 무척 찾았다고, 저 아이가 어제 전회로 그러더군요. 그리고 이야기를 너무 자주 들어 남 같지가 않다고, 이모라고 불러도 되느냐고 묻더군요."

여인의 눈가에 새로이 눈물 방울이 맺혔다.

"녀석, 그러면 좀 빨리나 찾아낼 것이지. 갑자기 상태가 나빠져서 부랴부랴 내 연락처를 찾아냈대요. 하지만 늦어버렸어요. 내 전화번호를 알아내기도 전에 저 친구가 죽었다니까."

아가씨는 드디어 여인을 발견하고는 움직임을 멈추었다.

"나보고 용서하라는데 내가 뭘 용서할 게 있나요. 내가 용서를 빌어야지요."

아가씨는 여인을 멀리서 뚫어져라 바라보았다. 여인이 손을 들어주었다. 아가씨의 손도 따라서 올라갔다. 여인은 표시 나게 고갯짓을 했다.

"굳이 내가 갈 필요가 있겠니. 햇빛 드는 곳으로 잘 모셔드려라. 난 따로 다른 곳에서 네 엄마 명복을 빌어주마."

여인은 바로 앞에 있는 것처럼 아가씨에게 말을 했다. 한동안 이쪽만 바라보고 있던 아가씨는 알아들었다는 듯 가볍게 목례를 하고는 버스에 올랐다. 영정 모신 자가용이 앞에 서고 버스는 천천히 집을 빠져나오기 시작했다. 방파제 시작되는 곳까지 온 버스는 구십 도 각도를 틀어 협곡의 바다를 따라 북쪽으로 방향을 잡았다. 아가씨가 유리창에 손바닥을 댔다. 여인은 고개를 끄덕였다. 그리고 아가씨에게 말을 걸던 늙수그레한 사내가 고개를 돌려 여인을 바라보았다.

"그 사람이군요. 아이의 삼촌. 나만 늙은 줄 알았는데 저 사람도 벌써 저렇게 변했군요."

버스는 서서히 멀어졌고 햇살과 바람이 그사이를 메워갔다. 여
인은 버스가 눈에 보이지 않을 때까지 서 있다가 몸을 돌려 선착장
을 떠났다.

깊고 푸른 강

“언니, 멧진지.”

“벌써 때가 또 됐냐? 몇 신데.”

“일도 별로 없고 해서 얼른 먹고 치우자고 해싸서.”

명애는 몸을 일으켜 둘째 동생인 명옥이 들이미는 소반을 받았다. 반듯하게 반원을 그려 담은 흰 쌀밥과 굴을 넣어 끓인 무국은 아침과 똑같이, 버스로 깔고 가도 흠집 하나 없을 정도로 단단하고 무거운 스테인리스 그릇에, 홍합 무침과 가지 나물, 도라지 무침은 정갈하게 푸른색 꽃무늬 접시에 담겨 있다.

“아부지, 뜨신 새 밥 잡수시오.”

문밖의 명옥이 허리 구부려 한 손으로 방바닥을 짚으며 목소리를 높여 한마디 했다. 소복 위로 덧대어 입은 앞치마가 치마와 헤어지며 자그마한 커튼을 만들었다. 그 뒤로 하얗게 파도 부서지는 바다 위로 미끄러지는 오후 늦은 햇살이 하염없다. 마당에는 떠드는 소리 잦아지고 각자 떠 먹는 소리만 넓어졌다. 명애는 이미 식어 있는 밥과 반찬을 내려놓고 김 나는 것을 새로 영정 앞에 올렸다. 파리 두 마리가 길게 원을 그리며 날아올랐다.

"좀 이르긴 하지만 옜소, 아부지. 둘째, 셋째 딸이 새 밥 갖고 왔소. 많이 잡수라요."

"아부지 좋아하는 쌀밥이요. 내가 많이 떠 왔소."

동생은 동생이라 아무래도 씩씩한 모습을, 언니는 언니라 조금이라도 늙어버린 모습을 취해 각자 히히, 허, 웃음 지었다. 뒤에 서 있던 셋째 딸 명화가 물린 메를 갖다두고 왔다.

"바쁘냐?"

"조금 있다가 할 설거지밖에 없어. 사람들도 많이 갔구먼."

"고생했다. 좀 들어와라."

"그래, 남 안 볼 때 좀 쉬어야겠다. 명화야, 들어가자."

동생이라고 해도 하나는 삼십 대 후반이고 하나는 사십이 넘은 나이다. 둘은 엉덩이로 숫제 장판을 닦으며 밀고 들어와 언니 옆에 자리를 잡았다. 흔히 사내들이 지켜야 한다는 상주 자리를 큰딸 명애는 아침부터 내내 지키고 있다. 아들이 없느냐 하면 하나도 아니고 둘씩이나 있건만 오빠는 오전에 한바탕 난리를 피우고는 막소주를 막 마셔대 버린 통에 해가 바다를 향해 미끄러지느라 한참 각도를 타는 중인데도 내내 곯아떨어진 상태이고 막내는 아직까지 소식도 없다.

"죽는 게 소원이시등만 좋습니께, 아부지?"

그윽하니 아버지 사진을 올려다보던 명옥이가 말을 걸었다.

항구의 병원에서 대도시 대학병원으로 옮긴 아버지는 잠깐 정신이 들자 팔목에 꽂힌 링거를 잡아 뽑으며 당장 집으로 돌아가겠다고 고집을 부렸다. 환자복 벗어부치고 바깥으로 뛰어나갈 태세였다. 병(病)은 어쩌자고 몸에만 들고 성질에는 들지 않는지 신장과 췌장을 심하게 앓아 뼈다귀뿐인 몸뚱아리에도 괴팍한 성질은 굳건하게도 살아 있었다.

제발 고집 부릴 것을 부리라며 명애와 명옥은 몸을 날려 손목과 발목을 붙들었다. 자매는 그렇게 청춘을 보냈다고 해도 과언이 아닌데, 술 마시다가 시비가 붙어 누구를 죽여버리겠다고 뛰쳐나가거나 마누라 패겠다고 분연히 떨쳐 일어날 때, 애비는 벌어대느라고 죽겠는데 아들도 아니고 딸년이 학교를 보내달라고? 내 이년 다리몽둥이를, 빗자루 몽둥이를 찾아들 때도 아비 바짓가랑이를 붙들고 늘어지는 것은 자매였다. 어머니보다 아버지와 몸을 더 자주 부볐던 것은 순전히 그 이유에서였다.

아버지는 거듭 고집 부리느라 없는 힘을 썼다.

"놔라, 이 망할 것들아, 내가 내 몸 가지고 간다는데 니들이 왜 말리냐."

그때 문이 열렸고 의사가 들어왔다. 인턴들 대동하고 찾아온 과장 의사는 병이 깊어 이곳에서 한 발짝만 나가는 순간 저승행이라고 점잖게 일렀고 간호사를 학 날개처럼 뒤로 포진시켜놓은 수간호사는 들어온 이상 영감님 마음대로 할 수 없으니 얌전히 있으라며 안경알 깨진 것 같은 눈초리를 했다.

아버지는, 그럼 내가 차라리 죽으면 되지 않겠냐고, 바깥으로 나가지만 않으면 되잖냐고 서 있는 것들을 쏘아보더니 벽에 머리를 박으려 들었다. 자매는 부끄럽기도 하고 기가 막히기도 했지만 그것은 나중 일이고 급한 대로 다시 몸을 날려 하나는 허리를 껴안아 누르고 하나는 머리와 벽 사이에서 충격 완화 장치 노릇을 하느라 정신이 없었다.

"아부지. 지금 뭐하시는 짓이요. 진정 좀 하시요. 진정 좀. 제발, 아부지."

아버지는 몇 줌 남아 있지도 않은 기운을 써대더니 제풀에 지쳐 까루룩 혼절을 했다. 의사는 같잖다는 표정으로 돌아서고 수간호사는 표시 나게 혀를 찼고 다시 꽂아 고정시킨 링거에 진정젠지 뭔지 주사를 놓아준 간호사는 대표격으로 무슨 노인네가 이렇게 극성을 부릴까, 말 한마디를 싸늘하게 흘렸다. 명애는 발끈했다.

"이봐, 아가씨. 무슨 말을 그리 해?"

평생 성질을 부리며 살아온 아버지의 발악이 부끄럽기도 했다.

하지만 짜증 난다 하더라도 어쨌든 환자는 환자라(병원기피증도 질병의 한 면이지 않겠는가 이 말이다) 조금이라도 이해해주었으면 하는 섭섭한 마음이 있을 수밖에 없었다.

"병원에 들어온 이상 병원 지시에 따라주셔야 해요."

다른 간호사가 대꾸를 했다.

"그것 모르는 사람이 어딨어요? 단지 환자가 오랜 병환에 지쳐서 그러는 건데 그걸 가지고 사람 무시하지 말아요."

"이것 보세요, 아주머니. 여기는 치료하는 곳이지 환자 역성이나 들어주는 곳 아니에요. 왜 목소리를 높여요."

"그것도 잘 안다니까. 하지만 노인네가 극성? 이게 간호사가 할 말이야?"

슬슬 몸을 빼는 간호사들을 명애는 쫓아갔다. 명옥이 뒤따라 나와 이번에는 언니 팔을 붙들고 늘어졌다. 언니 제발. 놔, 이거, 아파서 어쩔 수 없이 왔지만 무시당하고는 못 살아. 아버지는 가쁜 숨이 차차 잦아들어 얌전한 아이처럼 잠을 자고 딸들은 병원 복도에서 하나는 고함치고 하나는 말리느라 숨이 가빠졌다. 그날 오랜 병원 생활에 지쳐 심심하기 짝이 없던 환자나 보호자들은 한동안 재미있는 시간을 보냈을 것이다. 내 속이 다 시원했다며 음료수 들고온 이들도 있었으니 말이다.

한바탕하고 병실로 들어서자 그제야 이쪽을 바라보고 있는, 같은 병실의 다른 환자와 보호자들 얼굴이 눈에 들어왔다. 명애는 일어서서 사과했다. 창피해서 눈물이 다 났다.

하지만 그것도 늘 그랬던 것처럼 딸들의, 그중 큰딸의 일이었다. 어쨌든 거세게 항의하는 이들에게는 한풀 꺾이는 것이 이처럼 무언가를 손에 쥐고 있는 이들의 속성이기는 했다. 간호사들은 명애 눈치를 보며 명옥에게 유난히 친절하게 굴었다. 하나는 일의 빠른 해결을 위해 팔목을 걷어붙이고 하나는 인간적인 해결을 위해 사이에서 말리고. 이게 그들의 일이었고 늘 해오던 역할 분담이다.

그게 두 달 전이었다. 근 한 달 가까이 그 병원에서 지냈다. 매번 있는 부아 없는 신경질 다 부려가며 여러 가지 검사와 수술을 했고 약을 먹었다. 그 기간 동안 인근 도시에서 사는 명애와 명옥이 번갈아가며, 곤욕 치러가며 병실을 지켰고 서울 사는 명화도 두 번 다녀갔었다.

워낙에 병이 깊어져버려 더 이상 손쓸 수 없으니 집으로 모시고 가서 편안하게나 해드리라는 의사의 말이 있었다. 아닌 게 아니라 아버지는 더 말라갔고 종내는 음식도 잘 삼키지 못하기에 이르렀다. 워낙에 약해져버려 의사나 간호사들과 싸움이 없어져서 그나마 다행인 것 외에는 모든 게 다 나쁜 상황으로 진행되었다.

아버지는 퇴원했다. 웬만한 차 한대 살 수 있을 정도의 병원비는 세 딸이 합쳐 냈다(비교적 넉넉한 명화가 가장 많이 냈다). 그리고 섬으로 모시고 들어왔다. 섬에서 어장을 하고 있는 오빠는 두 눈만 끔벅이며 아버지를 받았다. 딸들은 각자 자신의 집으로 돌아갔고 한 달이 지나 마침내 숨을 거두었다는 소식을 접한 것이다. 물론 그사이 돌아가실 것 같다는 위기의 전화가 없지 않아 명옥과 명애는 한 번씩 들어왔다가 고비 넘긴 것을 보고는 다시 돌아가기도 했다.

항구의 병원에 있을 때부터 죽음은 예약되어 있는 상태라는 것을 알고 있었지만 이렇게 막상 닥치고 보니 마음이 너무 아프기도 하고 차라리 그때 큰 병원에를 가는 게 좋지 않았을까 후회가 일기도 했다. 집으로 돌아가겠다며 포악을 부리던 그 모습이, 이렇게 되어버리고 나니까 드는 생각이지만, 대학병원에서도 고칠 수 없는 것을 본능적으로 알아차린, 남은 여생 고향에서 속 편하게 보내고 싶다는 판단의 한 표현이었지 않았을까 싶은 거였다.

그러기에 평소에 아버지가 제 마음에 안 맞다고 성질부터 부리는 이가 아니었다면 그것은 하나의 진지한 호소가 되었을 것이다. 자분자분하고 침착한 사람이었다면 딸들도 죽음과 맞대면한 자의 본능적인 판단과 스스로의 선택에 귀를 기울이고 뜻을 좇았을 것이다.

"놀리지 마라. 아부지 밥 자시다가 체하실라."

"호호. 우리 집 남자들이 체해?"

"하긴, 호홋."

그래, 웃는 게 나을 일이었다. 세월이란, 나이란, 그게 뭐 별다른 것이 아니고 어리고 젊었던 것이 늙어간다는 딱 그거 하나인데, 그거 하나로 출중한 게 있어 이렇듯 울 일도 웃게 만들었다. 하지만 늙어가는 것 하나로 선방의 고덕 대승이 될 수는 없듯이 그들의 웃음은 어쩔 수 없이 쓸쓸함이 배어 있었다. 웃음이란 또 다른 각도에서 보자면 울어봐도 아무 소용이 없더라는 것을 깨달은 자의 얼굴이기도 하니까.

명애는 숨을 길게 내쉬면서 고개를 뒤로 젖혔다.

세월의 때가 묻어 되려 광택이 나는 선반(오래전 아버지의 구두가 올려져 있던 곳이며 막내의 원기소가 올려져 있었던 곳이며 친척들의 생년월일시와 주소와 전화번호가 적힌 장부가 올려져 있던 곳이며 장도리와 수예질거리와 크고 작은 바늘과 실, 쓸데없이 크기만 했던 검은 가위가 늘 들어 있는 바구니가 있던 곳이다)과 벽과 선반의 구십 도 각도를 삼각형으로 만들고 있는 받침목과 거기에 반쯤 박혀 있는 오래된 못(거기에는 배 기관실과 선실 잠가놓은 자물쇠와 기역 자 손전등과 반대편에 옥수수깡 말린 것을 끼워 등긁개로도 쓴 파리채가 매달려 있던 곳이다), 맞은편의 벽 위쪽을 몽땅 차지하고 있는 사진틀 몇 개(갓난아기부터 회갑 잔치까지 손바닥보다 작은 사진들이 촘촘하게 끼워진 그 틀은 그것만으로 한 개인의 역사와 가족사를 뚜렷하게 보여주지만 아울러 가족원들 개개인의 비중 차이까지 보여주고 있었다. 결혼 사진은 구색으로

다 있지만 그중 오빠와 막내는 백일과 첫돌 사진부터 해서 초등학교, 중학교, 고등학교, 군대, 친구들과의 여행 등등 거의 전부를 차지하고 있었다. 세 자매의 사진은 그사이에 양념처럼 끼어 있고, 가장 드문 이는 어머니였고 어머니는 몇 해 전에 먼저 가셨다), 그리고 색 바랜 벽지와 어머니가 시집올 때 해왔다는 오동나무 장롱, 장롱 위의 이불과 요, 골목으로 나 있는, 하늘색 페인트로 테를 두른 자그마한 창문, 나무는 볼품없으나 고리 하나만은 어느 왕궁의 것처럼 화려한 일자 옷걸이, 거기에 걸린 바지와 윗도리.

오빠와 명애, 명옥은 물론 명화와 막내 명수까지 모두 이 방에서 태어나고 자랐다. 젖을 먹고 첫발을 떼었고 글자 공부를 했으며 아직 덜 여문 팔다리로 일하고 돌아와서 곯아떨어졌고 육지의 학교로 나갈 꿈을 꾸었었다.

"참 시간이 많이도 지났다. 니가 저 장롱 속에서 놀다가 거꾸로 떨어져서 머리가 터질 때가 엊그제인데."

"언니는 또 그 소리."

머리에 흉터 있는 명옥이 말을 받았다.

"내가 널 잘못 봐서 두고두고 마음이 아파 그런다."

"촌에서 크는 아이들이야 상처가 늘 나는 법이지 뭐."

"넌 상처가 한번 나면 유난히 낫질 않았잖어. 잘 곪고."

"그땐 다 그랬지 뭐."

"하긴 뭘 제대로 먹었어야지 잘 낫지. 우리야 늘 고구마에 파래

밥."

그랬다. 그들은 늘 상처가 났고 배가 고팠다. 식구들 밥 먹을 때도 방 안에서는 아버지, 오빠 그리고 막내가 먹었고 어머니와 세 딸은 마루에서 먹었다. 당시의 습성인데다가 어차피 일곱 식구 한꺼번에 앉을 만한 상이 없어 그랬다고 칠 수 있었다. 하지만 음식은 달랐다. 아무리 가난한 집이라도 곡식이 아주 떨어지지는 않는 법이었으나 딸들은 늘 고구마 아니면 보리알 셀 수 있는 파래밥과 친했다. 멋모르고 남자들이 먹는 밥을 달라고 떼를 쓰기도 했다. 말리는 이는 어머니였다.

"가시내들이 뭐 힘쓸 것 있다고 많이 먹냐."

"우리가 왜 힘쓸 일이 없어. 하루 종일 밭 매고 갯것하고 정지 일하고 하는데."

"그냥 먹어라. 이 에미도 느그들이랑 똑같은 것 먹잖어. 정 배고프면 고구마 하나 더 깎아 먹든지."

"싫어."

"이 가시내가, 맞을래?"

방 안의 남자들은 모두 침묵했다. 아버지는 아버지라고, 오빠는 오빠라고, 막내는 막내라고 그들은 밥을 먹었다. 공통점은 남자라는 것 외에는 없었다. 곡식이 넉넉할 때는 함께 밥을 먹었지만 조금이라도 좋은 반찬은 늘 그쪽으로 갔다. 아들 하나 더 나오려나 싶어 내리 셋을 뽑아보니 딸이고 삼세번 실패 봤으니 이번 한 번만 더 낳아보자며 만든 것이 막내라고 했다. 이남 삼녀니 아버지 입장에서 보자면 사남 일녀나 삼남 이녀보다는 섭섭하겠지만 그래도 아들 둘이 어딘가. 그런데 아들 둘은 지금 어디에 있는가.

"어쩌자고 그리 가난했을까. 하루도 안 쉬고 일을 했는데 말이야."

명애와 명옥은 걸음마를 배우고 나서부터 어머니를 따라 일을 했다. 섬에 있는 중학교 다닐 때도 늘 학교 반, 일 반이었다. 당연히 친구들처럼 바다 너머 항구에 있는 학교로 진학하기를 바랐다. 육지는 오빠와 명화(안 된다는 부모를 졸라 명애, 명옥이 보냈다. 학비 마련하느라 둘은 일을 더 해야 했다), 그리고 막내 명수가 갔다. 늘 밭을 갈고 바다로 나가 갯것을 해왔다. 물질도 하고 노질도 했다, 사내처럼. 부끄러울 것도 없었다. (부끄러움을 느끼는 순간 이미 진 것이다.) 그물도 당기고 합수도 펐다. 일하다가 사내들과 싸움도 하고 군대 간 오빠가 돈 필요하다고 연락이 오면 어떡해서든 돈 마련하여 멀고 먼 강원도 산골까지 일박 이일에 걸쳐 찾아가기도 했다. 그것은 육지로 시집을 간 다음에도 연연히 이어져 내려오고 있었다. 아버지가 움켜쥔 술잔이나 말년 휴가 나온 오빠의 계급장, 동생들의 책가방에서는 늘 빛이 났다.

"그러게 말이야. 언니, 지금 생각해보면 우리는 완전히 해결사였다, 해결사."

"맞아, 언니들은 참 대단해. 나 같았으면 그렇게 못했을 거야."

고생하긴 매일반이었지만 그래도 명화는 언니들 덕을 보고 컸던 관계로 한 수 접혔다. 비교적 반듯하게 큰 덕에 서울에서 가게도 하고 있다.

"그때는 몰랐으니까 그렇게 살았지, 알고서야 그렇게 살아지겠냐?"

"아부지. 딸년들이 따신 밥 채려주니께 좋습니께? 장한 아들들한테 받어묵어야 직성이 풀리지 않겠소?"

"아부지 성질 부릴라. 그래도 나는 우리 아부지가 고마울 때가 있다."

"뭔데?"

"우리 이름. 내 친구들처럼 길님이니 봉자니 하는 이름 안 붙여 준 것만도 어디냐."

"길님이 언니하고 봉자 언니 들으면 섭섭하겠구먼."

그때 밖이 어수선해지며 부엌에서 일하고 있던 사촌 얼굴이 쑥 들어왔다.

"명수 왔어."

"뭐, 명수가 왔어? 오후 배가 그새 도착했었나. "

"아까 들어오던데 그것 타고 왔나봐."

"빌어먹을 놈의 새끼, 오기는 왔구먼. 애들은 뭐하니?"

"그냥 자기들끼리 술 마시고 있어."

"휘유…… 아부지, 아부지 잘난 막내 아들놈 왔대요. 뭐라고 말 좀 해보시요."

명애는 가느다란 곡선을 그리며 천장으로 올라가는 향 뒤로 숨어 있는 아버지에게로 눈을 옮겼다.

명애가 애들이라고 부르는 이들은 막내 명수 친구들이었다. 모두 명화와 함께 아까 오전 배로 들어왔었다. 폭풍주의보 때문에 항구에서 하룻밤 잡혀 있었던 명화는 열린 문을 더 열어제치며 들어와 언니들 얼굴에 눈길을 한 번씩 주고는 아이고 아부지, 누가 등을 밀어댄 듯 앞으로 쓰러지며 곡소리부터 뽑아냈다. 뒤이어 말쑥하게 차린 제부가 들어와 얌전히 재배를 올렸다. 둘은 동생이 한동안 울게 그냥 두었다. 부모가 상을 당했는데도 여관에서 하루 묶어야 했으니 얼마나 마음을 졸였겠는가. (명애와 명옥은 위독하다는 말을 듣고 전전날 들어왔었다. 명화는 늘 그렇듯이 바쁘기도 하고 한번 왔다 가는 게 워낙 먼 행보라 설마 하다가 끝내 위독 전화가 사망 전화로 바뀌기에 이른 거였다.) 이런 경우 섬은 하나의 천형(天刑)을 가지고 사는 것과 진배없다. 바다가 길을 막아 가고 파도 못 간다는 말은 옛말이지만 파도가 가로막아 갈 수 없어 발 동동 구르는 것은 한 끗도 변함없이 그대로였다. 폭풍주의보 내리는 파도 크기는 변힘 없고 해마다 붉어오는 바람 또한 변함이 없는 것에 비해, 배는 크고 늘씬하게 쪽 빠지고 엔진 좋은 여객선으로 그 변천사를 정리해야 할 만큼 변화하여 왔는데, 그러면 무엇 하

나. 파도 하나에 꼼짝 못하기는 매일반이 아닌가.

"오느라고 욕봤다."

"여관밤 자느라 애탔지야."

"큰언니, 작은언니."

셋은 경기 중에 타임을 부른 선수들처럼 자그마한 원을 하나 그리며 서로 어깨를 껴안았다. 둘은 소복 차림이고 명화는 검정색 원피스 차림이라 누가 보면 절친한 문상객과 상제의 만남처럼 보였다.

"그래도 다행이다. 주의보가 풀려서."

"아부지가 그래도 셋째 딸은 보시고 가실라고 한 모양이다."

돌아가시던 순간의 정황과 주변 상황 얘기는 어제 저녁 긴 전화 통화로 할 만큼 했었다.

"설마 이렇게 빨리 돌아가실 줄은 몰랐어, 저번처럼 다시 좋아지실 거라고 생각한 거야. 미안해. 그래도 돌아가실 것 같다는 전화 받고 바로 오려고 했지만 가게가 너무 바쁘고 해서 말이야."

"괜찮아, 왔으니까 됐지."

"밥이나 먹었니? 식사 안 했죠?"

명옥이 동생과 동생 남편에게 한꺼번에 묻고 아침을 아예 거르고 왔다는 대답을 들을 즈음에 밖에서 기다리고 있던 한 떼의 젊은 사내들이 방으로 들어왔다.

"아니, 이게 누구냐. 너희들이 다 왔구나."

재배를 마친 사내들이 구십 도 돌아 절을 해오고 명애, 명옥도 답례로 같이 절을 하고 명화는 한쪽에 서 있느라 침묵이 흐른 대신 옷 사르락 거리는 소리만 났다.

"어제 오려고 했는데 주의보 때문에 늦었습니다. 누님."

명애는 답을 하려다가 서 있는 명화를 올려다봤다.

"아까 여객선에서 만나서 같이 온 거야."

명화의 답을 듣고 다시 사내들을 바라보았다.

"아이고, 무슨 소리. 다들 바쁠 텐데 이렇게 찾아와주어서 고맙다."

"우리가 너희들에게 염치가 없다, 염치가 없어. 이 자식은 어디에서 박혀 있는지 원."

"오후 배로 들어온다고 야(명화)한테 전화 왔다고는 하더라."

"내가 말했어."

명수에 관해서는 이미 어제 전화로 명화에게 물어보았었다. 항구에서 고만고만한 회사가 모두 몇 개나 있나 세어볼 요량으로 이곳에서 한 달 저곳에서 한 보름 이렇게 다니다 말다 하며 전전하는 것을 직업으로 삼는 것에서도 알 수 있듯이 명수는 응석받이 막내로 자란 표시를 술 마시고 노름해서 식구들 속 썩이는 것으로 냈다. 아예 자랑거리였다. 그는 주기적으로 누나들에게 돈을 부쳐달라며 전화를 했는데 그중 현금을 가장 많이 쥐고 있는데다 매형 또한 까탈부리는 성질이 아니고 동생을 단 하나만 가지고 있는 바로

위 명화에게 유난히 친근하게 굴었다. 하여 명수의 소식을 들어보려면 다른 형제들도 명화에게 물어보아야 했다. 아무리 형제지만 전화벨 소리가 바로 돈 달라는 소리로 굳어진 탓에 명애, 명옥은 야단도 치고 없다고 거절도 하고 하다보니 갈수록 연락이 드물었던 것이다.

명화 말로는 다니던 곳에서도 더 이상 나오지 않는다 하고 자신에게도 근 보름 가까이 연락이 없으며 핸드폰을 꺼놓고 있어서 녹음만 해놓았다고 했다. 아버지가 죽었는데, 특히나 간신히 아들 하나 더 봤다며 유난을 떨며 애지중지해주던 아버지의 죽음인데 어디에서 무엇을 하고 있는지 알 수 없는 노릇이라 답답하기만 했다. 뭐 짐작은 할 수 있었다. 아예 큼지막한 사고 하나 치고 어디로 도망을 쳤든지 아니면 노름판에서 달력이 뭐하는 물건인지 모르면서 지내고 있을 것이다.

언젠가 장가를 가겠다며 섬에 들어온 적이 있었다. 요지는, 장가를 가겠으니 재산을 떼어달라는 거였다. 아버지가 대학병원으로 옮기기 전 항구의 병원에 입원해 있을 때였고 들어오던 길에 병원에 들러 허락도 받아 왔다고 했다. 자신의 몫인 밭을 팔아달라는 것이다.

이미 몇 번 당했던 형은 그러면 색싯감을 보자고 했다. 아우는 여자가 있으니 그 돈을 주면 결혼 준비를 하겠다고 했다. 말도 안 되는 짓이다, 여자를 보여주고 여자에게 물어본 뒤에 주겠다고 형은 답했다. 둘은 싸웠다. 형은 주로 아우를 때리고 아우는 주로 유리창과 장롱 따위를 두들겨 부쉈다. 아우는 결국 피멍만 잔뜩 얻어 돌아가고 형은 깨진 물건 새로 구입하느라 생각지도 못한 돈을 썼다. 그 뒤로 섬에는 들어오지 않았다.

부고 소식을 듣고 찾아온 명수 친구들에게 도무지 위신이 안 서는 일이다. 친구들은 찾아와서 숙연하게 앉아 있는데 정작 상제 본인은 어디에서 무엇을 하고 있는지 아무도 모르고 있지 않은가.

"많이들 먹어라."

소복으로 갈아입은 명화를 남편과 함께 영정 앞에 앉혀두고 명애는 찾아온 이들에게 두루 인사한 다음 명수 친구들을 찾았다. 그들은 천막 한쪽에 네모나게 앉아서 묵묵히 술잔을 돌리고 있었다. 주의보는 해제되었지만 바람 기운이 남아 있어 바다에는 간간이 흰 물보라가 만들어지고 거기에서 올라온 바람이 천막 한쪽을 동그랗게 부풀렸다.

"혹시 니들 중에 그동안 만난 사람 없냐."

명애는 끝에서부터 각단지게 맥주 한 잔씩을 따르고 재차 물었다.

"한 보름 전에 저한테 전화 왔는데 별말 없이 그냥 끊던데요."

"어디라고 말 안 하고?"

말 꺼낸 이는 자신 없이 고개만 저었다. 어째 다들 표정들이 무거웠다.

"그놈의 자식 없는 것 쳐버리면 될 것이니, 니들이나 마음 놓고 술들 마셔라."

하면서도 명애는 한숨이 나왔다. 명수가 이 애들 중 하나처럼 지낸다면 얼마나 좋을 일인가.

"우리도 사실 명수 만나러 왔어요."

그중 유난히 딱딱한 표정이 말을 열었다.

"그야 그렇지. 그러니까 우리가 면목이 없단 말이지."

대답을 하면서 친구들끼리 팔꿈치로 서로 때리고 맞은쪽에서는 손으로 밀고 그사이로 냉담한 분위기가 흐르는 것으로 보아 뭔가가 있다는 것을 명애는 직감으로 알아챘다.

'뭐냐? 빨리 말해다오.'

그 뜻을 담아서 말을 꺼낸 쪽으로 눈을 꿈벅였다. 듣기도 전부터 심장 박동이 빨라지고 있었다.

"큰 누님께 죄송한데 말씀드려야 할 것 같아서요. 가만 있어봐."

말 꺼낸 이는 말리는 친구를 밀었다.

"그래 가만히 있어봐라. 들어보자."

"우리가 다들 월차 내고 오늘 들어온 것은 아버지 문상도 있지만 명수를 찾으려고 왔습니다요. 명수가……."

'말하라니까, 빨리.'

뭐라고 자꾸 대꾸를 하면 말문을 닫아버릴 것 같아 명애는 초조한 기분을 애써 누르며 입을 열지 않았다. 허나 무슨 말이 나오든지 그게 좋은 말이겠는가. 도대체 막내와 관련된 소식이나 소문 듣고 웃어본 적이 언제였던가.

"한 보름 전, 우리 친구들 곗날이었습니다요. 그때 명수가 와서는, 명수가 직접 한 말이니까 오해는 하지 마십시오, 와서는 아버지가 돌아가셨다고 말하더라고요."

"엥, 보름 전에?"

"예. 그때 돌아가셨는데, 여객선 끊어진 밤이고 하니 사선을 빌려서 타고 들어가야 하는데 돈이 없다고, 그래 어차피 부조(조의금)들 할 것이니 그것을 달라고 해서 다들 현금인출기에서 십만 원씩 해서 주었습니다요. 그걸 받아가지고 명수는 갔고요. 그리고 다음 날 여객 터미널에서 만나기로 우리끼리 약속을 했습니다."

"……"

"다음 날 이상한 기분이 들어 저 옆에 사시는 제 작은아버지께 전화를 드렸습니다요. 그랬더니 안 돌아가셨다고, 좀 위험했던가 큰딸하고 둘째 딸이 왔다가 그날 나갔다고 하더라고요. 큰 누님하고 둘째 누님을 두고 한 말씀이었습니다요. 명수는 여기 들어오지도 않고요."

누가 지나가다 실수로 밀기라도 한다면 그걸 핑계로 한바탕 나자빠졌으면 꼭 좋겠는 기분이었다. 아무도 명애를 밀어주지 않아서 그는 사내들 사이로 털썩 주저앉아버렸다. 한세상 산다는 것이 짐작하지 못했던 것들과 시, 때 가리지 않고 만나야 하는 것이지만 들자니 이것은 생각지도 못했던 것 아닌가.

"저도 그렇지만 우리들 중에는, 저번에 아버지 대학병원으로 옮기실 때 있었잖습니까, 그때 병원비가 부족하다는 통에 얼마씩 빌려준 사람들도 있습니다."

혹시 병원비를 보태오더냐는 얼굴을 해왔고 명애는 그런 적 없었다는 것을 침묵으로 알렸다.

"솔직히 의심이 되기도 했습니다만 워낙에 급하다고 찾아왔길래 현금서비스 받아서 해줬습니다."

"으음."

"아닌 말로 친구들 사이에서야 서로 돈을 빌리고 빌려주기도 하고 그러다가 유야무야 떼먹기도 하는 게 흔한 일이라 신경 안 씁니다. 그리고 솔직히 말씀드려서 부좃돈이야 어차피 나가는 것이고 나가봤자 뻔히 빙빙 돌고 도는 것이니까 그러려니 합니다. 하지만 편찮으신 아버지를 파는 짓은 우리 친구들 사이에서도 그냥 넘어갈 수 없다고 합의를 보았습니다."

"내가 죽여불마."

"예?"

"너희들 마음 다 알겠다. 내가 누나로서 정말 부끄럽다. 고개를 못 들겠다. 그 자식은 내 동생도 아니다. 내가 죽여버릴 게다."

그러다가 이쪽을 바라보던 사내들의 눈이 일제히 입구 쪽으로 쏠리는 것을 보고는 명애는 자신의 칼을 접어야 했다. 그곳에는 잔뜩 얼굴을 찌푸린 오빠가 서 있었다.

"내 이놈의 새끼를."

소란은 거기에서 시작됐다. 오빠는 작은 방으로 들어가 그게 무
어든 명수와 조금이라도 상관이 있는 물건들을 깨부수기 시작했다.

"아이고 오빠."

명수가 백수 시절 만들어놓았던 모형 함선이 물 한 방울 만나보
지 못하고 허공을 한 번 날았다가 바짝 마른 마당에 좌초되면서 부
수어졌다.

"어이, 이 사람, 참게."

해군 방위 전역패도 거의 총알과 같은 속도로 날아가 벽에 부딪
히며 전사하기에 이르렀다.

"형님, 왜 이러십니까."

예전에 입었던 옷가지도 북북 찢어지면서 유명을 달리했다. 그
럭저럭 적당히 소란스럽던 초상집이 한바탕 시끄러워졌다. 부엌
에 있던 사람은 무슨 일인가 싶어 마당으로 나오고 천막 속에서 화
투나 치고 있던 패들도 구경났다며 나온 관계로 졸지에 마당은 사
람들로 가득 찼다.

"내 이 새끼를, 내 이 새끼를."

부수고 던지고 찢어도 분이 안 풀려 씩씩대는 오빠를 또래 친구
들이 데리고 천막 속 깊숙한 곳으로 들어갔었다.

그 명수가 드디어 온 것이다.

명수는 코가 석 자나 빠진 얼굴을 하고 마당 가운데 서 있었다. 무엇을 하다가 왔는지 입성은 꾀죄죄하고 운동화 차림이었다. 근처의 사람이 지나가다 왔는가? 건성으로 아는 척을 하고 명수 또한 애매하게 고개를 숙였다.

"우선 들어와서 아부지한테 인사 올려라."

명애가 마당으로 나서며 말했다. 사정이 사정이라 목소리가 고울 수 없었다. 하지만 횟술에 취해 분명 자고 있는 줄 알았던 오빠가 한발 더 빨랐다. 막내 왔다고 누가 깨운 모양이다. 조문만 끝나면 한바탕 하려던 명애는 순간, 어쩔 수 없이 이번에도 말리는 역할을 해야 했다. 바지를 붙들고 늘어졌는데 그러나 오빠는 발에는 별 신경을 안 썼다. 주먹 한 대에 명수는 곧바로 코피를 터뜨렸다. 맞은쪽은 얼굴을 감싸고 주저앉고 때리고 말리는 쪽은 한꺼번에 뒤엉켜 쓰러졌다.

"너 이놈의 새끼, 이리 와."

"오빠, 아부지 조문이나 하게 하고."

"너 이 새끼."

"제발 쫌만 참아, 오빠."

몰려든 사람들이 오빠를 다시 끌고 갔다.

"아부지 묻고 나서 보자."

아부지 묻고 나서 보자. 그 소리는 명애가 하고 싶은 말이었다.

148

정말 시원하게 두들겨 패버리고 싶었다. 그러나 차례는 돌아오지 않았다. 피 터진 코 막고 힝힝 울며 조문을 마치자 기다렸다는 듯 친구들이 데리고 갔다. 평소 같으면 아무리 동생이 잘못했어도 때리지만은 말아달라 사정을 했을 것이다. 하지만 이번에는 달랐다.

"죽지만 않을 만큼 두들겨 패버려라. 내가 다 책임질 테니까."

명옥도 말리지 않았다. 명화만 좋지 않은 얼굴을 했다.

"아부지. 밥 먹여서 아들들 참 잘 키워놨소. 인제 가실 날인데 이 잘난 아들들 놔두고 발걸음 떨어지겠소? "

세상 만물 중에 어김없이 가는 것이 시간이라 밤이 왔다가 어느새 날이 밝았다. 빈소 지키랴, 화투판 시비 난 것 말리랴, 날씨 걱정하랴, 이래저래 밤을 샌 명애는 영정을 향해 한 소리 해놓고 막내를 쳐다보았다. 한참이나 친구들에게 잡혀 있다가 슬그머니 돌아온 명수는 구석에서 허리를 접고 졸고 있다. 두들겨 패라는 말이 반대로 작용을 했던지 친구들의 정리가 있어서 그랬는지 오빠 주먹에서 한 대도 덧댄 표시는 나지 않았지만 코에 여전히 피떡 맺혀 있는 모습이 안쓰럽기도 했다. 오빠는 아픈 사람 고로쇠 약수 마시듯 다시 막소주를 들이붓고는 아직까지 내내 잠에 떨어져버린 상태이다.

지루하고 긴 밤이 지나 어쨌든 출상날 아침은 돌아온 것이다. 아직 남아 있는 바람이 간혹 천막을 건드리며 지나갔다.

"휘유."

위독 소식 듣고 부랴부랴 고속버스 타고 항구에 도착하여 약속했던 명옥이를 만나 여객선 타고 들어오고 가쁜 숨 몰아쉬는 아버지를 만나고 머리맡 지키다가 예정은 되었지만 찾아오는 것은 짧은 순간인 죽음을 만나고 곡(哭)하고 머리 풀고 일가 친척들에게 연락하고 병풍 세우고 영정 찾아 닦아 올리고 상복(喪服) 찾아 입고 염장이 노인 불러 염하고 사이사이 울고 산역(山役) 부탁하고 손님 맞고 했던, 정신 없고 부산했던 날들이 꿈처럼 지나가버렸다.

사람 하나 저세상으로 보내는 것도 이렇게 복잡한 것이었다.

화투 치는 사람들은 누가 땄든지 간에 이제 판이 없어지는 판이라 자리를 털고, 싸웠던 이들은 뾰루퉁한 얼굴을 하고 있고, 가까운 탓에 자기 집에 가서 눈을 붙였던 문상객들은 일찌감치 아침들 먹고 출상 일 치르자며 모여들었다. 국에 밥 말아 다들 한 그릇씩 삼키다시피 씹어 넘기고 산역 맡을 이들과 점심때 쓸 음식과 술 짊어진 청년들이 먼저 산으로 올라갔다.

명애는 가슴 한구석이 내내 무거웠다. 세 자매 모두 같았다. 이건 초상집 주인으로 체면 문제이기도 했다. 초상은 모름지기 한쪽은 웃고 한쪽은 울고 해야 한다.

명애 자신도 다른 이들의 초상에를 가면 울어야 할 때는 울었고 일해야 할 때는 일했고 웃고 떠들어야 할 때는 그렇게 했다. 사는 게 그런 것이고 죽는 것 또한 그랬다. 죽음을 숭배하는 이상한 종교집단이 아닌 다음에야 석 달 열흘 울 일도 없고 미치지 않고서는 잔치 났다고 좋아할 까닭도 없었다. 가족이야 시름에 겨워 있기 마련이고 천수를 누리고 돌아간 호상이라 해도 이별의 아픔 때문에 그늘 벗어지지 않지만 마을 사람이야 어디 그런가. 품앗이로 찾아온 손[客]은 이박 삼일 내리 슬퍼할 이유가 없었다. 그 긴 시간을 상제의 눈물과는 반대의 방향으로 가는 게 훨씬 나았다. 울다 웃다가. 웃다가 침울하다가. 그러다가 다시 웃어대는. 돌아간 자가 살아 생전 그랬던 것처럼.

하여 초상이 난 엊그제 찾아온 사람 하나가 아이고, 성님. 어저께까지만 해도 살았었는디, 어저께까지는 산 사람이던디, 소리를 해가며 과장되게 통곡을 하며 마당을 기다시피 들어올 때도 문상객들은 웃었고 상제 입장에서도 싫지 않았다. 문상객들이나 상여꾼들이 장난을 치고 웃고 떠들고 해서 상을 당한 가족들의 슬픔을 상쇄해주는 게 대대로 내려오는 내림 아니던가.

하지만 명수 때문에 아주 뒤죽박죽이 되어버렸다. 오빠는 오빠대로 제 성질을 못 이겨서 맏상제 노릇 한번 변변하게 못해보고 마시고 자고, 또 마시고 자는 것만 되풀이했다. 분위기가 그러다보니 적당히 흥청거리는 초상집 특유의 맛이 전혀 나지 않았다. 분위기라는 게 한 번 꼬이면 꼬이는 쪽으로만 뻗대버리는 성질이 있어서 친구들이 상제를 노리고 찾아오지를 않나, 맏상제가 동생을 때리지를 않나, 명애 자신이 맏상제와 땅바닥에 뒹굴지를 않나,

스스로도 눈꼴사나웠고 모든 게 부끄러웠다. 사람들의 얼굴도 다들 시들하니 피곤한 기색들이었다.

그동안 정숙 하나로 지켜내던 안방은 들고 나는 사람들 때문에 잠시 소란스러워졌다. 첫 제사로 격식에 맞춘 상이 하나 차려졌다. 이제 집에서 하는 마지막 인사라 다들 방으로 들어온 탓에 비좁을 지경이었다. 집사가 뭐라고 경(經) 같은 소리 몇 마디 휘날리고 다섯 남매는 나란히 어깨를 맞댔다. 남은 사람들은 저절로 벽을 등지고 각진 반원을 그렸다.

술 안 깬 얼굴의 오빠가 잔에 술을 따랐다. 남매는 절을 했다. 당연한 수순으로 재배가 끝날 무렵에 세 여인은 방바닥과 헤어지지를 못하고 그대로 고꾸라지며 아이고 아부지, 통곡을 시작했다. 명수도 덩달아 머리 박고 헝헝, 댔다.

"나는 못 사요, 아이고 불쌍한 우리 아부지."

"우리를 두고 어쩌라고 이렇게 가신다요, 엉엉."

가장 슬픈 초상을 딸 많은 집 초상이라고 했던가. 가슴 아픈 초상이야 외동딸 가느다란 울음에도 모두들 눈시울을 적시는 법이지만 이렇듯 호상이라고 말하는, 앓던 늙은이의 초상에도 딸들의 울음은 사람들을 숙연하게 하는 힘이 있었다. 여하튼 죽은 부모와 이별의 대부분을 처리해주는 것은 눈물이었다. 한동안 같이 머리를 수그리고 있던 오빠는 슬그머니 일어서서 절하느라 한쪽으로 기울어진 두건을 고쳐 맸다. 명수도 배시시 일어났다. 뒤에 서 있는 이들은 각자 두 손을 앞이나 뒤로 모아 진중한 분위기였는데, 세 자매의 좌중을 향해 허공 중에 함지박처럼 도드라진 세 쌍의 엉덩이와 묘한 화합을 만들고 있었다.

"니들은 다 죄인이다. 죄인이니까 눈물로 사죄해야 쓴다. 이제 언제 또 이럴 기회가 있겠냐. 남은 눈물을 여기에서 다 뽑아라."

그중 대표격으로 근엄하게 한 일 자 입술을 만들고 있던 외삼촌이 진심이라면 진심으로, 요식이라면 요식으로 한마디 길게 내뱉었다. 하지만 사람은 참으로 이상한 것을 저 속에다 숨기고 있는 존재라 울지 말라고 말리면 더 서럽게 울면서도 죄인이니 더 울어버리라고 하자 막상 눈물은 점차 사위어져버렸다.

사실 여러 날 울만큼 울기도 했거니와 집에서는 이제 마지막이라는 생각에 즉흥적으로 솟구쳤던 감정이어서 오래 갈 것도 못 되는데다 오래 울 자리도 아니어서〔가장 눈물 나는 하관(下棺) 절차가 남아 있다〕서서히 마치고 있던 중이었다. 그러나 외삼촌의 말이 우는 사람을 달래려고 일부러 했던 소리가 아닌 탓에 세 자매는 일어서지도 못하고 가늘어지는 곡의 끄트머리를 흑흑, 아아부우지이이, 호으윽, 억지로 더 늘이고 있었다.

한세상 살다보면 참으로 있어서는 안 되는 일이 간혹 일어나곤 하는데, 그래서 그게 왜 있어서는 안 될 일인가를 사람들의 놀라움이나 당황하는 모습을 통해 보여주기도 하는데, 하필 그때 그런 일이 일어나고 만 것이다. 더 울지도 못하고 그렇다고 맺지도 못하는 어정쩡한 상태에서 순간 누군가 방귀를 뿌우웅 뀌어버린 것이다. 그것도 다름 아닌 엎드려 울고 있는 쪽에서.

"……"

놀라는 것이야 당사자가 가장 컸을 것이다. 생리적인 현상이라해도 힘주어 참을 수 있지만 지칠 대로 지친데다 마음 불편하면 뱃속도 불편하고 거기에다 항문을 허공에 대고 있었으니 아차 하는 순간에 그 한 줌의 공기를 그만 놓쳐버리고 만 것이다.

명애는 속이 뜨끔했다. 물론 자신은 아니었다. 명옥이나 명환데 워낙 뒤쪽에서 난 소리라 둘 중 누가 진원지인지 알 수 없었다. 그렇다고 알아차린들 뭘 어떻게 할 것인가. 영정 앞에 제사상 차려놓고 곡하는 이 엄숙한 순간에 이미 소리는, 부엌에 있는 사람도 들을 정도로 크게 나버리고 말았는데. 엎드린 쪽에서나 서 있는 쪽에서나 숨소리 하나 나지 않았다.

명애가 자신도 모르게 몸을 솟구친 것은 그때였다. 언니 노릇은 때와 장소를 가려서는 안 되는 법이었다. 마치 누가 잡아당긴 것처럼 표시 나게 두 손을 허공으로 들어올려 짝, 방바닥을 치며 악을 쓰듯 곡소리를 냈다.

"아이고 아부지, 이게 무슨 소리요. 아부지 가시는 길에 대체 이게 무슨 소리란 말이요."

글쎄 자신이 그 소리를 왜 내뱉었는지 그런 것은 알 수도 없고 알 이유도 없었다. 그냥 어떻게든 이 애매한 위기를 넘겨보려고, 생각도 없이(생각할 겨를도 없었다) 나온 말이었다. 그런데 일이 좀 이상하게 발전했다. 바로 뒤이어 명옥이가 언니보다 더 큼지막한 원을 그리며 방바닥으로 몸을 던지더니

"아이고 아부지, 아부지는 아실 것이요, 어디에서 난 소린지 아부지는 아실 것이요."

하지를 않는가. 상황이 이상하게 돌아가고 있었다. 가만히 있으면 뒤집어쓰는데 누군들 그냥 있겠는가. 다음 번 곡소리는 당연히 명화였다. 명화가 몸을 일으켰다가 힘껏 구부러지며

"아이고, 나는 아니요, 아부지이, 나는 아니요."

뒤를 따랐다. 다시 흑흑 소리 가늘어지는 잠깐의 시간이 지났다. 더 이상 할 게 뭐 없었다.

"그만 됐다. 다른 사람 절하게 일어서라."

때마침 외삼촌이 세 자매 사이로 끼어들어 억지로 일으켜 세웠다. 눈물을 닦아내며 바깥으로 나오면서, 참아야지 하면서도 어쩔 수 없이, 고개를 돌려 사람들을 바라보고야 말았다. 순서에 맞춰 선 친척 어른들부터 뒷줄의 사람들까지 다들 웃음을 참느라 곤혹스러운 얼굴들을 하고 있었다. 몸 둘 곳이 마땅찮아 부엌으로 피신한 세 자매는 서로 얼굴을 바라보다가 끝내 웃고 말았다.

홍대 만장 앞에 서고 영정 서고 이윽고 상여는 못 가겠네, 못 가겠네 노래하면서 집을 빠져나갔다. 심각한 모습으로 지팡이 짚고

걷는 오빠와 뒤따르는 명수만 시무룩했지 힐끗힐끗 눈치를 보며
애써 웃음을 참는 사람들의 얼굴에는 피곤과 짜증은 사라지고 없
었다.

바람 그친 바다에서는 햇빛이 쨍쨍 반사가 되고 있다. 명애는
한발 한발 앞으로 걸었다. 명옥과 명화도 같은 보폭으로 걸었다.
아버지 가는 길에 딸이 뀌는 방귀가 대수냐. 막내도 오고 날씨 화
창하게 풀린 것만도 어딘데.

해는 뜨고
해는 지고

대문 여는 소리가 들렸다. 명함판 사진을 내려놓으며 성근은 몸을 벽 쪽으로 돌리고 눈을 감았다. 납작하게 눌린 머리카락이 베개에서 떨어졌다. 끼잉끼잉. 이 소리는 순돌이 울음소리다. 목줄을 팽팽하게 만들어놓고 앞발을 들고 있을 것이다. 그렇다면 들어오는 사람이 은례라는 소리였다.

그는 개가 움직이는 소리만 듣고도 누구인지 짐작이 됐다. 아주 대놓고 사납게 짖는다면 생면부지인 이들이고 그 정도는 아니되 짖기만 한다면 고지서 배달 온 우체부나 상환 독촉하러 온 농협 직원이었다. 짖지는 않지만 그렇다고 반기지도 않는, 전혀 반응이 없는 경우라면 성근의 친구들이었다. 아니, 우리단란주점의 황사장이었다. 그들 외에는 근래에 이 집을 찾는 이가 없었다.

그러니 낑낑대며 애정을 호소하는 소리는 참으로 모처럼 들어보는 것이기도 했다. 그러나 순돌이에게 말 한마디 없이 짝짝, 샌들 끄는 소리만 났다. 휘흠, 긴 숨이 절로 나와 벽에 부딪힌다. 아주 짧은 순간에 그게 아내가 들어오는 소리로 여겨졌던 것이다.

아내는 새벽에 일보러 나갈 때가 자주 있었다. 품앗이로 밭 매러 나갔다가 아침밥 차리려고 돌아오거나 첫 배가 도착하는 시간에 맞춰 선착장 나갔다 오는 경우도 있었다. 가지나 상추 뜯으러 텃밭에 갔다 오기도 했고 마땅한 반찬이 없으면 급한 대로 두부모나 사러 가게 다녀올 때도 있었다.

지금 저 소리가 아내라면, 일어났수? 얼른 씻으시오, 밥 차릴 테니, 소리가 있어야 했다. 그렇다면 지금 기분대로만 한다면, 갔다 왔는가? 밥은 그냥 두고 잠깐만 들어와보소, 해서 들어오는 것을 달려들어 꽉 보듬었으면 싶었다. 아이구 참, 정신 사납게 왜 이런다, 밥 먹을 생각은 않고, 앙탈을 한다면 젊었을 적 산 너머 연애바위에서 그랬던 것처럼 힘으로라도 찍어 눌렀으면 했다.

그런 경우가 종종 있었다. 아이들이 크고부터 밤을 조심하게 되어 애들 학교 가고 난 다음 일을 치르는 횟수가 늘어났던 것이다. 그것은 성근의 일 때문이기도 했다. 어장 갔다가 돌아오는 시간은 늘 아침이었고 고단한 뱃일에 대한 보상으로 한바탕 몸을 실은 다음에야 밥을 먹든지 잠을 자든지 했다. 또한 이렇게 자신은 방에 누워 있고 아내가 잠시 바깥바람을 쏘이고 들어왔을 때도 뭔가 새로운 기분이 들어 싫다는 것을 억지로 끌어당길 때도 있었다.

그러나 발소리는 현관에서 작은방 쪽으로 휘어졌고 머잖아 탁, 문이 닫혔다.

아내가 올 리 없다. 만약 오늘 이 시간, 예전처럼 아침 일찍 바깥엘 나갔다가 돌아오는 중이라면(그런지 아닌지 알 수는 없지만) 지금쯤 다른 사내가 누워 있는 방문을 열고 있을 것이다. 이제 잠에서 깨어나는 사내 어깨를 두드리며 보시우, 역시 새벽 시장에 가야 좋은 것을 산다니까, 싱싱한 것으로 사왔으니 얼른 일어나보시우, 할지도 몰랐다. 아니, 풍문으로 들어본 바로는 아내에게 이천만 원짜리 통장하고 카드를 만들어준 이가 육십 넘은 사내라니 인삼이나 녹용 이런 것을 사와 갈고 있거나 약탕기를 찾고 있는지도 모른다.

세상천지가 모두 허전한 바람으로 변해 그의 가슴속을 뚫고 들어왔다. 풍선에서 바람 빠지듯 몸 어딘가에 구멍이 나서 피가 다 빠져나가는 듯했다. 허탈하고 쓸쓸했다.

순간 착각을 하긴 했지만 그는 이제 아내가 오지 않으리라는 것을 잘 알고 있다. 이렇게 돼버리고 말았으니 큰 미련도 없다. 문제는 발소리였다. 안방 한번 안 들여다보고 작은방으로 가버린 게 속상하기 그지없다.

집에 사람 사는 표시는 들고 나는 사람들의 흔적과 그들이 내는 소리에서 나오는 것 아닌가. 그러나 요 몇 달 동안 사람들의 방문을 좀처럼 받아보지 못했다. 특히, 이처럼 순돌이가 반기는 그런 방문을 받아보지 못했다.

언젠가부터, 아침은 적막의 시간이 되어 있었다. 오늘만 하더라도 새벽 이른 시간에 눈을 떴건만 아홉시 가까워오는 이 시간까지 들어본 소리라는 게 뒤란 시누대 숲에서 사는 참새들 재재대는 것밖에 없다. 그의 집만 그런 게 아니다. 이웃들, 나아가 마을 전체가 조용했고 그것은 새벽일이 없어졌다는 걸 뜻했다.

얼른 일 가세, 밥은 자셨수? 누구네 어매는 안 보이네, 오늘 새벽에 서방이 왔잖은가, 그러니 여러모로 늦겠지, 깔깔, 곧 올 것이니 먼저 가세나, 그 집 아배는 이번 어장에 재미 좀 봤답디까? 공쳤다고 하대, 어장보다 더 좋은 재미가 있는디 뭔 걱정이여, 아 늦었어, 뺄소리 그만 하고 얼른 가자니까, 아침밥 먹기 전에 두 이랑은 매야지, 하던 새벽의 왁자지껄한 소란이 없어진 것이 이미 몇 년째였다. 아낙들이 빠져나가고 나니 밭농사도 없어지고 텃밭에는 잡초만 자랐다. 소란이 떠난 곳에는 이렇게 적막만이 떠돌았다.

주변이 워낙 한적해서도 그랬지만 성근은 새벽부터 내내 문 여는 소리를 기다렸다. 은례를 기다렸던 것이다. 그런데 지금 들어와서는 어디에서 자고 왔다, 밥은 드셨냐, 이런 말 한마디 없이 방으로 휭, 들어가버리는 것 아닌가.

은례는 기별도 없이 어제 오후 마지막 배로 들어왔다.

지난 두어 달 동안 그는 가족들이 몹시도 보고 싶었다. 딸애는 더욱 그랬다. 새벽잠 깨어 담배만 피우다가 햇살에 서서히 창이 밝아지면 나타나는 가족사진(결국 며칠 전에 떼어내어 광 속에 집어넣었지만) 속에서 딸애 얼굴을 바라보곤 했다. 은례가 항구에 있는 정보통신고에 가던 해 찍은 것이니 얼추 사오 년은 된 것이다. 얼추라고 짐작하는 것에 그의 고민이 있었다. 올해 은례가 스물하나인지 스물둘인지 얼른 구분이 되지 않았던 것이다.

그는 그해에 일어난 일들을 떠올려보다가 수업 때문에 사지 않을 수 없다는 말에 황에게 돈을 빌려 컴퓨터를 사준 일을 떠올렸다. 그리고 그 돈을 해가 바뀐 다음에야 갚았고 갚은 해에 황의 늙은 어머니 초상이 있었다는 것을 두루 꿰맞춘 다음에야 올해 스물둘이라는 것을 알아냈다.

그 정도이다보니 딸애에 대해 누가 물어보면 대답할 게 별로 없었다. 나이를 짐작해보다가 별 생각 없이, 저절로 이것저것 생각해보게 된 건데, 딸애가 선착장에 있는 선박 수리소에서 튄 용접 불똥에 동전만 한 화상을 입었던 때가 초등학교 3학년인지, 4학년인지, 5학년인지 분간이 안 되고 그게 왼쪽 팔뚝이었는지 오른쪽 팔뚝이었는지도, 그때 그가 분명히 약을 발라주었지만 기억이 나지 않았다. 그것뿐만이 아니었다.

돌 때 걸었는지 못 걸었는지, 백일해를 몇 살 때 앓았는지(뭔가 된통 앓은 적이 있는데 그게 백일해인지 급성 신장염인지 또 다른 병이었는지도 헷갈렸다), 공부를 잘했는지 못했는지, 말을 잘 들었는지 안 들었는지, 고등학교에서는 무슨 반이었는지, 친한 친구 이름이 무엇인지 기억을 못하고 있었던 것이다.

물론 그는 아직도 건강한 몸을 가지고 있다. 오십 줄 중반이긴 하지만 이 정도면 늙은 게 아니다. 힘도 아직 쓸 만하고 무엇보다도 새벽에 발기도(지난 일 년간 그런 적이 유난히 많기는 했다) 되고 있었다. 총기가 떨어져서 딸애에 대한 기억이 흐려진 게 아니라는 소리다.

그는 그런 생각들을 날마다 되풀이하다가 끝내는 몹시 미안해졌다. 아들인 은석이에 대한 것은 거의 다 뚜렷이 기억하고 있어서 더욱 그랬다. 물론 그는 딸아이라고 해서 무시하거나 하는 마음은 없었다. 다만, 집에 돌아오면 늘 제자리에 있는 텔레비전이나 이불처럼 한 번도 그 존재에 대해 의심하거나 불안해하지 않았던 것뿐이다. 멸치잡이 어장엘 가면 잘 있으려니 하고 잊어버렸고 돌아오면 역시 아내와 아들과 딸애는 무탈하게 집에 있었다. 아내는 밥을 차려주고 자식들은 다녀왔냐고 인사를 했다.

일 없는 기간에도 그는 아내 몸을 탐하거나 마을을 나가 동네 돌아가는 이야기를 듣거나 친구들과 대폿잔을 부딪치며 보냈다. 아이들은 있거나 없거나 둘 중 하나였다. 있으면 학교 갔다 왔냐, 고 했고 늦은 시간에 없으면 아이들 어디 갔냐, 고 물어보았다. 잠시 어디 갔다거나 요 앞에서 논다거나 하는 대답을 들으면 그만이었다. 밥 먹고 자고 그러다가 시간이 지나 다시 어장 날짜에 맞춰 여객선 타고 항구로 나가면 되었던 것이다.

그는 그런 세월을 살아왔다. 그게 잘하는 것인지 잘못하는 것인지 알 수도, 알 필요도 없었다. 고민할 것이 없었던 것이다. 그냥 그렇게 살았고 다들 그랬다.

그런데 이렇게 되고 보니 가족이라는 울타리가 얼마나 좋은 것이었나, 뼈가 저렸다. 그리고 이상하게도 딸이 유난히 보고 싶었다. 연락 없기는 셋 다 매일반인데 자꾸 은례 생각만 났다. 은례만은 다를 것 같았다. 은례한테만은 자신이 다 잘못한 것 같았다. 하여 무슨 일자리든지 찾아내어 악착같이 벌거나 그것도 안 되면 빚을 내서라도 좋은 곳에 시집을 보내야지, 이런 다짐도 했다.

그런데 하필 어제 땅이 팔렸다. 유산으로 물려받아 심거나 놀리거나 하던 천오백 평 밭을 우리단란주점 정마담(황의 새 부인이다)을 통해 평당 만 원씩에(항구와 가깝기는 하지만 섬이라 땅값이 높지 못하다) 팔았던 것이다.

계약금으로 받은 돈 가지고 농협에 들른 다음 직원이 돈 세는 중간에 잔고를 찍어보았는데 생각지도 못한 마이너스 숫자 때문에 충격을 받고 말았다. 백만 원 정도 남아 있던 통장이 그사이 마이너스 이백을 넘어서 있었던 것이다. 오후 내내 속을 끓이고 있는데 느닷없이 은례가 대문을 열고 들어왔다. 기다리던 가족이 나타났고 그것도 가뜩이나 마음가던 딸애라서 흐뭇해할 일이었으나 그는 그렇지가 못했다. 위아래 세련되어 보이는 정장으로 빼입은 폼부터 눈에 확, 거슬렸다.

"아빠."

"너 마침 잘 왔다."

내 딸 왔구나, 아이구 어서 와라, 이런 말이 나왔어야 했다. 그러고 싶었다. 아마 빈방에서 사진을 바라보고 있을 때나 오전에 놀러 갔던 황사장한테 오후에 또 놀러 가기 뭐해서 마당에 앉아 꼬리 치는 순돌이나 바라보고 있을 때 들어왔으면 분명히 그랬을 것이다. 달려가 손도 잡고, 그동안 한번도 그래본 적 없지만 꼭 껴안았을지도 몰랐다.

"……"

"이게 뭐냐?"

그는 뒷주머니에서 통장을 꺼냈다.

"뭐가?"

이쪽이 좋은 얼굴이 아니니 딸애도 좋은 얼굴일 리 없었다. 성근의 얼굴은 부풀었고 은례 얼굴은 샐쭉해졌다.

"이게 왜 이러냐? 눈 있으믄 좀 봐."

물론 계약금을 입금시켜놓았기에 숫자는 바뀌어 있지만 다행히 은례는 확인하지 않았다.

"아, 그거. 필요한 게 있어서 사다보니 그랬어."

166

"도대체 뭐가 얼마나 필요해서 삼백만 원두 넘게 쓴 거여?"

"그냥."

"입 있으믄 말해봐. 뭔 돈을 이렇게 썼어. 니 애비는 혼자서 죽 쒀먹고 있는디 니는 돈 펑펑 쓰고 다녀? 얼른 말 못해?"

"회사 취직하려고."

"뭐, 취직? 취직이라는 것이 돈 벌러 들어가는 것 아니냐? 내가 돈 쓸라고 회사 취직한단 소리는 너한테 첨 듣는다."

"너무 그러지 말고 내 말 좀 들어봐."

"그래, 한번 들어보자."

성근은 딸을 꼬나보며 거친 숨을 몰아쉬었다.

"면접은 그냥 봐? 옷이라도 하나 제대로 입지 못하면 면접장에 들어갈 수도 없어."

"……"

"그리고 취직은 그냥 시켜줘? 대학 나오고도 노는 애들이 수두룩한데. 자격증이라도 하나 따려면 학원엘 다녀야지. 학원비도 냈어."

"너 학교 다닐 때 무슨 자격증 땄다고 했잖어."

"워드 2급 가지고는 택도 없어. 정보처리 1급은 있어야지."

"……"

"그래서 쓰다보니 그리 됐어. 요즘 세상에 돈 삼백이 어디 돈이야?"

"돈 삼백이 돈이냐고? 그러믄 그건 하늘에서 떨어진 거냐. 이것이 정신이 있어, 읊어?"

딸이 면접을 보러 다녔는지 어쨌는지 알 수는 없다. 성근 자신이 어디 면접 한번 보러 다녀보거나 회사 속을 조금이라도 안다면 모를까. 그가 본 면접이란 배를 바꿀 때 선주하고 선장한테 인사 가서 소주 한잔 마시는 게 다였다. 하지만 모르는 눈으로 봐도 이런 평일에 들어온 걸 보니 취직을 못한 것만은 확실했다.

"그래 취직했냐, 했냐고?"

"곧 할 거야."

"빌어먹을 년이 카드 만들어달라고 염병을 떨더니."

패밀리카드는 일전에 은례가 만들어달라고 했다. 객지에서 돈 없으면 초라해지는 법이라 갑자기 돈 필요하게 되면 찾아 쓰라고 만들어주었다. 이혼 뒤에 생겨난 자식에 대한 애정으로(아내도 항구에서 살고 있지만), 제 어미 돈보다는 차라리 내 돈을 쓰라는 마음에서였다. 물론, 아들 은석이가 주식 투자로 손해 보고 만 이래 집에 돈이라는 게 귀해졌으니 저도 알아서 꼭 필요한 때만 적당히 내 쓰려니 했다.

"애비는 굶어 죽어도 괜찮다는 것이냐."

"아빠가 왜 굶어 죽어?"

"마이너스가 다 뭐여. 이것 빚 아녀? 뭔 돈으로 메운단 말이여."

"내가 채워놓을게."

"니가 무슨 재주로? 취직도 못한 것이."

"······"

"망조가 들어도 분수가 있어야 써. 지랄한다고 에미나 새끼들이 나 다들 카드 들고."

"······"

"애비가 죽을 끓이는지 밥을 끓이는지 신경도 안 쓰는 것들이."

"알았어, 그만 좀 해."

은례는 신경질적으로 휙 돌아 나갔다.

"너 시집갈 때는 뭔 돈으로 댄단 말이냐."

"나 시집 안 가."

"어디 가냐?"

"몰라."

은례 대답은 이미 담 너머에서 들려왔다.

"어디 가냐니께?"

대꾸는 더 이상 없었다. 순돌이만 영문을 몰라 고개를 갸웃거렸다. 그게 어제 저녁이었다.

아직 골이 나 있는가. 친구 집에서 잔 모양인데 픽 토라져 나가 버린 게 얄밉기도 하고 모처럼 만난 자리에서 돈 가지고 쏴붙인게 미안하기도 하고 두 마음이 제멋대로 뒤엉켜 아주 고약한 심정이었다. 안방 문 열고 들어와 밥은 잡수셨냐, 인사라도 해오면 좋겠는데 작은방에서는 여전히 인기척도 없다.

가슴 한쪽이 허물어질 대로 허물어져 마치 물에 빠졌다가 죽지 못해 헤엄쳐 나온 것 같은데, 가지고 있던 가방이며 뭐며 모두 잃어버리고 났을 때의 그런 기분인데, 이쪽은 다 잃고 젖고 지쳤는데도 바닷물은 아무 일 없다는 듯 태연하게 잔잔한 얼굴을 하고 있을 때의 배신감이나 허무함 같은 게 밀려왔다.

"아이고 내 팔자야."

몸을 털썩 구부리며 급기야 팔자타령까지 나왔다. 그 서슬에 어젯밤 마시다 남은 소주병이 넘어졌다. 얼른 잡아챘으나 늦었다. 그는 병 옆에 누워 있는 명함판 사진 두 장을 주워 소주 방울을 닦아냈다. 기분은 거듭 뒤죽박죽이다. 팔자를 욕하자니 스스로 겸연쩍은 생각이 드는 것도 어쩔 수 없다. 땅을 판 것도 이 때문이었다.

어제 부동산 매매계약서에 도장을 찍고 나자 정마담이 내놓은 게 이 사진 두 장이었다.

"이 두 사람이 말씀드렸던 후보예요."

"사진 있었으믄 진즉에 좀 보여주지."

"일의 진행이 어디 그런가요. 김사장님이 이해하셔요."

"거, 사장 소리는 좀 안 하믄 좋겠다고 말했잖소."

"호호, 입에 붙어서. 어쨌든 이쪽은 내 친구고요."

"나이는?"

"나랑 동갑. 아이는 한 번도 안 낳았고요."

"다 늙어갖구 애 안 낳은 것이 뭘 내세울 거라고."

"그렇다는 얘기죠. 어째 맘에 안 드세요? 그럼 이쪽은 어때요?"

"이짝은 친구 아닌가?"

"아무리 같은 팔자로 엮인 것들이라지만 다 같을라고요. 여기는 나도 소개받은 사람이에요. 나이가 우리보다 두 살 위라고 하던가, 세 살 위라고 하던가?"

사진이라고 해봤자 특별한 구석은 없었다. 그럭저럭한, 화장(化粧)과 미장(美粧)으로 방어해놓았다 해도 늙은 것만큼은 어쩌지 못하는 그런 얼굴이었다. 차이라면 정마담 친구 쪽은 붙임성이나 애교가 있어 뵈는 대신 부엌일하고는 거리가 멀어 보인다는 것이고 뒤쪽 여자는 궂은일 마다하지 않을 관상이되 고리삭은 표시가 완연하다는 거였다.

"흠."

"이왕 맘 잡수셨으니 속전속결로 처리하는 게 여러모로 좋을 것 같은데요."

"그래도 사람 들이는 일인디 생각을 좀 해봐야 쓰겄는디."

"그러다 놓치면요. 아무리 한 시절 지나버린 여편네들이라도 나처럼 이렇게 섬에 들어와 산다는 게 어디 맘먹기 쉬운 줄 아세요? 땅도 나갔고 하니 쇠뿔 단김에 빼버리시죠."

"흐음."

"그래, 어느 쪽에 눈이 더 가세요?"

"나야 뭐 여자 보는 눈이 있어야지. 정마담 보기엔 어떻소?"

"솔직히 친구가 오는 게 좋죠. 하지만 김사장님 선택이 우선이죠 뭐."

"천이백이믄 아무래도 값이 좀."

"값이라뇨, 듣는 사람 섭섭하게."

"……"

"신뢰비라고 했잖아요, 신뢰비. 들어오는 입장에서 보면 당장 믿고 기댈 게 없잖아요? 도대체 뭘 보고 이곳까지 들어와 살림하겠어요? 그런데 그것을 자꾸 깎으시려 들면 가운데 낀 저도 이제는 딱히 드릴 말씀이 없네요."

쩝, 성근은 입맛만 다셨다. 밭도 팔렸고(땅과 사람을 모두 위임받은 정마담은 사람 거래만 이루어진다면 부동산 거간비는 받지 않겠노라고 했다) 곧바로 후보자 사진이 등장하고 하니 일은 착착 진행되는 중인데 최후의 의지가지인 땅을 팔아버렸다는 것이 꺼림칙하고 사람 하나 들이는 데 생돈 들어가는 것도 아깝고, 그러면서도 여자들 사진에는 자꾸 눈이 가는, 한마디로는 딱 부러지게 설명할 수 없는 그런 상태였다.

그가 새살림 차리려는 것은 갑자기 이혼을 요구한 아내에 대한, 너도 하는데 나라고 못할까 싶은 반감이기도 했지만 무엇보다도 여자 없이 혼자 산다는 것을 상상도 안 해봤던 탓이 크다. 구차하게 혼자 밥 끓여먹고 지낸다는 게, 최근 몇 달 해보니 아주 못할 짓인데다가 생리적인 욕구 또한 만만치가 않았던 것이다.

이 돈을 틀어쥐고 있으면 은례한테 아비 노릇은 할 수 있을 거였다. 먹고사는 것은 품 팔아 그럭저럭 버텨낼 수 있다. 그러니 적금 착실히 들어놓고 나중에 은례가 시집가거나 장사를 한다거나 할 때 돈을 내놓으면 좋을 일이다. 그러고 싶었다. 아비의 마음을 보여주고 싶었고 어미랑은 이래서 다르다는 것을 확인시켜주고도 싶었다.

그러나 눈은 자꾸 여자들에게로 갔다. 이 여자는 살갑기는 하겄는디 성질이 좀 있어 뵈고, 이 여자는 눈 아래가 튀어나온 것이 둔해 보이기는 하는디 육덕은 좋아 보이고. 살다가 수틀려 성질부리믄 무슨 수로 감당을 하지? 아니 포대 자루처럼 그냥 앉았는 것보다는 나을 수도 있겠지.

끄응. 성근은 사진을 주머니에 넣고 몸을 일으켰다. 작은방을 열어보고 싶지만 그럴 기분은 못 됐다. 그러면서도 얼굴이라도 한 번 보고 싶은 것은 또 어쩔 수 없다. 그는 잠시 머뭇거리다가 그대로 나섰다.

제집에 박혀 반쯤 눈 감고 졸고 있던 순돌이가 엉덩이를 흔들며 쫓아나왔고 목줄이 다하여 핑, 한 바퀴 돈 다음 멈췄다. 그는 개를 쓰다듬었다. 개밥 그릇은 비눗물로 씻은 듯 아주 깨끗하게 반짝거리고 있다. 아랫배가 눈에 띄게 홀쭉해졌다. 안주인 떠나고 보니 개까지도 말씀이 아닌 것이다. 이집 저집으로 동냥이라도 다니게 차라리 풀어놓고 키울까. 무엇 하나 줄까 싶어도 당장 눈에 띄는 것이 없다. 어젯밤에 식은밥 한 덩이 남은 것을 누룽지로 눌러 소주 안주로 먹어버린 탓에 남은 것은 하나도 없다. 어쩌다가 이렇게 되었는지. 개밥이라도 챙겨주려면 둔해 보이는 뒤쪽 여자가 나을라나.

몇 년 전 새로 놓은 도로가 산 너머로 이어져 있는데 그곳으로 트럭 하나 넘어가는 것말고는 마을은 조용하다. 이것도 도로 깔리고서 달라진 풍경이다. 슈퍼나 미장원, 다방, 마을회관 모두 문을 열어놓았으나 오가는 이들은 눈에 띄지 않았다. 저 멀리 우체국과 농협에만 사람들이 서넛 들락거리고 있다.

나중에 생각해보니 카드회사 영업사원이 섬에 들어온 다음부터 이 모든 변화가 찾아온 것이었다. 새로운 유행에는 확실히 아낙네들이 빨랐다. 그들은 카드를 한두 개씩 쥐고부터 밭일에서 손을 뗐다. 뭐 하나 필요하다 싶으면 우, 항구로 몰려갔고 예닐곱 개씩 사가지고 왔다. 아내도 그중 하나였다. 새 텔레비전과 비디오를 구입한 게 그 즈음이었다. 옷가지도 여러 벌 못 보던 게 생겼다.

때맞춰 사내들의 벌이는 줄어들었다. 섬에 사는 사내들이 다 그랬다. 일찌감치 빚으로 양식장을 했던 이들 중 절반 정도는 웬만큼 자리를 잡았고 절반 정도는 망해서 멀리 떠났다. 물론 그 정도의 사업을 시도해본 이들은 그래도 집안에 든든한 빽이 있거나 좀 배웠거나 했기 때문에 처음부터 성근이 이렇다 저렇다 할 성질의 것은 못 되었다. 아이엠에프라는 것이 터졌을 때도 그게 뭐 나하고 상관이 있겠나 싶었다. 그런데 젊은 사람들이 배 쪽으로 몰렸다. 그가 오랫동안 탔던 멸치잡이 배가 팔린 것도 그 어름이었다.

별다른 기술도 없는 오십 대 중반을 받아주는 곳은 없었다. 배에서 내린 다음 해본 일이라고는 건축 현장의 잡부가 전부였다. 사모래도 치고 질통도 졌으나 두 달 넘지 않아 그 일은 끝났다. 그리고 벌이가 없는 날이 여러 달 계속되었다.

아내가 그를 대신해 항구로 나간 게 일 년 전이었다. 식당 일이었는데 사실 끝 차에 가까웠다. 동네 아낙들이 하나 둘 항구로 나가 돈벌이를 시작할 때도 아내는 선뜻 용기를 내지 못했다. 그러던 차에 큰 도시에서 회사 다니던 아들 은석이가 주식 잘못 사서 손해를 잔뜩 봤다고 우는 소리를 해오고, 돈 때문에 부부싸움이 잦아지자 드디어 행장을 꾸렸던 것이다. 그는 아무 소리도 못했다. 아니, 잡을 마음도, 생각도 없었다. 그건 이른바 새로운 흐름이었다.

그는 섬에 남았다. 견딜 만했다. 아내는 보름에 한 번씩 먹을거리를 싸가지고 섬에 들어와 냉장고에 채웠다. 용돈도 주었다. 고되어서 그렇지 일은 할 만하다고 했다. 화장이 좀 두꺼워지고 과감해진 건 그동안 못 보던 버릇이었다.

아내는 못난 편이 아니었다. 섬에서 태어나고 살아서 그렇지,

도시에서 태어나 가꿨다면 한 인물 했을 거라는 말들이 간혹 주변에 있었다. 그렇게 꾸며놓으니 자태가 났다. 남들은 섬에서 밭일, 갯일로 보낸 세월을 벗겨내는 데만도 몇 년 걸렸다지만 아내에게서는 단숨에 사라졌다. 영업집이라 어쩔 수 없이 이런 화장을 한다고 말했다. 말린다고 말려질 것도 아닌 게 아내는 어느새 도시 생활에 재미를 붙인 듯싶었다. 불안하기는 했지만 그때만 해도 아내가 돈 벌러 항구로 나갔다가 집안이 결딴나고 말았다는 이웃의 이야기는(멀리 갈 것도 없었다. 이 경우는 황이 그의 선배였다. 황은 이혼하고 나서 정마담과 만나 단란주점을 차렸다) 남 이야기였다. 그러나 아내가 섬에 들어오는 간격이 점점 길어졌다. 숫제 들어오지 않는 달도 있었다.

찾아가는 경우가 잦아졌다. 찾아가면 아내는 싫은 얼굴을 했다. 싸웠다. 아니 싸운 게 아니라 일방적으로 화를 냈다. 아내는 대꾸가 없었다. 한바탕 그의 성화가 끝나면 이제 끝났냐는 듯한 얼굴을 하고는, 말없이 나와서 얼른 들어가봐야 한다며 서둘러 다방을 나갔다. 그는 갈수록 아내가 멀어지고 있다는 것을 알았다.

아내를 식당에 소개해주었다는, 예전에는 같은 동네 주민이었으나 이제는 팔자 고쳐 치킨집을 하는 아낙을 수소문해 찾아갔다. 사내가 생겼냐고 물었다. 사장님이 된 아낙은, 자기는 소개만 해주었기 때문에 알 수는 없지만 오십 다 되어서 뭣 때문에 연애를 걸겠냐고 되물었다. 그럼 도대체 왜 그러냐고 묻자 그걸 왜 나한

테 따지냐고, 소개비 한 푼이라도 받았으면 모를까 동네 사람 소
개해준 죄밖에 없는 내게 왜 이러냐고 반문해왔다. 그는 할 말이
없어 술만 마셨다. 뭐 씹은 표정으로 계산을 하자 안쓰럽다는 얼
굴로 주인은 한마디 이렇게 덧붙였다.

"다 돈이 좋고 도시가 좋아 그러는 거예요. 나부터도 솔직히 말
하면 종일 뙤약볕 아래 힘들게 밭일, 갯일 하는 것보다도 여기서
장사하는 게 훨씬 좋은데요, 뭐. 아등바등 사는 게 지긋지긋하다는
거죠. 은석이 아빠도 알다시피 카드 아니라 브이아이피 카드 할애
비를 들고 있어도 아무 소용없는 데가 섬이잖아요. 거기서 고생하
느니 아싸리 말해 편하게 사는 게 좋죠, 뭐. 하여튼 잘 달래봐요."

그리고 이혼하자는 통보가 왔다. 안 해주어도 어차피 같이 살지
않을 생각이지만, 이혼만 해주면 집이고 땅이고 모든 처분은 알아
서 하라고 전화로 일러왔다. 펄펄 뛰고 싶었지만 사내 자존심으
로, 네가 그러고 얼마나 잘사는지 두고 보마 하는 심정으로, 그러
자고 했다.

성근은 마을회관 앞을 지나 낚시점 뒷골목으로 접어들었다. 마
늘밭과 경계를 짓느라 쌓아올린 블록벽 끝에 우리단란주점이 있
다. 두드리자 황이 나왔다.

"누구요."

"날세."

홀 안은 아직 치우지 않은 모습 그대로였다. 서 있는 술병과 쓰러져 있는 술병이 비슷한 수를 차지하고 있는데 갈가리 찢어진 오징어는 맥주에 젖어 살아나고 있었고 그 주위에 땅콩껍질이 두엄더미처럼 수북했다. 씹다 만 사과와 파인애플 조각 위에 꽁초가 육십 도 각도를 이루며 각단지게 심어져 있고 발에 밟히는 것도 여러 개였다.

"자네도 마셨나?"

"아니, 난 좀 일찍 잤네."

"밤새 퍼마신 몰골인디 뭐. 눈까지 벌게갖고."

"잠을 제대로 못 자 이렇지."

황은 몸을 비틀면서 늘어지게 하품을 뽑았다.

"누군가?"

"저 위뜸 곽사장."

"애인 찾아왔구먼."

별 걱정 없이 대를 이어 굴 양식장을 하고 있는 곽사장은 성근네보다 이 년 선배로 얼마 전 들어온 미스 리한테 눈을 주고 있었다.

"아예 날밤을 새다 간 풍경인디?"

"양주 하나. 워낙 늦게 오기는 했지."

그럼? 하는 눈빛을 성근이 보내자 황은 별 대답 없이 고개를 한쪽으로 비틀었다. 고개 비튼 곳은 서쪽 벽이었지만 그 뒤로 서울장이라는, 얼마 전에 생긴 여관이 있다.

　성근은 가슴 드러낸 여자들이 가까워지고 멀어지는 화면을 바라보며 의자에 앉아 맥주 남은 병을 기울여 따랐다. 거품까지 알뜰하게 쳐서 간신히 잔을 채웠다.

“한잔하려구?”

“술집에 와서 뭐하겠어.”

“기다려. 내 몇 병 가져올 텡게.”

　성근은 말리지 않았다. 맥주는 텁텁한 느낌을 잔뜩 남기고 목구멍 속으로 들어갔다.

“기계도 안 껐네?”

“저 사람도 같이 마시다가 그냥 잠든 모양이여. 전기세가 월만디.”

“관둬. 한번 보게. 새 그림이 들어왔구먼.”

　끄려는 친구를 말리며 그는 화면에 눈을 붙였다.

“이. 새로 나온 것이라고 해서 샀다가 어제 틀어봤네.”

“예전 것보다 더 찐하구먼.”

“갈수록 그렇지 뭐.”

　성근은 번호를 눌렀다.

“아침부터 왜 이래?”

　그는 못 들은 척, 맥주 가득한 재떨이에 꽁초를 던져 끄고 나서 근자에 들어 자주 부르는 노래를 시작했다.

“오늘도 걷는다마는 정처 없는 이 발길.”

그는 군대에서의 행군 외에는 한 번도 정처 없이 걸은 적이 없
다. 그동안 길을 걸을 때는 배에 오르거나 내려 집으로 돌아오기
위해서 또는 어디 일보러 가거나 지금은 없어진, 마을의 대폿집을
오가는 것뿐이었다. 그런 그도 정처 없이 걸었던 적이 있다. 이혼
하던 날이었다.

법정에서 만난 아내는 올린 뒷머리를 하고 있었다. 낯설어서 한
동안 힐끗거리기만 하다가 답답한 것을 못 참고 그는 물었다. 이
제까지 살아온 날들을 되돌아볼 때 이해되지 않는 게 있다, 내가
당신을 때리기라도 했는가, 물론 남의 집처럼 숱하게 투닥거리기
도 했고 언젠가 나 젊었을 때 화가 머리꼭지까지 돌아 믹서기를 차
고 주먹으로 유리창을 깬 적은 있지만 단 한 번도 당신한테 폭력을
행사한 적이 없다, 내가 바람을 피웠던가? 일거리 있는데도 안하
고 놀았던 적이 있던가? 그는 수도꼭지가 열린 듯 주절주절 말을
내뱉었다. 아내는 작정한 듯 대답이 없었다. 그는 숨을 몰아쉬다
가 호명을 듣고 아내 뒤를 따라 판사 앞에 섰다. 이혼에 어떤 불만
은 없는가, 충분히 합의된 건가, 판사가 물어볼 때 그는 자존심이
발동해서 그렇다고 대답했다.

법정을 나와 말 그대로 정처 없이 걸었다. 시장도 가고 이름도
모르는 어느 학교 운동장에도 가고 가게 즐비한 길도 걸었다. 정
처 없이 걷는다는 게 이렇게도 괴로운 것인지 그때 알았다. 밤이
되자 걷기도 힘들어 예전에 함께 배를 탔던 친구를 찾았다. 이틀

내리 술로 지내다가 섬에 들어왔다. 들어와서 그사이 아내가 다녀
갔다는 것, 면사무소에 신고하고 필요한 몇 가지를 들고 나갔다는
것을 알게 됐다.

　맥주 세 병은 금방 없어졌다. 마실수록 목이 탔다. 그러고 보니
어제 저녁 혼자서 소주를 마시고는 아침에 일어나 물 한 잔도 제대
로 먹지 않았던 것이다. 황은 다시 맥주를 가지고 왔다.
　술이 들어가니 기분이 한결 낫다. 낫다는 것이 행복하다는 것은
아니다. 대신 무거운 마음이 어디 볼일이라도 급히 있는 것처럼
빠져나가면서 배포가 생겼다.
　"그래 정하셨수?"
　자꾸 하품하는 친구를 상대로 예닐곱 병의 술을 비웠을 때 정마
담이 슬리퍼를 끌고 나왔다.
　"생각을 해봤는디, 그게 말이요, 이짝이 땡기믄 저짝이 아쉽고,
그렇다고 저짝에 눈이 가믄 괜시리 이짝이 섭섭하고."
　"호호, 욕심도 많으셔."
　역시 프로다. 방금 깬, 붉고 무거운 얼굴인데도 한두 시간은 옆
에 앉아 있었다는 표정으로 쉽게도 바꾼다.
　"말씀 좀 해보셔요."
　이럴 때 깍듯한 존대는 마담 버릇이었고 슬슬 하대로 나기는 것
은 손님의 자세였다.

“정마담이 찍어달라니께.”

“말씀드렸잖아요. 기왕이면 내 친구가 좋다구.”

“저기, 이백만 원만 깎으믄 안 될까? 간단하게 천만 원으로.”

“또, 또.”

대답이 나오기도 전에 그는 부끄러운 속을 감추기 위해 껄껄 호탕하게 웃었다.

“알았어, 알았어.”

“자꾸 그러면 섭섭하다니까요.”

“근디, 이 친구라는 사람.”

“예, 말씀해보셔요.”

다시 부드러운 얼굴빛으로 고친 정마담은 비어 있는 잔에 술을 따르며 사근사근 답했다.

“살림은 잘할까, 솔직히 그것이 걸리는디.”

“술친구 반평생이지만 그런 속이야 어찌 다 안답니까. 하지만 손이 매운 맛도 있고 하니 별 걱정 안 하셔도 될 거예요.”

“살림은 이짝이 날 것 같아서.”

“여자야 품는 맛하고 살림하는 맛이라고 하는데, 무슨 맛을 먼저 생각하느냐 그것이 문제겠죠, 뭐.”

“흐음.”

그는 거푸 잔을 비웠다.

“정하셔요, 그만.”

"이 친구라는 사람. 남자들이 많았겠지?"

"왜 이러실까. 여자 과거 들춰서 볶아 먹을 겁니까, 지져 먹을 겁니까, 아니면 말려 찢어 드실랍니까?"

"그렇단 얘기지, 뭐."

"알아서 하십시오. 하여간 그사이에 딴 데서 연락 와서 그쪽으로 가버려도 난 책임 안 집니다."

성근의 마음은 한쪽으로 기울어졌는데도 돈 때문에 자꾸 걸렸다. 하지만 확답을 내리려고 찾아온 길이었다.

"설사 깎아준다고 해요. 그 유세를 어떻게 받으실라고 그래요?"

"좋소. 이 사람으로 합시다."

"잘하셨어요. 내가 솔직히 다른 것은 몰라도 사내 생각하고 위하는 것 하나는 책임질게요."

"흠, 흠."

"길게 뺄 것 없이, 오늘 당장 연락합니다요."

"저기, 정마담. 오늘은 우리 딸내미가 들어와 있어서."

"그래요? 그럼 가는 것 봐서 날 잡읍시다. 자, 어제는 땅이 해결됐고 오늘은 새 마나님도 해결봤고. 시원하게 한잔."

"그럽시다. 어이, 맥주 좀 더 갖고 오소. 맨날 소주만 마셨등만 속이 다 썩었어."

비록 한 푼도 못 깎았지만 이제 끝났다 싶나. 그러면서 쓴맛이 인다. 아내는 이천만 원 받고 다른 사내에게 갔고 그는 땅 팔아 천이백짜리 퇴물을 얻은 것이다. 이게 뭔가 싶기도 하고 그러면서도, 삭기는 했지만, 새로운 여자에 대한 기대로 몸의 어느 부분이 부풀기도 했다.

문이 열린 것은 새로 치운 탁자 위에 맥주병이 제법 쌓였을 때였다. 손님이 들어올 시간이 아니라서 문 쪽으로 여섯 개의 눈동자가 모였는데 그중 두 개에서는 놀라는 빛이 아니 나올 수 없었다. 들어온 이는 은례였다.

"아빠."

"응, 응? 그래, 왔냐?"

찾아온 딸애가 순간 반갑기는 했지만 자리가 자리인지라 대답이 궁했다. 은례는 그러거나 말거나 단숨에 걸어 들어왔다.

"땅 팔았다면서?"

언제부턴가 돌기 시작하는 천장의 우주볼 조명이 은례 얼굴도 훑고 지나갔다. 황 부부는 슬쩍 자리를 떴다.

"어디에서 들었냐?"

"그냥 들었어. 제값 다 받았어?"

"니가 신경 쓸 문제 아니여."

"왜 팔았어?"

아예 따지러 온 얼굴이다.

"왜 팔긴. 돈 필요해서 그렇지."

"돈이 어디에 필요한데?"

"……"

"글쎄, 돈이 어디에 필요해서 갑자기 땅을 팔았냐구."

"얘가 왜 이런다냐?"

이 아버지 새장가 들 돈이다, 소리를 어떻게 하겠는가.

"좋아요. 하지만 어저께 내 시집 밑천 말했죠?"

"……"

"생각하고 있었다면 나 좀 줘요."

"돈 읎다."

"있잖아."

"없다니께. 느이 어매한테 가서 달라고 해."

성근은 피하고 싶어 자꾸 몸을 외로 틀었다.

"아빠도 알다시피 엄마는 몸만 빠져나갔잖아."

"이천만 원 받았다는 것 다 알고 있어. 그러니 니 어매한테 가서 졸라."

"엄마는 카드빚 갚고 내 방 잡아줬어. 나 취직할 때까지 쓸 돈은 아빠가 줘."

"무슨 방을 잡어?"

"옛날에 살던 방은 다 끝났어. 방 없이 길거리에서 살아?"

"아, 취직한다며?"

성근은 남은 맥주를 벌컥대며 마셨다.

"취직할 거야. 그러니 자리잡을 때까지 오백만 원만 쓸게요."

"그건 안 돼."

"새장가 가려고 그러지?"

"아녀어."

"뻔하잖아. 동네 아저씨들 다 이혼당하고 새장가 들었잖아. 항구에서 늙은 여자 사와서. 아빠도 그럴려고 그러는 거 아냐?"

"아니니께 얼른 집에 가 있어."

"나도 어떻게든 자리 잡아보려고 노력하고 있단 말이야. 그런데 땅 팔아서 자식은 못 대주고 아빠 새장가 가려고 해?"

"이 자식이, 말이면 다 되는 줄 알아. 이건 다 느이 엄마가."

그는 말을 멈추었다. 더 하려고 했으나 은례가 말꼬리를 잘랐던 것이다.

"엄마 탓 하지 마. 섬에서 고생하는 것보다는 그게 더 나아."

"이런."

"하여튼 그 통장에서 오백만 원만 뺄게."

"안 된다니께."

"몰라, 난 무조건 뺄 거야."

은례가 획 돌아섰을 때 성근은 반사적으로 딸애의 손목을 잡았다.

"이 버르장머리 없는 것이."

"이것 놔."

“카드 내놔, 이 자식아.”

그는 은례 몸을 잡고 흔들었다. 은례가 버티자 그는 순간 철썩, 뺨을 때렸다.

“싸가지 읎는 자식이, 애비 속 다 뒤집어놓고도 부족해서……. 얼른 못 내놔?”

한 대 맞은 은례는 아픔 때문인지 충격 때문인지 긴 머리를 늘어뜨린 채 고개를 숙였다. 성근은 강제로 지갑을 꺼냈다. 이런저런 카드가 워낙 많아 한참을 뒤지고 나서야 자신이 갖고 있는 카드와 같은 색깔의 패밀리카드를 찾아냈다.

“쓸데읎는 소리 하지 말고 얼른 집에 들어가 있어.”

그러고는 노려보는 눈을 못 본 척 씩씩대며 자리로 돌아왔다. 은례는 한동안 그렇게 서 있다가 쾅, 문을 닫고 나갔다.

성근은 눈앞이 캄캄했다. 황과 정마담이 와서 술을 따르며 자식이라는 게 어쩔 수 없는 것이다, 제일 무서운 존재가 바로 새끼다, 잊어버려라, 위로를 해도 마찬가지였다. 한숨만 나왔다. 한숨이 나와 텅 비어버린 가슴속에 술만 들이부었다. 오늘 같은 날만 있으면 며칠 못 가 죽어버릴 것 같다. 그는 그러면서 슬슬 또 미안해지고 있었다.

“휘유.”

“맘 쓰지 마소, 애들도 부모 속을 좀 알아야 돼.”

"모처럼 들어온 앤디."

"오늘 밤에 들어가면 앉혀두고 이야기를 찬찬히 해봐."

"그러셔야죠. 애들하고는 대화하는 게 제일 중요해요."

그는 가뜩이나 마음이 가서 잘해주고 싶은데 딸애와 자꾸 꼬이는 이 상황이 야속했다. 야속하고 서운하고 속상해서 참으려고 해도, 급기야 쿨쩍거리기에 이르렀다.

"흑. 내가 터놓고 이야기하면 이해할라나?"

"어허, 참. 취했구먼."

"망할 년이, 애비 속도 몰라주고."

"거 참, 그 녀석이 이야기할 것 있으면 집에서 하지, 하필 아버지 술 마시고 있을 때, 허 참."

황이 그렇게 말했을 때 성근 마음속에 순간 걸리는 게 있었다. 맞아, 왜 술집으로 찾아왔지? 싶은 거였다. 그리고 무언가를 하나 깨닫게 될 때까지 오랜 시간이 걸리지 않았다.

"가만, 지금 몇 시여?"

정마담이 시간을 알려주었다. 아차, 싶어 성근은 뒤도 안 돌아보고 일어섰다.

"어이, 왜 그래?"

대답할 겨를도 없었다. 술좌석을 박차고 나와 그는 뛰었다. 역시 집에는 아무도 없었다. 순돌이만 반가워 펄쩍 뛸 뿐이었다. 다시 뛰었다. 묵정밭을 지나고 선박 수리소를 지나자 선착장이 나타났다. 아니나 다를까, 여객선은 슬슬 뒤꽁무니를 빼고 있었다. 어느새 오후 배 시간이 되었던 것이다. 은례는 이 배를 타고 항구로 다시 나가려고 찾아왔던 거였다.

그러나 바다와 만나고 있는 선착장 끝에서 그는 더 이상 나아가지 못했다. 배가 긴 원을 그리자 이층 갑판에 딸애가 보였다.

"은례야."

그러나 은례는, 충분히 들릴 만한 거리인데도 고개를 돌리지 않았다. 은례야, 은례야. 뭣에 씐 사람처럼 애타게 불렀으나 제 어미처럼 대답 한마디 없었다. 바라보지도 않았다. 머잖아 배는 저 멀리 아스라이 보이는 항구를 향해 멀어지고 하얗게 일어났던 바다의 포말도 사라졌다.

그는 오도 가도 못한 채 그 자리에 서 있었다. 오후 햇살 가득한 바다 위로는 갈매기도 날지 않았다. 털썩, 시멘트 바닥에 주저앉은 그는 무심코 주머니에 손을 집어넣었다. 딸려 나온 것은 담배가 아니라 사각 진 패밀리카드였다.

복국 끓이는 여자

성모의원 앞에 자전거를 세운 남해댁은 잠시 저만치 보이는 한
사랑약국을 바라본다. 예전처럼 약국에 가서 내 몸이 이만이만하
니 저만저만한 약을 지어달라고 했으면 딱 좋겠다. 그러나 그것도
하릴없는 짓. 이사오기 전에 살았던 곳은 시골이라 의사 처방 없
이도 가능했지만 이곳은 지방이라도 명색이 서울을 받치고 있다는
큰 도시 아닌가. 그는 군말 없이 병원 문을 연다. 돌아갈 길이 급
한 것이다.

"그러니께 저기, 술을 너무 많이 먹어서 속이 사정없이 뒤집어
지구요."

나는 아무 짓도 안 하고 공부만 했어요, 싫게 생긴 의사를 마주

하자마자 서둘러 셔츠를 벗는다.

"밤새 똥물까지 토하구, 주체 못하게 경련도 일어나구요, 정신이 하나두 없이 헛소리까지 하구요, 눈이 퀭하니 가구 그래요."

"그렇게 안 보이는데요?"

"아까까지 그랬어요, 진짜로. 그러니까 이렇게 문 열자말자 왔죠. 그리구 음, 거기에 피도 좀 비추구요. 생리날두 아닌디."

"……"

"사실이라니께요. 지금은 쪼끔 우선해서 이만하지만 밤새 그랬어요. 죽는 줄 알았다니까요. 머리두 아픈 것 같구, 창자도 꼬인 것 같구, 하여간 총체적으로 다 나뻐요."

의사는 피식 웃으며 청진기를 든다. 가슴과 뱃속 소리 들어보고 입을 벌리게 하고 눈 속 들여다보고 간호사가 적어 올린 혈압 수치 다시 확인한 다음 애매하게 고개 갸웃거리더니 어느 의사나 다 하는 소리로 몇 가지 더 묻고는 답한다.

"글쎄요, 과음 때문에 그러신 것 같은데 제가 보기에는 큰 이상은 없어요. 그래도 통증이 심하시다니 사진을 한번 찍어봐야겠어요. 피검사와 내시경도 하고."

"내시경요?"

"요즘은 수면내시경이라 힘들지 않아요. 그리고 피가 나오는 것은 여기보다는 산부인과에 가셔서, 말씀대로 총체적으로 진찰을 받아보시는 게 좋을 것 같습니다. 식사하셨어요? 아, 그러셨으면,

가만 있자, 예약 손님이 몇 분 계신데, 한 시간 정도 기다리시면 내시경 할 수 있겠습니다. 아니면 아예 댁에를 다녀오시던지요."

"아녀요. 피검사와 내시경은 담에 할게요. 오늘은 엄청 바빠요. 주사도 담에 같이 맞을게요. 그러니 약을 좀 좋은 것으로 처방 좀 해주셨으면 해요. 오래 아퍼두 좋아요. 주사 맞으면 난 죽어요. 약으로 해줘요, 예? 지금 빨리 가야 돼요."

그는 들어올렸던 셔츠를 내려 속옷을 덮으며 빌다시피 당부한다. 의사는 한동안 그를 바라보다가 처방전을 써준다.

역 앞 삼거리는 꽉 막혀 있어 신호가 바뀌어도 차가 움직이지 못하고 있다. 왕복 사차선에 삼거리 오른편 차선까지 버스와 자가용 택시들로 들어차 물 샐 틈이 없다. 107번 버스 배기가스는 유난히 진하고 독하다. 오가는 사람들 등쌀에 지레 질려 넘볼 생각도 안 나던 인도마저 그나마 끊긴 곳이다. 이곳을 빠져나가려면 오른편 고개 위까지 밀고 가서 횡단보도를 건너든지 자전거를 들쳐 메고 지하도로 들어가야 한다. 걸어올걸 그랬구나, 싶기도 하지만 이미 지난 일.

남해댁은 약 봉투 잘 있나 한 번 더 확인하고는 페달에서 발을 떼고 조심스럽게 땅을 민다. 705번 버스와 택시 사이가 조금 떨어져 있어 잘하면 지나가질 듯도 싶다. 그는 눈에 힘주어 깊은 숨 들이마시고 좌우 균형 잡아가며, 가랑이 어정쩡하게 벌린 폼으로 조금씩 앞으로 나간다.

"아점니."

택시 유리창이 밑으로 사라지며 문득 나타난 것은 늙지도 젊지도 않은데다 곱지도 않은 사내 얼굴이다.

"왜요?"

그는 섰다.

"왜요는 바다 건너 왜놈들이 잠잘 때 까는 것을 왜요라고 하고."

"뭔 말이래요."

"이것 잘 해놓구 가요."

기사는 야단 반 놀림 반, 손가락으로 백미러를 가리킨다.

"아점니 엉뎅이가 이렇게 해놨시우."

기사가 가리키는 백미러는 위쪽을 자극받아 거울이 하늘을 향하고 있다. 남해댁이 좀 남는다 하는 몸매이지만 타느니 걷자고 안장 버리고 샅에 받침대 끼우고 있는 상태라 엉덩이가 그랬다는 것은 억지이다.

"그냥 살이 쬐금 닿는디. 미안해요."

"어디 살이 단 거유?"

그는 못 들은 척하고 기사는 씨익 웃으며 거울을 만진다. 난감하다. 눕혀두고 온 사람도, 열쇠 얼른 눈에 띄지 않아 잠그지도 못하고 온 가게 문도 마음을 자꾸 괴롭힌다. 여기서 픙, 사라졌다가 저쪽 우체국 앞에 짠, 나타나면 좋겠다. 손에 잡힐 듯한 거리이지만 천 리나 되는 것 같다. 그사이에 단란주점, 미시촌, 과부촌이

196

편의점, 식당과 뒤섞여 있다. 그는 저만치에 있는 관광호텔을 물끄러미 바라본다. 나이트클럽 간판도 보인다.

"맥주 줘."

최씨가 찾아온 것은 어젯밤 열한시, 막 문 닫으려는 시간이었다.

"어디서 한잔하시구 오셨네요."

"업자들 만났지. 문 안 닫어?"

"최사장님 오셨으니 닫을 수 있나요."

"말은 잘 하네. 문 닫구 나랑 한잔 해. 오늘은 뺄 생각 말어."

남해댁이 시골 아낙으로 살다가 두 달 전, 비록 시장 골목이긴 하지만 남해식당을 연 것은 인근 대학교로 진학 온 딸아이와 가까이 있고 싶다는 근친의 이유가 첫째이고 대학생 딸아이 고등학생 아들아이 학비를 어쨌든 어미가 책임지고 벌어야 한다는 생계형 책무가 다음인데다가 사십 대 중반에라도 이제는 좀 자유롭게 살고 싶다는 본질적인 욕망이 마지막이었다.

남편이 병으로 세상 뜨고 나서 사 년 동안 한두 푼 모은 돈에 빌릴 수 있는 돈 빌려 이 도시에 올라왔을 때, 그 돈이 평생 만져본 돈 다 합쳐놓은 것보다 더 많은 액수였음에도 시내는 고사하고 변두리 세 하나 얻기에도 터무니없는 액수라는 것을 깨달아야 했다. 하여 변두리도 포기하고 시장 골목 중에서도 사람 자취 드문 맨 구석 자리 하나를 보증금으로만 탈탈 털어 주고서야 구할 수 있었다.

그나마 급할 때 손님도 받을 수 있는 널찍한 다락이 있어 따로 방 얻지 않아도 되는 게 위안이었다.

하지만 대학생 딸아이를 식당 방에서 살자고 할 수가 없어 기숙사로 보낸 바람에 근친의 소박한 소망은 말 그대로 소망으로 끝나버렸고, 돈 벌어 학비 대자는 계획은 손님 드문데다 그가 노심초사 연구하고 숙달하여 끓여내는 복국을 의심하고 외면하는 탓에 아직도 요원하고, 자유롭게 살고 싶다는 바람은 좋은 남자 있으면 사귀어보고 싶기도 하다는 막연한 희망 같은 것으로, 마음속 지하 십구층에 남몰래 숨겨 놓은 상태이다.

최씨는 개업 첫날 몇몇 이들과 2차 할 곳 찾아 골목 지나가다 개업 글자 보고 들어왔었다. 한바탕 먹고 마시더니 다음 날 새벽바람으로 문을 두들겼고 핸드폰이 없어졌다고 했고 홀에도 없고 주방에도 없고 화장실에도 없는 핸드폰을 어디 다른 곳 가서 찾을 생각 안 하고 반나절 식당에 앉아 고시랑거렸는데 이미 그 날짜로 다락에서 혼자 자며 장사한다는 것을 알고 이렇게 찾아오는 것이다.

그래도 최고의 성실성을 자랑하는 단골이다. 지금까지 매상의 반은 최가 올려주었다고 해도 무리가 아니다. 최씨는 스스로 소개하기를 건축업자라고 했는데 꼭 그래서 그런 것은 아니지만 최사장님이라고 꼬박꼬박 올려 아니 부를 수 없는 이유도 그거였다.

"딴 데서 술 잘 잡수구 왜 여기 와서 이러신데요."

"나 오늘 맘먹구 왔어."

“한 잔 더 따라드릴게요. 이것 드시고 가서 주무시고 내일 아침에 오세요. 오늘 까치복 좋은 것이 들어왔어요. 해장국 끓여드릴 테니.”

“내가 언제 복국 좋아했나.”

“진짜 말이 났으니 말인데, 이 동네 사람들은 왜 복국을 안 먹는데요?”

“내륙 사람들이 얼마나 먹나. 더군다나 이 시장통 사람들이 뭐하러 복어 먹어? 입에 버릇된 것 먹지.”

“아랫녘 사람들은 잘 먹는데.”

“독 때문에 어디 맘 놓고 먹어져야지.”

“아이구, 걱정 말아요. 내가 개업하기 전에 복국 백 그릇을 끓여 갖구 애들하구 같이 먹었어요. 한 그릇도 문제 안 생겼어요.”

그건 그랬다. 요리 솜씨 좋다는 말을 자주 들어왔던 남해댁은 자그마한 식당 하나를 목표로 학원까지 다녀 조리사 자격증을 땄다. 하지만 복어 요리는 자격증과 상관없이 스스로 걸렸던 부분이다. 그래서 백 그릇을 끓여 먹고 나서야 개업을 하겠다고 목표를 세웠고 그렇게 했다. 그 기간만 석 달 걸렸다.

그제 먹었던 것 어제 먹고 어제 먹은 것 오늘 또 먹어야 해서 괴롭기도 하고 잔류독소인체실험 대상이라는 것을 깨닫고 나서 떨떠름해하기도 했지만(지금은 시골 제 큰아버지 집에 남아 고등학교 다니는 아들 녀석이, 혹 잘못되면 최소한 우리 식구 같이는 죽겠구나, 이렇게 농담을 한 적이 있었는데 그럴수록 손질에 정성을 더욱 들였다) 식구에게 먼저 먹여보고 나서야 손님상에 올리겠다는 어미의 말 한마디에 아이들은 까탈 안 부리고 잘 먹어주었다. 백 그릇 중 한 그릇도 탈이 나지 않았고 그는 됐다, 싶어 개업을 한 것이다.

그러나 가족을 인체실험 대상으로 삼은 각고의 노력도 어디까지나 개인적인 사연이 되어버리고 말았다. 손님들이 구색용으로 걸어놓은 찌개만 주문하곤 했던 것이다. 서울 아래 깊숙한 내륙이라고 해서 왜 복어를 안 먹겠는가마는, 복어 하면 저쪽 번듯한 상가 지역의 전문음식점이나 일식집 문패 아래에서 시켜야 안심을 하는 듯하고, 그 속은 시장통 초짜가 끓이는 것은 불안하다는 소리라고 그는 짐작하고 있다. 앞으로 차차 좋아질 것으로 보고 기다리는 참이다.

"까치복보담도 더 좋은 것 있어."

"뭔데요?"

"한번 줘."

또 그 소리이다. 저 자신도 두 달 동안 생면부지 객지에서, 그것도 거친 시장 바닥에서 여자 몸으로 밥 팔고 술 팔다보니 의지할 사내 하나 저절로 떠올려지곤 했다. 주정꾼 침탈을 막아줄 보호막으로서도 그렇고 터놓고 이런저런 이야기 나눌 상대로서도 그렇고, 당장은 아니라도, 길고 쓸쓸한 밤 같이 보낼 상대로서도 그랬다.

최씨가 그 상대인가를 생각해본 적이 없지 않다. 대답은 잘 모르겠다, 이다. 마음을 주자니 잘 안 가고, 마음 빼고 난 나머지를 주자니 얌전하게 살아온 아낙의 자존심이 허락 못하고, 자존심을 버린다 하더라도 아이들 얼굴이 눈에 밟혔다. 그러면 외면해버리고 싶으냐 하면 그건 또 아니다. 있으면 귀찮은 것이 또 없으면 섭섭한 법이기도 하지만, 영업의 차원에서 본다면 가장 큰 고객이요 (이렇게 밤 늦어 홀로 찾아올 때 빼고는 늘 패거리를 데리고 왔다), 뭐 좀 달라고, 주기만 하면 나름의 대가가 더 있을 거라고 이렇게 찝쩍거리는 사내도 아직까지는 이 사람 하나이지 않은가.

하여 좋은 게 좋다고 보면 신심이 안 생기는 데다가 얼굴 익힌 지 오래되지 않았다는, 시간 부족의 결점이 불안하고 그러다보면 이 나이에 누가 뭐란다고 뭘 지키고 있나, 한심한 생각도 들고 또 그러자니(한 번도 그래본 적이 없었기에) 저 스스로 사내를 한번 골라보고 싶은 마음이 문득 들기도 하고, 해서 이건 이래서 걸리고 저건 저래서 찝찝한 상태인 것이다.

"한 번만 줘. 나 오늘은 그냥 안 갈 거야."

"달라는 맥주 드렸잖아요. 사장님."

"택도 없는 소리 하지 마. 요거 한 잔만 더 하구서, 저기, 오다보니 오늘 오픈한 노래방 있드라고. 아직 열었을겨."

"감사하지만 사양하겠습니다. 얼른 드시구 가셔야지 저도 잠 자지요. 벌써 한시 다 돼가요."

"글쎄, 자자구. 자자니까."

최씨가 까, 소리까지 했을 때 순간 난리가 났다. 갑자기 폭탄 맞은 듯 가게 문이 벌컥 열린 것이다. 열렸다기보다는 사십오 도 안으로 찌그러지다시피 했는데 사람처럼 생긴 것 하나가 고꾸라지듯이 불쑥 나타났고 풀썩 바닥에 쓰러지는 것 아닌가.

"엄마야."

남해댁은 화들짝 놀라 발딱 일어섰다. 아닌 밤중에 홍두깨도 유분수라는 말이 이럴 때 옳게 쓰일 것이다. 퉁겨 들어온 것은 여자 같기는 한데 흰 피부에 머리카락이 잡색 하나 없는 은빛이라 귀신인 듯도 하고 축 늘어진 게 시체 같기도 하고 별 움직임 없는 것으로 보아 누가 마네킹을 던져 넣은 듯도 했다. 최씨는 몸이 굳은 듯 앉은자리에서 맥주잔 든 채 꼼짝도 못하고 있고 어쨌든 주인이라 남해댁은 벌떡거리는 가슴 때문에 온몸 벌벌 떨며 천천히 다가갔다.

"세상에, 사람이네."

함부로 헤쳐진 은발 아래 피부가 유난히 흰데 마네킹이 아닌 사람이었고, 시체 안 된 살아 있는 이였고, 여자이되 외국 여자였다. 오뚝 솟은 코와 붉게 튀어나온 입술이 도드라지기는 하나 넘어질 때 부딪힌 모양이거나 바깥에서 다쳐 들어온 것인지 손등과 이마가 찢겨 핏물이 배어 나오고 있었다. 그 모습 아니라도 단정치 못한, 몹시 상한 몰골이었다. 모조 눈썹 한쪽이 떠서 뽑다만 잡초 같고 그 아래 마스카라가 번져 멍이 든 듯 파랬다. 비싸 보인다기보다는 화려해 보인다는 쪽이 훨씬 가까운 옷을 걸쳤는데 보통으로 입는 옷은 아니게 보였고 반짝거리는 큐빅이 형광등 아래 각자의 위치를 보여주고 있는데 목 아래에서 시작된 원피스는 발목까지 거침없이 쫙 내려가기는 했다. 신발도 없는 맨발이었다.

설마 남해식당에 볼일이 있어 이렇게 찾아오지는 않았을 것이고, 급한 대로 추측해보자면, 이러니저러니 할 것도 없이, 누군가에게 쫓기다가 시장 속으로 파고들었고 불 켜진 곳 하나 보이기에 무턱대고 들이닥친 것이 분명했다. 그야말로 매에게 쫓긴 참새 꼴이었다.

놀란 마음 조금 진정된 그는 저 잘못 하나도 없으면서도 들킬까 봐 불안하여 밖을 내다보고 사람 소리 없는 것 확인하고는 문을 닫았다. 여자는 살아 있다는 표시로 숨만 쌕쌕 내쉬었다.

"워디서 강도를 당했을라나."

최씨는 그제야 슬금슬금 다가와 에스 자로 뻗은 여자를 내려다보았다.

"글쎄. 외국 여자 같은디."

"이 상처 좀 봐, 세상에. 몹쓸 짓을 당한 사람 같어. 일단 저 위로 좀 옮겨야겠어요. 얼른 좀 잡아봐요."

시키는 대로 최씨는 여자의 어깨를 잡고 뒷걸음으로 사다리를 올라탔다. 알아서 하라는 듯, 고꾸라지면서 정신을 잃은 모양이라 협조라곤 손톱 끝만큼도 없이 축 늘어진 탓에 옮기기 쉽지는 않았다. 다리를 받쳐 든 남해댁은 좌우로 갈라진 원피스 한쪽이 벌어지는 순간 팬티를 입지 않고 있는 것을 발견했다. 때문에 끙끙 힘쓰는 와중에도 최씨의 손이 가슴 쪽으로 가 있는 것을 못 본 척했다.

올려라, 밀어라, 팔 걸렸다, 옷 찢어진다, 한참을 낑낑댄 뒤에야 여자는 다락방 이부자리 위로 자리를 옮길 수 있었다. 최씨는 숨은 헐떡거리되 눈은 지그시 뜨고 있고 남해댁은 무릎을 구부렸다.

"이봐요, 아가씨. 정신 좀 차려봐요."

"으음. 으음."

여자는 고개를 저어가며 신음을 냈다.

"이걸 어떡해. "

"어떡하긴 뭘 어떡해."

"미국 여잘라나요?"

"물어보면 되지. 이봐. 이름이 뭐여, 이름. 네임. 홧스 유어 네임. 영어 몰라? 잉글리쉬 노?"

여자는 반응이 없다.

"헤이, 러시아, 오케이? 저 아래, 잉? 저 아래 관광호텔 나이트클럽, 오케이? 누가 때렸어? 도망쳤어?"

"큰 소리 지르지 말아요. 아예 듣지도 못하는 것 같은디."

"얘, 저 아래 나이트에서 도망친 것 같어."

"예?"

"저기 나이트에 러시아 여자들 와 있거든. 거기서 춤추는 여자들 말이여. 요즘 많이들 오잖어."

"나두 뉴스에서 본 적이 있시우. 그러나저러나 워쩌다 이렇기 됐을까."

여자는 오래지 않아 고개를 한쪽으로 돌리고 토하기 시작했다. 술 냄새가 순간 좁은 공간에 퍼졌다. 먹은 게 술뿐인지 물만 나오는데 위액까지 게워내는지 푸르죽죽한 액체만 흘러나왔고 그럴 때마다 경련하는 환자처럼 몸을 부들부들 떨었다.

이불이고 옷이 금방 더러워졌다. 함부로 끌어올린 탓에 옷이 한쪽으로 쏠려 왼편 가슴이 꼭지까지 금방이라도 튀어나올 듯했고 갈라진 치마 사이로 흰 넓적다리가 완연했다. 닦고 새로 입히려면 벗겨야 했는데 가슴도 가슴이려니와 속옷도 없는 여자 몸을 남자 보는 앞에서 벗길 수도 없는데다 꿈쩍 않고 내려다보는 최씨의 아랫도리가 한눈에 보기에도 튀어나와 우선 그것이 더 꼴 보기 싫었다.

"이제 그만 가세요."

"사람 부려먹고 뭔 소리랴?"

"저기, 뭐냐, 하여튼 불쌍한 사람 도와주신 셈치고 가서 주무세요. 맥주값 안 받을테니."

"싫은디."

"왜 이러세요. 누군지는 모르지만 어쨌든 우선 사람 하나 다 죽게 됐잖아요."

"얼라, 왜 이리 사람을 밀어."

"제발, 사람 하나 살리는 셈치구 가줘요."

"어, 어. 넘어져."

"내일 아침에 해장하러 오세요. 내가 그것 끓여드릴 테니."

남해댁은 최씨를 억지로 밀어내다시피 하고 문을 닫아걸었다. 나오기는 했으나 갈 마음이 생기지 않는지 문밖에서 서성이던 사내 마침내 멀어지는 모습까지 보고서야 물수건 빨아 들고 올라왔다.

여자는 쉴새없이 토했고 경련을 했다. 억지로 물 한 모금 먹이면 그게 더 자극이 되는 듯 토악질은 쉬 멈추지 않았다. 좀 우선해지는 듯하자 이불 새로 깔고 옷을 벗겼다. 속은 겉과 달라 탱탱한 우윳빛 젖이 불쑥 솟아 나오고 잘록한 허리와 그리고 머리카락과 같은 색의 아랫도리 털이 드러났다. 핏기가 보였는데 그게 생리혈인지, 속에서 뭔가 잘못되어 출혈이 일어난 것인지, 숫처녀가 겁탈을 당해 그러는 것인지 알 수는 없었다.

"보아하니 막 굴린 몸은 아닌 것 같은디, 워쩌다가."

외국 사람을 만나본 적은 없지만 같은 여자 입장에서 보면 어린 처녀가 분명한지라 남해댁은 본능적으로 지금쯤 학교 기숙사에서 잠들어 있을 딸을 떠올리며 혀를 쯧쯧 찼다.

따뜻한 물에 수건 적셔 얼굴 핏자국 닦아내고 함부로 번진 화장도 지워내고 더러운 것 흘러내린 목덜미와 가슴도 쓸어냈다. 피가 비치는 곳도 닦았다. 핏물은 있을망정 사내의 것은 없는 듯해 겁탈당한 숫보기는 아닌 것 같아 다행이다 싶기도 했지만 이게 속병 탓이면 어쩌나 싶어 되레 고민이 되기도 했다.

어쨌든 깨끗하게 만들어놓고 보니 인물 또한 영화에서 본 배우 같기도 했고 불빛 받아 더욱 하얗게 변한 얼굴 때문에 인형 같기도 했다. 그러나 배우라면 이게 영화의 한 장면이어야 하는데 그렇지 않고, 인형이라면 잠든 것처럼 조용히 있어야 하는데 그렇지 못했다. 참화 입은 몰골로 느닷없이 퉁겨 들어온 정황이나 다 죽어가는 모습이 살려주세요, 당신이 도와주지 않으면 전 죽습니다, 하는 절체절명의 혼란과 위기, 그것이었다.

토악질은 점점 헛구역질로 바뀌고 머잖아 사그러들었으나 고통이 심한지 경련은 멈추지 않았다. 귀신 본 듯 놀랐던 가슴이 측은지심으로 바뀐 남해댁은 우선 살려놓고 보자는 생각이라 생면부지의 외국인 간호로 밤을 새웠다. 여자는 깨어나지도 못하고 잠 속으로 빠지지도 못한 채 경련하고 처음 들어본 말로 헛소리를 하고 식은땀을 쏟았다. 그때마다 손발을 주무르고 이이, 그려, 그려, 인제 괜찮으니께 걱정하지 마, 대꾸하고 물수건을 빨았다.

새벽 기운이 완연해졌을 때야 비로소 여자는 잠이 든 듯했는데 숨소리만 아니면 죽은 것처럼 보였다.

사람이 생긴 것도 제각각이고 성깔도 제각각이던데 이러고 보니 상해서 나자빠진 꼴도 제각각이다. 예전 남편은 콩팥을 앓았다. 남들 살 만큼 자리잡는다는 중년 되자마자 자리에 누워 골골했다. 일주일에 두 번씩 종합병원에 가서 피를 걸러냈다. 피 걸러내기 위해 논마지기가 없어졌다. 못 줄 것 없어서 콩팥 한쪽 떼주겠다고 나섰으나 살 대고 사는 부부라도 역시나 남인지 서로 맞지 않는다 하고 아이들 것도 그렇다고 해서 결국 콩대 마르듯 바짝 발라 세상 하직을 했다. 남편을 보면 사람은 다 말라서 죽는 듯했으나 시어머니는 또 아니었다. 중풍에 치매까지 앓다가 아들 먼저 간 곳을 찾아갔는데 평소의 뚱뚱한 모습 그대로 마감을 했다.

그런데 이 여자는, 물론 죽을 것처럼 보이지는 않지만 만약 죽는다면 양초처럼 멀거니 굳어갈 것 같다. 그래도, 우선 손에 잡히는 대로 입혀둔 셔츠와 몸뻬가 그럭저럭 보기에 나쁘지 않았다. 그제야 남해댁은 얼핏 풋잠 한숨 졸다가 아홉시에 맞춰 병원으로 자전거를 몬 것이다.

자전거 바퀴 한 회전하고 오분 대기 해가며, 허벅지로 남의 차 옆구리도 닦아줘 가며, 받침대에 낀 살이 얼얼해졌을 때 마침내 우체국에서 우회전을 한다. 비로소 찻길은 끝이다. 하지만 이제는 시장이다. 속도가 문제가 아니다. 좌우를 잘 살피면서 가야 한다.

어묵하고 붕어빵 구워 파는 좌판 영감 내외 중에 영감 홀로 나와 리어카에서 반죽 함지박을 내려놓고 있다. 비디오 상설 할인점, 중국식당 그리고 포장마차 행렬이 나오고 사라진 다음에 좌회전을 한다. 시장 골목이다. 좌우에 나란히 줄지어 선 좌판 함지박 안 건들고 잘 지나가야 한다.

"워디 갔다 오너?"

"이예에."

그는 대답만 굵고 길게 뺀다. 아는 척하는 사람은 콩나물 대주는 할머니이다. 어른이 먼저 인사를 걸어왔는데 자칫 한눈팔면 좌판 덮치는 것은 한순간이라 목소리로 때운 것이다. 할머니는 인사보다 더 긴한 말로 뒤를 단다.

"좀 가져다줘?"

"반 통만 주셔요. 어제 것은 잔뿌리가 너무 많았어요."

그는 비틀거리는 와중에도 할 말 단단히 이른다.

"알았어. 내 조금 있다가 가져다줄게."

할머니 목소리가 멀어진다. 소주와 닭튀김 파는, 그래서 알코올 중독자 아무개, 명함 따로 박을 필요 없는 사내들이 늘 하나 둘씩 교대로 자리 지키는 포장집을 지나면 해장국집이 나오고 쌀을 제외한 보리, 조, 수수, 콩 등 물기 없는 곡식을 두어 말씩 쌓아놓고 파는 보리쌀 할머니 가게 맞은편이 그의 목적지이다. 시장 끝 휘어진 골목 속에 남해식당이 있고 그는 간판 아래 자전거를 세운다. 세우며 길게 한숨을 내쉬는데 내쉬다가 흠칫 한다.

바깥에서 거는 자물쇠가 얼른 눈에 띄지 않아 대신 내려놓은 셔터가 올라가 있는 것이다. 혹시 여자가 나갔나 싶다. 새벽에 잠이 들더니 그새 정신을 차렸나, 아픈 것 봐서는 한 며칠은 꿈쩍도 못할 것 같던데, 생각하며 홀에 들어서는데 다락에서 무슨 소리가 들린다. 때리는 소리 같기도 하고 부닥치는 소리 같기도 하다. 분명한 것은 환자 혼자 내는 소리가 아닌 것이다. 나간 게 아니라 누가 들어온 것 같다.

그새 누군가 뒤를 밟아 찾아왔나 싶어 겁이 덜컥 난다. 주먹, 용문신, 사시미 칼, 총 같은 단어들이 다락방 속에 가득 차 있는 것 같다. 행여 뭔 일 날세라 조심스럽게 사다리를 오른다.

다락방에 머리를 올리는 순간 남해댁 눈에 깜짝 놀랄 풍경이 들어온다. 사내가 여자를 올라타고 있는데, 그가 입혀놓은 운동복 상의는 벗겨져 이불처럼 펼쳐져 있고 몸뻬 한쪽을 벗긴 다리가 옆으로 벌려 있는 것은 아래 깔린 여자고 바지를 절반만 내리고 급하게 엉덩이질로 갈 곳을 찾고 있는 것은 올라탄 사내이다. 남해댁은 말도 안 되는 풍경에 기가 막히고 사내가 최씨인 게 말이 막힌다.

여자는 정신이 돌아오기는 한 모양인데 기력부족 때문에 허공에 손발 허우적거리는 것이 반항의 전부이고 최씨는 급한 형세대로 몰아붙이는 모습이 역력하다.

"세상에, 이게 무슨 짓이야."

그러나 입에서 나왔는지 속에서 만들다가 말았는지 자신도 모를 소리 한마디 하고는 남해댁은 쫓아 올라오며 꽥, 악을 지른다.

"이것 봐요."

최씨는 화들짝 놀라 뒤를 돌아본다. 허리 아래는 붙여두고 고개만 돌리는데 두 눈에는 놀라는 빛이 반짝 하다가 사라지고는 곧이어 애원의 빛이 가득하다.

"저기."

"이게 무슨."

"저기, 잠깐, 잠깐만, 저기, 쪼끔만, 응, 쪼끔만 내려가 있어, 응?"

막힌 기가 뚫리지 않고 막힌 입도 열리지 않아 몸까지 부들부들 떨리는 남해댁은 들을 것도 없고 볼 것도 없이 손에 잡히는 것을 찾는다. 경황이 없어 뭐 하나 쉽게 잡지 못하다가 마침내 수저통을 들어 뒤통수를 퍽, 갈긴다. 순간 은빛 수저가 와장창 쏟아진다.

"당장 그만 못 둬."

비로소 몸을 슬그머니 일으키는데 이 정황보다 더 민망한 것이 눈에 들어와 그는 눈을 돌린다. 최씨는 바지 급히 끼어 입고 도망치듯 내려가고 여자는 이불을 끌어다 덮으며 비명소리를 내처 내고 있다.

입고 있을 때와 벗고 있을 때가 여실히 다르다는 게 홀에 섰는 최씨 얼굴에 그대로 나타난다. 애원의 기운이 싹 가신 눈에는 무안함과 원망의 그것만이 가득하다.

"어떻게 이럴 수가 있어요? 다 죽어가는 사람한테."

"글쎄, 그게."

"그것도 남의 방에서."

"저기, 처음부터 이럴라구는 안 했어. 해장하러 오라구 했잖어.

그래서 왔는디, 셔터 올리니께 문은 안 잠겼더라구. 거기는 없구. 그래, 좀 어떤가 보다가 그냥 저기해서."

"밥 먹으러 오랬지, 누가."

"제기랄, 오라지를 말던지, 지키고 있던지. 나만 나쁜 놈 됐잖어."

"말 잘했어요. 나, 최사장님이 이런 사람인 줄 몰랐어요."

"그래, 이런 사람이라 치고, 그냥 한 번 모른 척할 수도 있잖어. 내가 거기하고 무슨 관계라고 이러는겨."

"그것을 말이라고 해요?"

"젠장. 솔직히, 쟤네 그런 애들이야. 나이트 가면 수두룩해. 나한테 맡겨 그냥. 거기가 손해보는 것 아니잖어."

"점점."

"쟤, 비자도 기간 넘었을 거구 여권도 뺏겼을 거야. 그리구 애 뒤로 깡패가 연결됐다고 쳐봐. 거기 혼자서 어떻게 하려고? 잘못하면 이 식당 박살날 수도 있어."

남해댁은 새삼 열이 올라 사내 쪽을 노려보는데 생각해보니 화가 나는지 저쪽 반응도 이쪽과 별반 다를 게 없다.

"씨팔, 지가 안 줄라면 남이나 내비두던지. 지가 뭐라고 사이에 끼어들어, 들긴."

"가, 듣기 싫으니까 얼른 가요."

남해댁은 지난밤처럼 억지로 밀어낸다.

"이런 니미랄, 왜 이리 밀고 지랄이여."

"그래요, 지랄하고 있으니까 좀 가요. 내 집에서 나가요."

"못 가."

"못 가요?"

"아까 뭘로 때렸어? 머리 아퍼 죽겠네. 나 못 가."

그때 에이쿠야, 밖에서 소리가 들리고 저만큼 좀 갖다두지 못하고, 하는 말과 함께 문이 열린다. 굽은 허리 더욱 굽히고 있는 할머니가 콩나물을 들고 들어온다.

"왜 오늘은 자전거를 문 앞에다가 주차해놨어. 넘어질 뻔했잖여."

"다치셨어요?"

콩나물 받아 들며 대답을 하는데 말소리가 평소와 다를 수밖에 없다.

"부딪혔어. 근디, 왜 그랴, 뭔 일 있어?"

"아니에요."

"이, 손님 계시는구먼. 뿌랭이 적은 것으로다가 가져왔어. 아이고 어깨야."

"나만한 양반들은 뼈 조심해야죠. 제가 커피 한 잔 타드릴게요. 따뜻하게 한 잔 잡수세요, 할머니."

"이 그려. 아이구, 다리. 좀 앉었다 가야겠다."

할머니는 의자에 앉는다.

"이제 정말 가세요."

최씨는 한동안 벽을 노려보다가 마지못해 일어선다.

"너무 그러지 말어."

"최사장님이나 그러지 말아요."

"그러고 말고 없어. 이젠 안 와."

"그래요, 다신 오지 마요."

"콱 신고해버릴라. 신고하면 바로 철장이고 추방이여, 알어?"

여자는 충격에서 벗어나지 못해 혼절도 못하고 있는 모습이다. 누운 채 이불을 꼭 쥐고 있는데 손가락 떨리는 것이 눈썹까지 이어지고 있다.

"휘유. 그래 얼마나 놀랬어. 내가 미안해."

여자는 인기척에 간신히 눈을 뜬다. 눈이 젖어 있다.

"그 사람 아주 인간 말종이야, 말종. 사람이 할 짓 있고 못할 짓 있지, 순 상놈의 자식이야. 놀랬지? 이젠 괜찮아. 안심해."

남해댁은 옷 다시 잘 입었나 살펴보고 이불 덮어 토닥인다. 토닥이며 진정되기를 기다린다.

"그리구 내가 병원 가서 아가씨 하는 증세 있는 대루 다 말하고 약 타왔으니 한번 먹어봐. 고향 약하고는 다르겠지만 그래도 다 사람 먹는 약이니께."

여자는 물만 한 모금 받아 마시고는 고개를 젓는다. 그리고 아직 정신이 덜 들었다는 건지, 이제 정신이 돌아오기는 했다는 것인지 얼굴과 손등의 반창고랑 입혀둔 옷가지를 만져보고 두리번거리기도 한다.

"이, 옷은 내가 빨아놨어. 그러나저러나 기억나? 어젯밤 우리 가게에 불쑥 들어와서 정신을 잃어버렸는디, 내가 얼마나 놀랐는지 몰라. 생각 안 나?"

그는 문 여는 동작과 쓰러지는 자세를 흉내내가며 손짓 발짓 다 해본다. 여자는 뭐라고 대답을 한다. 아마 기억이 나지 않는데 내가 어떻게 여길 왔느냐는 것을 묻는 것 같기도 하고 어디를 아느냐고 묻는 것 같기도 하고 아까 그 남자는 어떻게 됐는가를 묻는 것 같기도 하고 심지어는 내 고향으로 보내줄 수 있는가를 묻는 것 같기도 하다. 남해댁은 한숨을 내쉰다.

"내가 처녀 말은 못 알아듣겄어. 세상 사람들이 다 우리나라 말로 하믄 좀 좋아. 하여튼 무슨 곡경을 치른 것 같은디, 어젯밤에 얼마나 토했는지 알아? 헛소리에 식은땀에, 나 잘하면 송장 칠 뻔했어. 그리구 거기 피나는 것은 병원을 한번 가봐야 한다."

그가 아랫도리를 가리키자 여자는 중얼거리면서 아랫배에 손바닥을 대는데 그곳이 아프다는 소리인 듯하다.

"그려? 내가 뜨거운 것으로 찜질을 좀 해줄게. 젊은 나이에 거기가 상하면 안 돼. 앞날이 구만린디. 무슨 속으루 여기까지 왔는지는 모르겄지만 잘 지내다가 고향에 가야써."

그때 나 갈쳐, 소리가 아래 홀에서 난다. 니예, 그는 대답하며
쫓아 내려간다. 할머니는 벌써 몸의 반을 바깥에 내놓고 있다.

"죄송해요, 위에 볼일이 있어서."

"아녀, 내 잘 마셨어. 근디 뭔 일 있어? 아까 그 사람은 누구
고?"

"아주 못된 인간이에요. 할머니가 그때 와주셔서 다행이에요.
다음에 제가 밥 한 끼 대접할게요. 오늘은 좀 그렇구요."

"아이구, 아녀, 아녀. 내가 사 먹어야지."

"아니에요. 나이 드신 분이 거기 쪼그리고 앉아 장사하시기가
얼마나 힘들어요. 진작부터 언제 밥 한 끼 대접한다는 게 얼렁뚱
땅 이렇게 되어버렸네요."

"무슨 말이여. 내 물건 팔아줘서 고맙기만 한디. 암튼 조심하면
서 장사해."

오가는 사람들 사이로 할머니 끈덕끈덕 사라지는 모습을 바라보
다가 남해댁은 셔터 다시 내리고 문을 닫아걸어버린다.

"이게 뭔지 알아? 복국이라는 것인디 먹어는 봤나 몰라."

여자는 풀린 눈을 끔벅거리기만 한다.

"은복이라고 있어. 보통은 은복을 가지구 하는디 이건 까치복이
야."

"……"

"러시아, 러시아?"

남해댁은 문득 들었던 말이 떠올라 남의 나라 이름을 내뱉는다. 여자가 고개를 끄덕이더니 모스크바, 모스크바, 한다.

"이, 거기가 고향인개비지, 어쩌자구 이 먼 디까지 왔어?"

이번에는 무슨 뜻인가 궁금하다는 얼굴이다. 무슨 말을 어떻게 하면 알아들을까, 궁리를 하다가 뾰족한 수 생길 일이 없어 하릴없이 웃고는 내처 혼잣말처럼 한다.

"멧살이나 먹었을라나……. 아이구 답답해. 저기 말이여, 나한테도 딸이 있어."

그는 머리맡에 둔 사진을 보여준다. 딸애 입학식날 찍은 것이다.

"딸이여, 딸."

"탈?"

"그려."

여자는 사진 속 대학 건물을 들여다보다가 반사적으로 무슨 동작을 만드는데 피아노 치는 모습이라는 것을 한눈에도 알 수 있다.

"월래, 피아노 치는 사람이여? 피아노?"

그렇다고 끄덕한다.

"음악을 전공했는갑지? 우리 딸은 사범대 다니는디……. 뉴스에서 보니 아가씨 같은 여자들이 여기 와서 춤추고 술 따르고 한다던데, 흐음."

주인은 다시 한숨을 쉬고 손님은 다시 땅바닥에 붙는다.

"복어 중에도 이 까치복 따라갈 것이 없어……. 장사를 해야겠다고 생각했을 때 말이여, 이상하게도 꼭 복어 장사를 하고 싶었어. 왜 그랬나 몰라. 아마 내 친정에서 봤던 버릇 때문일거야. 내 고향은 멀어. 흐흣, 처녀 고향보다는 훨씬 가깝겠지만. 저 아랫녘이야. 바닷가는 아니지만 고개 하나 넘으면 자그마한 항구가 하나 있었지. 인저 됐어. 얼추 다 익었다."

남해댁은 휴대용 버너째 소반 위에 올려놓고 여자를 일으켜 앉힌다.

"우선 국물부터 떠먹어봐. 콩나물은 여기다가 따로 무쳐줄 테니께. 왜, 이상해? 이게 복국이야. 복어 매운탕."

여자는 들릴 듯 말 듯한 목소리로 보거, 를 따라한다.

"이, 그래. 우리 할아버지, 아버지가 술꾼들이었어. 한 푼 생기면 한 잔 잡수고 두 푼 생기믄 두 잔 잡쉈던 양반이지. 부자에 형제들까지 모두 술을 원천 좋아하셨어. 고것은 와사빈디 지금 속에서 안 받을 거여. 아예 빼놓고. 국물 어때?"

한 숟갈 떠 넣고 진저리를 치는데 뜨거워서 그런지, 먹어보지 못한 것이라서 그런지, 아직 뭘 먹을 속이 아니어서 그런지 분간이 어렵다.

"천천히 먹어. 어이구, 딸내미를 이렇게 타국 만 리로 보내놓구 부모들 속은 워쩌까……. 이것은 콩나물인디 안 맵게 무쳤으니께 먹어봐. 그려, 먹을 만하지? 약보다는 이게 더 빠를 것이여. 말했

218

듯이 말이여, 내 할아버지, 아버지가 술에 시달려 개릉개릉허면 고개 너머 항구에 가서 이것을 사오더라구. 주로 졸복을 사왔는 디, 고것을 창자랑 피랑 하여간 찬물에서 독을 빼고 또 빼고 해서 끓여 잡숫는디, 나는 그것이 보기에 좋았어. 남정네들이 우 둘러 앉아 이것 먹는 모습이 좋았구, 아이구 개운하다, 이러믄 내 속까 지 같이 시원해지고 했으니께 말이여. 내가 말이 좀 많지?"

착실히 말 듣던 여자는 다시 수저질을 한다. 그새 입에 익었는 지 후륵후륵 제법 맛나게 국물을 떠먹기 시작한다.

"술독 빼는 디는 이것이 최고여. 아까는 내가 잘못한 거여. 지키 고 있던지, 잠그고 갔어야 했는디. 그래도 최사장 그 인간이 그럴 줄 누가 알았어. 아주 개아들 놈이야. 그래두 큰일 일어난 것 아니 니께, 잊어버려, 응? 잊어버리구 마음 편하게 먹어."

여자는 이제 본격적으로 숟가락질을 하기 시작한다.

"무슨 사연으로 여기까지 왔고 어제 무슨 일이 났는가도 모르겄 지만 어쨌든 몸 간수 잘 하구. 술 너무 많이 먹지 말구, 얼른 돌아 가서 잘 살어. 알었지?"

남해댁은 여자가 건들지도 못하는 복어살을 손으로 찢어준다.

차조 있어요? 요즘 여기 말고 만 원짜리 바지가 어디 있어? 잠 깐만 비켜줘요, 낙지는 다 떨어졌시우, 좀전 누가 와서 아도쳤시 우, 고무줄 사요, 고무줄. 바깥에는 시장 오가는 사람들 소리 여전 하다.

그 사랑

  내가 목수 패 팀장이자 설계도면을 볼 줄 안다 하여 도목(圖木)으로도 불리는 김(金)을 알게 된 것은 황(黃)목수 때문이었다.

  그때 나는 시내 한가운데 카페 현장 일을 하고 있었다. 해머로 벽을 허물고 질통으로 져 나르는 일이었는데 실내 일이라 그나마 해는 피할 수 있는 것을 위안으로 삼을 수 있었다. 여름 내내 그 일은 이어졌고 하루 벌어 하루 먹으려 들다보니 세상 돌아가는 게 하루 거리로밖에 보이지 않구나 싶어지기도 했을 때 황이 내장(內粧) 목수 일 하러 왔고 나는 조수 일을 맡았다. 한끼 두끼 같이 점심 먹는 날들이 이어지다보니 친분이 생겼다. 그렇지 않아도 카페 사장이라는 젊은것이 당시에만 해도 흔치 않은 핸드폰 들고 호주머니에 손 집어넣고 어슬렁거리는 게 예뻐 보이지 않았던 탓에 자기 따라 연립주택 새 현장 가지 않겠느냐는 황 따라 나도 손 탈탈 털어버린 것이다.

전학 날짜 잘못 잡으면 가자마자 개교기념일부터 쉰다더니 내가 딱 그 짝이 났었다. 일보다 회식 먼저 했던 것이다. 칼 간 김에 돼지 잡고 차린 김에 제사 지내고 선 김에 넌다고 당장 자기 패의 오야지 김도목과 맞대면을 시켜주겠다는 황의 제안에 선뜻 길을 나서게 되었다.

값싼 산동네 방 하나에 몸 의탁하고 있던 나는 거절할 이유가 없었다. 혼자 차려 먹는 게 귀찮기도 해서 가급적이면 뭔가 먹고 마신 상태로 귀가하곤 했었다. 더군다나 황은 도목과 만나기로 한 곳이 자신의 장모댁이며, 특히 장모 가게가 개장국집이라 섭섭하지 않을 거며, 자신은 나이가 좀 있기는 하지만(그는 나보다 열 살 정도 위였다) 늦은 장가를 들어 지난 해에서야 아들을 하나 봐서 아직 기어다니고 있다고 큰 눈과 긴 코를 움찔거리며 조근조근 일러왔다.

두 달 동안 다니던 곳에서 한순간에 퇴직한 나는 홀가분한 기분까지 들어 콧노래도 좀 흥얼거리며 그를 따라갔다. 개장국집은 도시 중심과 외각 아파트 단지를 가르는, 그러니까 시내도 아니고 시외도 아닌 고만고만한 곳, 고만고만한 시장 속에 있었다.

"저 왔시유."

포물전, 야채전, 어물전 지나 한참이나 앞서 가던 황은 발 멈추고 목소리 높여 인사를 했다. 인사받은 사람은 허리 굽혀 뭔가를 썰고 있는 늙수그레한 장모였고 이, 그려, 눈 한번 돌리지 않고 사위맞이를 끝냈다. 황은 자연스럽게 물병과 잔을 들고 왔다.

아닌 게 아니라 장모는 부추를 자그마한 동산처럼 쌓아두고 있었는데 옆으로 그만큼의 들깻잎과 대파가 짝을 이루고 있는데다 예전 전쟁터에서 썼음직한 솥에서는 김이 푹푹 피어오르고 있고 크고 작은 냄비, 밥그릇, 국그릇, 여하튼 여러 가지가 손을 기다리고 있어서 인사도 제대로 하기 힘든 모습이었다. 우리보다 앞선 손님들이 몇 테이블 있어 벌써 땀 흘리며 먹고 있는 이들도 있고 냉장고 옆에 앉은뱅이 자세로 놓여 있는 티브이나 보면서 턱 괴고 앉아 무료하게 기다리는 이들도 있었다. 도목은 아직 오지 않았다.

"황서방, 부추 좀 썰어줄려? 손 댄 김에 마늘도 좀 잘라주구."

한가족이라는 게 이럴 때는 편하고 의지하는 쪽으로 쏠리게 마련이라 종업원으로 나서 술 달라는 손님 술병 갖다주고 양념 부족하다는 손님 양념 채워주는 황에게 장모는 숫제 주방 일까지 부탁해왔다. 황은 나에게 조금 미안한 얼굴을 하고는 곧바로 이예, 대답하고 도마 앞에 앉았다.

그는 굵고 투박한 손으로 각목 자르듯 부추를 가지런히 잘도 잘랐지만 아무래도 마늘쪽에서는 약했다. 못과 나무 만지는 손으로 마늘 알 고정시켜 칼질하기가 적잖이 어색했던 모양이었다.

"아, 연장 안 가져왔어? 대패루다가니 그냥 쓱쓱 문대버려. 톱으루 썰어버리던가."

전골 한 냄비를 떡하니 받쳐들고 내오던 장모는 깔깔거리며 사위에게 한마디 내던졌다. 황은 눈만 끔벅거리며 급기야 마늘을 노려보며 입가에 힘을 주기 시작했다. 그의 큰 입이 원형을 그리며 길쭉하게 나왔다.

비로소 우리 앞에 전골 그릇이 놓인 것은 들어설 때 시작 광고했던 월화드라마 한 편이 다 끝났을 때였다. 그사이 손님은 좀 빠져 이 쑤시며 앉아 있는 두 테이블이 전부였다. 도목이 도착한 것도 그때였다.

오야지라 흔히들 불리는 팀장은 한 현장에서 기술별 팀을 맡아 일을 부린다. 그러니까 목수 오야지라 하면 목수와 관계된 일의 총책을 맡아 견적도 스스로 넣고 개인 사업처럼 업주에게서 돈을 받아 자기가 목수들에게 월급을 주는 것이다. 한마디로 사장인 것이다. 하여 현장 기술자로 있을 때는 그냥 노가다이지만 팀장이 되면 대부분 입성부터 달라진다. 동료들과는 회식 때나 어울리고 나머지는 건축 사업자나 집주인들과 어울린다.

그런데 김도목은 아무리 봐도 현장 목수 그대로였다. 부스스한 머리카락이 그렇고 별로 태깔이 나지 않는, 현장에서 입고 있어도 어울릴 것 같은 옷도 그랬고 낡은 구두도 그랬다. 세월이 그럭저럭 묻어 눈과 입가에 잔주름이 조금 비치는 것조차 자연스러운,

그다지 특별하게 생긴 곳이 없는 외형이었다.

도목과 나는 황의 소개로 간단한 목인사를 나누었다.

"요즘 재미 좀 보셨슈?"

그는 되레 황의 장모에게 가까운 척했다. 장모는 전골 그릇을 내려놓고 나서 털썩 주저앉으며 말을 받았다.

"바빠 죽겄어, 변소로 물 한 방울 떨어뜨리러 갈 시간두 읎네. 휘유. 그래, 지내실 만한규?"

장모의 펑퍼짐한 몸체 덕분에 사각 테이블이 든든하게 들어찼다.

"이 큰 식당을 혼자서 할라니께 그렇쥬. 사람 좀 쓰슈."

그는 답을 돌려받았다. 황이 병을 기울여 골고루 잔을 채웠다. 늦여름 노동 끝 빈속에 술은 기분 좋게 들어갔다.

"사람이 있어야지. 요즘 여편네들이 이런 일 할라고 하간디? 한 달 전에 채옥이 엄마 그만두구서 여즉 못 구했네 그랴."

장모는 자기 앞에 놓은 잔 들어 반 잔을 마시고 입을 훔치며 말을 이었다.

"껍데기 좋아할랑가 물르겄네. 이짝 젊은 양반 말이여."

나는 사람 좋게 웃어 보이며 개고기 중에서도 유독 껍질을 밝힌 다고 답했다. 장모는 그려? 다행이네, 하는 표정을 잠깐 짓고는 두 사내 쪽으로 고개를 돌렸다.

"안 그래두 인자사 사람 하나 났다구 아까 연락 왔더먼. 휘유. 가장 바쁜 철 다 지났는디 말여."

"워떤 사람이래유? 만나는 봤시우?"

황은 고기 두세 점을 한꺼번에 말아 집어넣는 중에도 처갓집 일에 관여를 했다.

"서른둘이라던가?"

"월래, 젊네."

"그려. 젊어. 낼버텀 오기루 했는디, 워뗘, 황서방이 개시할려?"

장모는 사위를 바라보며 실긋이 웃었다. 황은 험한 일 하는 것에 비해 여자 쪽으로는 숫기가 약해 장모의 농담에 얼굴부터 붉어졌고 나는 웃음을 참으려고 씹고 있던 껍데기를 더 힘주어 물었다. 황은 대답 못하고 연거푸 술을 두 잔이나 부어 넣었다.

"형님 해드리면 좋겠는디 나이층이 좀 심하게 지내유."

"난 됐어."

"아니, 말 났으니께 말이지만, 재용이 아부지가 일단 한번 볼텨?"

"됐다니께 자꾸 그러시네. 그나저나 일은 좀 해봤수?"

도목은 나를 지목하면서 분위기를 바꾸었다. 나는 최근 돌아다녔던 현장을 하나 둘 주워섬겼다. 그러나 그는 깊게 듣는 눈치는 아니었다. 하긴 이곳 생리라는 게 같은 패가 데리고 왔다는 것 하나로 제품 검증은 다 마쳐버리는 것이다. 나는 말을 멈추고 예의로 그의 잔에 술을 따랐다. 그는 마지못해 두 손 받쳐 들 정도로 심드렁한 모습이었다.

술자리는 의외로 길어졌다. 늦은 시간이 되면서 손님 없어 한갓지고 주인이 갔으면 하는 눈치 전혀 안 주는 곳이라 병은 자꾸 늘었다. 황은 도목에게 술을 자꾸 권했고 도목 또한 마다하지 않았던 것이다. 그동안 도목은 간혹 나를 힐끔거렸는데 그것은 순전히 내 뒤에 켜져 있는 티브이를 보기 위해서였다. 뉴스가 끝나고 스포츠 뉴스도 끝났다.

장모가 설거지 그릇을 착착 포개 쌓는 것을 보고 우리는 일어섰다.

"생각 있으믄 재용이 아빠 언제 와서 한번 봐여, 응? 내 다리 한번 놔줘 볼께."

장모는 앞치마에 손을 닦으며 말했다.

"처녀믄 몰라두."

"월래. 욕심두 분수껏 부려야지. 애가 고등학생인디 처녀를 찾어?"

"그러게유. 그러니께 일없다구 했잖슈."

우리는 조금 비틀거리며 바깥으로 나왔다. 늦여름에서 초가을로 넘어가는 풍경은 가는 여름이 시원섭섭한데다가 오는 가을이 반가워 사람들로 가득 찼다. 물론 단풍 한 잎 들지 않았고 여전히 땀이 났다. 황은 진작에 분유 사가지고 들어오라는 아내의 전화를 받은데다 장모가 들고 가라며 밑반찬을 싸주었기에 가려는 눈치를 보였고 우리는 머쓱해하는 그를 등 밀어 택시에 태웠다. 멀어져가는 택시를 바라보다가 도목은 잠시 그대로 서 있었다.

그는 술이 부족했던 것이다. 하지만 처음 본 말단 데모도(보조공)와 술잔을 더 기울이기도 그렇고 그냥 들어가기는 좀 허전하고 이렇게 갈등하는 모습이 역력했다. 나는 잠시 비어 있는 내 산동네 방을 떠올렸다. 글쎄 비어 있는 방이지만 이렇게 일 끝내고 밥 가득 술 가득 배에 채웠을 때는 그런 방이라도 숨겨놓은 애인처럼 만나면 녹녹해지는 것이라 길에서 해찰할 필요는 없었다.

이제 돌아가 수돗가에 커튼 치고(일곱 가구가 함께 사는 곳이었다) 지하수 퍼올려 땀 씻고 들어가 누우면 나름대로 행복해질 시간이었다. 노동의 피곤이 클수록 냉수는 더욱 짜릿하고 뒤이어 올 휴식은 달콤한 것이다. 그때 그가 혼잣말처럼 입을 열었다.

"젊은 사람이 어쩌다 이런 일에 발을 들여놨어."

나는 마땅한 대답거리도 없는데다가 그의 말이 심심하던 차에 구름 지나가니 '너는 어디로 흘러가냐' 물어본 것처럼 들려 대답을 하지 않았다. 그런데 혼잣말이라도 옆 사람이 대답이 없으면 섭섭한 법인지 한마디 더 덧붙였다.

"설마 이 일만 하고 살 생각은 아니겠지?"

이번에는 정색에 가까운 얼굴로 물어왔기에 나는 대답을 하지 않을 수 없었다. 글쎄요, 멀리 보면 평생 할 일은 아니라고 생각합니다만, 그렇다고 몇 푼 돈 벌어 당장 그만둘 생각도 아니고요, 그럼 뭐냐, 저도 잘 모르는데요…… 이런 말은 생략한 채 순간 대답을 했다.

"소설을 쓰고 있습죠."

소설? 그는 잠시 뚱한 얼굴을 했다. 그러더니 점점 얼굴이 굳어진달까 진지하달까 그렇게 변했다. 나는 좀 떨떠름했다. 그는 한동안 나를 바라보더니 버스 서너 대가 배경으로 지나간 다음에 갑자기 내 손을 잡아당기고 말했다.

"우리 한 잔만 더 하세."

당신의 무덤가에 패랭이꽃 두고 오면

당신은 구름으로 시루봉 넘어 날 따라오고

당신의 무덤 앞에 소지 한 장 올리고 오면

당신은 초저녁 별을 들고 내 뒤를 따라오고

당신의 무덤가에 노래 한 줄 남기고 오면

당신은 풀벌레 울음으로 문간까지 따라오고

당신의 무덤 위에 눈물 한 올 던지고 오면

당신은 빗줄기 되어 속살에 젖어오네

그가 붉은 얼굴로 바지 주머니에서 꼬깃꼬깃 접어둔 신문지 쪼가리를 꺼낸 것은 맥주를 두 번째 시키고 났을 때였다. 그때까지 그는 좀 심각한 얼굴을 하고 있었다. 못을 싼 종이였는지 자그마한 구멍이 숭숭 뚫려 있는 신문지에 그 시(詩)가 적혀 있었던 것이다. 노가다 현장이란 이런저런 것을 둘둘 말아 싼 신문지 조각들이 늘 널려 있기도 했고 쉬는 시간에는 나도 눈에 잡히는 대로 아무거나 주워 읽어오던 터였는데 그는 아마 그중에 한 장을 찢었던 모양이었다.

“이것 좀 봐. 이게 시지?”

맥주까지 마셨으니 이제 오늘 밤에는 더 이상 바랄 것이 없다고 나는 생각했는데 그러자니 그 시원한 지하수와 뒤이어 찾아올 편안한 잠의 유혹 때문에 땀 절은 작업복이 자꾸만 더 지분거렸다. 그러다가 그가 꺼낸 시를 읽고 술이 좀 깬 듯도 하고 목욕에 대한 갈증이 사라진 듯도 했다. 나는 이게 시가 맞으며 도종환이라는 유명한 시인의 작품이라고 대답을 했다.

“이 대목들이 너무 좋아.”

“……”

“내 마음을 그대로 옮겨놓은 것 같어. 강이라고 했지? 이봐, 강씨. 이런 시 좀 써줘, 응?”

오야지로서의 무게를 무너뜨리며 그는 더욱더 붉어진 눈으로 채근했다.

“말씀 디렸잖요. 전 시인이 아니구 소설을 쓰려구 한다구.”

“그게 그거 아녀? 데모도나 잡부나 매한가지지.”

“참 나. 잡부는 말 그대로 프리랜서처럼 시키는 것 다 하는 거구 데모도는 기술자 조수……”

하다가 나는 입을 다물었다. 건설 현장 밥으로 치자면 그는 내 대선배 아닌가.

"아, 그래, 다 좋아. 하여튼 작가라매? 그러니 내 이야기를 시로 좀 써줘. 내가 다 말해줄게."

"시는 한번도 써본 적이 없는디."

나는 말끝을 흐렸다.

"이? 시 한 번 안 쓰구두 소설가여?"

"아직 소설가도 못됐지만 소설가가 뭐하러 시를 쓴대유? 저, 뭐시냐, 시인과 소설가는 잡부와 데모도 차이가 아니구, 일테면 같은 현장 일은 하지만 목수냐 미장이냐 철근장이냐 뭐 이런 것처럼 다른 것이에유."

그래서? 하는 얼굴을 그는 했다.

"그러니께, 미장이가 목수 일 할 수 없구 목수가 미장일 할 수 없는 것처럼 그 둘은 의외로 멀다 이 말이쥬."

"그게 왜 멀어? 미장은 나도 하는디. 우리 집 질 때 벽도 내가 다 처발랐어."

"저기, 그러니께 그게."

나는 흐린 말끝을 더 이을 수 없었다. 내가 가만 있자 그는 다시 신문지로 눈을 돌려 천천히 시를 읽어 나갔다. 그새 눈이 젖어 있었다.

다음 날 나는 새 현장으로 출근했다. 사층짜리 연립주택으로 터 파기 공사는 이미 끝나 있었다. 쇠기둥으로 사방 네모나게 지주 박아놓은 빈 공간에는 이제 막 지하 공사가 시작되고 있었다.

나는 합판을 져 날랐고 목수들은 야방 앞에 자리 잡아 새 패널 만 드는 것으로 일을 시작했다. 도목은 어젯밤 헤어졌을 때 모습 그대 로 출근을 했다. 아무래도 술이 과했던지 맑은 얼굴이 되지 못했는 데 각목을 자르고 합판에 댄 다음 못 쳐서 뚝딱 하나씩 만들어내는 황에 비해 그는 수시로 손을 놓고 담배를 물곤 했다. 뒤통수 머리카 락은 조금 전 헤어진 베개를 못 잊어 몸을 뒤틀고 있었다.

하고 앉은 폼으로만 친다면 역 앞에 망연하게 앉아 있는 부류나, 조금 더 낮게 쳐준다 하더라도 허리에 찬 못주머니만 빼면 역시나 나와 같은 잡부 쪽에 가까웠다. 단지 두툼한데다가 곳곳에 흉터가 박힌 손만이 그의 직업이 목수라는 것을 보여줄 뿐이었다. 손톱에 까지 굳은살이 박혀 그의 손은 망치로도 쉽게 상처를 주기가 힘들 것 같았다.

"뭔 담배를 그리 피유?"

시간 그리 오래되지도 않았는데 도목 앞에는 담배꽁초만 여러 개 널려 있었다. 황이 길게 늘어난 코를 움찔거리며 지나가는 투 로 물었고 대답도 헐거웠다.

"아침을 거르니께 자꾸 담배만 땡기는구먼."

그러면서 한 개비를 다시 입에 물고는 자기가 뿜어 올린 담배연기만 올려다보았다.

"담배는 말이여, 배가 텅 비믄 유난히 달어."

"……"

그들이 손을 쉬면 나는 발을 쉬는 입장이라 그러는 갑다, 하고 서 있었지만 황도 별말 없이 눈만 끔벅거리며 손 놓고 바라보는 중이었다.

"허전할수록 독한 게 맛이 난다니께."

"아무리 그래두 생담배만 태우면 어쩌자는규. 참(새참) 기다릴 것 읎이 얼른 몇 술 뜨고 오시우."

"일읎구만. 숟가락 들 맘이 어디 나야지."

그러고는 슬그머니 사라졌다. 어디 식당이라도 갔나 싶었는데 새참으로 국수를 먹고 나서도, 점심 먹고 오후 일이 마무리되도록 그는 나타나지 않았다.

"또 형수한테 갔을겨."

손을 씻으며 황은 한탄조로 입을 열었다.

"인저 일이 본격적으로 시작될 판인디 오야지가 저렇게 맘을 못 잡구 있어서 원."

나는 간밤의 술좌석에서 대충 감을 잡긴 했으나 부족한 부분이 많아 그에게 묻지 않을 수 없었다. 그는 엄지로 한쪽 콧구멍을 막고 팽, 소리내어 한바탕 푼 다음 쓱쓱 문지르며 말을 이었다.

"형수가 재작년에 병이 생겨 올 초에 세상을 버리셨는디, 벌써 반년이 넘었는디두 저렇게 맘을 못 잡구 툭하면 무덤을 찾아가는 구먼. 도대체 어쩌자는겨.”

　그의 아내 방문은 그 뒤로도 자주 있었다. 일 한참 잘하다가 새참도 먹는 둥 마는 둥, 점심도 뜨는 둥 마는 둥 하고서는 갑자기 시무룩하고 있으면 그 병이 다시 찾아온 거였다. 망치질에는 힘이 들어가지 않고 수시로 아시바(발판) 끝에 앉아 먼산바라기만 했다. 그가 못주머니까지 벗어 던지고 멍하니 넋을 놓고 있는 폼이 어찌나 절절한지 바라보고 있는 사람까지 기운이 빠지곤 했다. 저 모습을 사진으로 찍어 ‘상심’이라고 제목 붙여놓으면 딱이겠다고 나는 생각하곤 했다. 동료 목수들이 어떻게든 달래보려고 술 받아와 따라주면 그것도 귀찮아했다. 그리고는 슬그머니 사라졌다가 다음 날 나왔다.

　그가 현장을 비워버리니 여러 가지 난감한 일들이 생겼다.

　“오야지 어디 갔남?”

　공사 관련 손님들이 찾아올 때마다 황은 한숨으로 반응했다.

　“오늘 오래구 해서 왔는디. 난 쓰미(벽돌쌓기) 하는 사람이유. 접때 봤지유?”

　“예, 기억나유. 하지만 기둘려봤자 소용 읎을규.”

　“왜유? 나 바쁜디.”

　“마누라 만나러 갔슈.”

"이? 사람 불러놓구 맨날 만나는 마누라를 뭐하러 만나러 가? 뭔 일 있나?"

"뭔 일은. 형수 만나러 무덤에 갔슈."

"월래, 부인이 죽었어?"

"그류."

손님은 자꾸 이것저것 물어왔지만 그 정도에서 황은 입 다물고 망치질에 힘을 주었다. 그러면 손님은 이거 참, 허 참, 하다가 돌아들 갔다.

한 번씩 부인 무덤을 다녀오면 사오 일은 그럭저럭 견뎌냈다. 다녀온 다음 날 아침에는 숙취 때문에 그렇기도 하고 사람들에게 미안하기도 하고 해서 불편한 얼굴을 하고 있지만 새참 국수 먹고 나면 그럭저럭 평온한 얼굴을 했다. 그것은 마치 객지에 일하러 온 일꾼이 스트레스받아 신경질적이 됐다가 한 번씩 집엘 가면 확 풀린 얼굴로 돌아오는 것과 다를 바 없었다.

지하 지주를 비틀며 옆집 토사가 밀려나와 지반 약화로 인한 민원이 제기되어 시비 가르느라 시간이 가고 그러다가 그럭저럭 합의가 되어 그라우팅 공법으로 옆집 지반 다져주고 거푸집 만들고 콘크리트 타설 하고 하면서도 그의 행보는 꾸준히 계속되었다. 바닥 마무리하고 일층 올리고 이층 슬래브 마감할 때가 되자 가을이 깊었다.

그러던 어느 날 근처에 보리밥집 하나가 개업을 했다. 간밤에 일부러 들러봤다고 몇몇 목수가 말을 꺼낸 것은 새참 먹고 모두 달려들어 삼층 바닥 철근마다 결속선 묶고 있을 때였다.

"아주 안성맞춤이여. 얼굴도 번죽번죽하구 나이도 내일모리 마흔이라구 하더라구."

"접때 우리 장모가 소개해준다구 했을 띠도 단칼에 자르던디."

황은 고개를 흔드는 쪽으로 표를 던졌지만 나머지는 그렇지 않았다.

"얼굴 보믄 달라질걸."

"저쪽 시내에서 식당 일 배워가지구 집세 싼 맛에 이곳에서 막 열었댜. 자그마하지만 그래두 식당이니 도목이랑 가보시키 할 수도 있구."

"딸 하나에 혼자랴. 딱 좋잖어."

늘 가던 데 두고 어디를 가냐는 도목을 일행은 점심시간에 밀고 갔다. 십분 정도 걷자(현장 일 하는 사람에게는 이 거리가 굉장히 먼 곳이다. 걸을 시간이 있으면 낮잠 자는 게 생리이기 때문이다) 사층짜리 새 건물 한쪽에 네모나게 들어선 보리밥집이 나왔다.

처녀 총각이 따로 떨어져 있으면 무조건 붙여보고 싶은 게 사람의 마음이듯이 사십 중반의 홀아비와 삼십 후반의 과부는 전후좌우를 떠나서 한자리에 앉혀볼 만한 것이지 않은가. 혹 주인 과부를 맘에 들어 하는 눈치면 만사 제쳐두고 드나들어 매상 올려줘가며 어떻게든 인연을 만들어줄 셈이었던 것이다.

말대로 반반하다 싶은 여인네가 있었다. 적지 않은 키에 뒷머리 틀어 올린 폼이나 쌍꺼풀 진 눈, 퍼질 듯하다가 힘 모아 솟은 콧날이 어디 가서 인물 빠진다는 소리는 안 들을 상이었다.

무심하게 신문만 내려보는 도목 너머로 목수들은 황과 나를 바라보며 어때? 하는 얼굴을 했다. 나는 무조건 좋겠다 싶어 고개를 끄덕이고 황은 눈을 끔벅이며 나름대로 이리저리 재보고 있었다.

"여기 이 양반이 우리 오야지유. 인저 개업했으니께 서로다가 인사라도 좀 하시지 그류."

여인네는 자주 오시라는 말로 인사를 차렸고 그제야 도목은 한동안 여인네를 올려다보았다. 우리는 단풍 타령도 하고 보리밥이 근래 들어 건강식으로 인기가 좋다는 사설도 풀면서 손에 익지 않은 중매쟁이 노릇을 나름대로 착실히 했다.

판이 깨진 것은 좀 어색한 시간이 지나고 여인네가 반찬을 내려놓을 때였다. 반찬을 본 도목이 정색을 하고 여주인에게 목소리를 높였다. 인물 품평하라는 자리에서 반찬 품평을 하고 말았던 것이다.

"보슈, 주인장. 반찬이 이게 뭐요. 더 내오시우."

가지고 온 반찬이라는 게 콩나물 약간, 두부조림 몇 개, 김치, 짠지, 이렇게 고등학교 앞 분식집의 그것 같았기 때문이었다.

"왜요, 반찬이 어때서요."

"값은 다른 식당하고 똑같이 받으면서 반찬이 이게 다 뭐요?"

"보리비빔밥이 다 그러지 그럼 어떡해요. 비벼 먹을 것은 밥 위에 얹어 나가는 것이고"

"우린 현장 일 하는 사람들이요. 이렇게 먹고는 일 못하오. 더 내오시우."

이쪽 목소리가 올라가니 저쪽 응수도 없을 수 없었다.

"우리 집은 원래 그래요."

"원래 그런 게 어딨슈."

"싫으면 다른 데 가서 잡숴요."

도목은 벌떡 일어났다.

"장사 좀 했다 하면 순 못된 것만 배워서 원."

도목은 벌떡 일어나 뒤도 안 돌아보고 가버렸다. 찬바람이 휘잉 일었다. 주인은 주인대로 기분 나쁜 기색이 역력했다. 시킨 것이라 먹기는 했지만 저 친구 저래서 새장가 가긴 다 글렀어, 동료들은 고개를 흔들었다.

나는 그래도 그가 외로운 홀아비 이전에 원칙을 지키는 일꾼처럼 보였는데 그러거나 말거나 긁어 부스럼이라고 숫제 현장에서 또 사라지고 말았다. 오후 해를 보내고 일이 끝나 세수를 하고 있자니 누군가 슬그머니 내 뒤로 와서 속삭였다. 도목이었다.

"바쁜 일 있나?"

나는 허리 구부린 채 비누 묻은 얼굴을 옆으로 저었다.

"나하고 한잔하지."

그는 이미 취해 있었다. 부인의 묘가 있는 곳으로 가려면 시내버스 타고 역(驛)으로, 그곳에서 좌석버스 갈아타고 근 한 시간을 더 간 다음 한참을 산 타고 올라야 한다고 들었는데 어느새 거기를 다녀와서 술까지 마셨단 말인가 싶어 나는 눈을 동그랗게 떴다.

"가다 말었어. 역 앞에까지 갔는디 자꾸 마음이 불편하더라구. 저 친구들이 내 새장가 보내주려고 딴에는 신경을 쓰는디 그러구 나와버려서 말이여."

나는 그가 부어주는 잔을 받았다.

"그래놓구 마누라 보러 가기도 뭐하구, 다시 돌아오기도 뭐하구, 해서 친구 하나 불러내서 술이나 마시다가 왔지 뭐."

붉어진 얼굴에 주름은 더욱 깊어져서 치킨집 조명을 배경으로 마치 고뇌하는 조각상 같기도 했다.

"돌아가신 부인과 유난히 사이가 좋았나봐유?"

나는 물었다. 세상 불행 중에 큰 것이 중년에 배우자 사망이라고는 하지만 이처럼 거친 현장에서 뼈가 굵은 사내들일수록 울고 나서 오줌 누다가 히히거린다고들 숱하게 들어왔던 거에 비하면 그가 너무 슬퍼했던 것이다.

"사실은 그렇지 못했어."

"그럼, 고약하게 하다가 돌아가신 다음에서야 깊은 후회, 뭐 그런 건가유?"

나는 닭다리 하나를 들고 찢으며 물었다.

"이런, 제길. 그것두 아녀."

"그럼."

"그냥 넘들처럼 살았지. 싸움도 자주 하구."

그는 병을 든 채 내가 잔 비우기를 기다렸다가 가득 넘치게 부었다.

"……"

"중매로 만나서 애 낳구 그럭저럭 살았지. 나는 현장 일 하러 다니고 그 사람은 그저 살림하고. 아점니, 여기 세 병만 더 주."

치킨집 여주인이 쟁반 받쳐 들고 왔다 간 다음 그는 잠시 닫아두었던 입을 다시 열었다.

"부부들끼리 알콩달콩 사는 거 있잖여? 나는 그것 한 번도 못해 봤어. 한 잔 더 넣어봐, 나는 많이 먹구 왔으니께. 사실 말이 나왔으니까 말이지 알콩달콩 그것, 사실 마음두 읎었지. 마누라가 이쁘지두 않구, 처음부터 마음에 그리 들지두 않구, 뭐 붙임성이 좋은 타입두 아니구 그랬거든."

"그렇게 살다가 나중에 정들었다 그 말씀인규?"

"그것 같기두 하구……. 아녀, 내 입장은 반대구먼."

"뭣인디유?"

그는 그 대목에서 잠시 말을 멈추고 창밖을 바라보았다. 저만치 달빛 아래 조금 전까지 우리가 쌓아올린 삼층 아시바가 처연하게 서 있었다. 그것은 순 민짜 시멘트와 블록, 그리고 패널과 각목으로만 이루어져 있어서 전혀 사람의 온기라곤 느낄 수가 없었는데 그래서 마치 전쟁 중에 급히 쌓아올린 망루 같아 보였다. 허나 그는 눈만 그곳으로 보냈지 실상 먼 곳이나, 과거를 바라보고 있는 듯싶었다.

"병이라는 게 더디 와서 사람 숨골을 느루 빨아먹기두 하지만 그렇게 급히 오기도 하더먼."

그의 부인이 급성 골수암으로 세상을 떠났다는 말을 이미 주워들었던 나는 잠시 숙연한 얼굴을 했다.

"미련 없이 떠나버린 거여 그 사람은."

"……"

"강씨가 시를 쓴다니께 하는 말이지만 솔직히 나는 그 사람이 병원에 입원해 있을 때에두 그리 불쌍타는 생각은 안 들었어."

나는 시가 아니고 소설이라는 말을 할 수 없었다. 그만큼 그는 진지하고 처량했다.

"그래요? 근데도 그렇게 못 잊어서……."

"그러게 말이여."

마치 남 이야기하듯 답하고는 그는 다시 말을 이었다.

"죄 받을 소리지만 새장가 가겠구나 생각두 읊지 않았구먼. 이해하는겨?"

나는 고개를 끄덕였다.

"하지만 말이여, 하지만, 그 사람이 세상 뜨고 나니께 말이여."

그의 눈이 다시 축축해졌다.

"그 사람이 그렇게 이쁠 수가 읎는 겨. 부부금실이라는 말 있잖어. 우리 부부는 특별히 금실 좋았던 적이 읎었구 그것이 별루 불편하지두 않았어. 그저 현장서 일하구 술이나 한잔 빨고 들어가믄 새끼들 잘 크구, 그냥 씻구, 생각나믄 끌어댕겨 눕히구…… 강씨가 총각이기는 하지만 시 쓴다니께 다 이해할겨. 글 쓴다는 게 사람들 경험을 중심루다가 하는 거 아녀?"

나는 달리 반론이 생각나지 않았다.

"근디 희한하게 죽고 나서 금실이 좋아졌단 말이여. 이게 말이돼? 강씨, 이게 문학적으로다가 말이 되냐고."

"……"

"빌어먹을. 문학적으로다가 안 되믄 최소한 시적으로다가는 말이 되지 않겄냐 이 말이여, 내 말은."

나는 문학을 시작한 지 얼마 안 되었기에 잘은 모르지만 문학적으로다가 말이 안 되는 것은 아마 없을 거라고 답했다.

"갑자기 사랑스러워지고 보고 싶고 말이여. 사진을 보믄 생전 그저 그런 얼굴인디 하늘을 보믄서 떠올려보믄 그렇게 이쁜 얼굴이 없는겨."

"……"

"그러니 일이고 뭐고 하나두 눈에 안 들어와. 그럴 때 무덤에를 가는겨. 무덤이라도 마주 보고 앉아 있으믄 그래도 마음이 편해.

내가 뭐라고 주절거리믄 듣고 있는 것 같기도 하구."

그는 갑자기 수첩에서 사진 하나를 꺼냈다. 사진 속에는 우리나라 어느 마을에 갖다두어도 아무런 하자 없게끔 생긴 여인네 하나가 무표정하게 이쪽을 보고 있었다.

"이 사람이여. 강씨가 보기에두 미인은 아니지? 그런디 지금은 너무 이뻐."

"이쁘시구만유."

"괜한 소리하지 말구 시 하나만 써주라니께. 내 그 사람 그리워하는 마음을 몇 줄로 만들어놓구 싶어. 평생 못이나 박고 톱이나 썰 줄 알았지 어디 그런 것 한 줄 써보기나 했나. 그러니 댓줄만이라도 좀 적어줘."

그는 사진을 놓고 한참이나 숙여 바라보더니 탄식처럼 탕, 탁자를 치고는 다시 창밖을 바라보았다. 패랭이꽃도 꺾어두고 소지도 한 장 태워 올리고 노래도 한 소절 부르고 눈물도 한 방울 떨어뜨리고 있는 모습이 거기 있었다. 그러자 구름으로 시루봉 넘어 따라오는, 초저녁 별을 들고 뒤를 따라오고 풀벌레 울음으로 문간까지 따라오고 빗줄기 되어 속살에 젖어오는 한 여인네가 침울한 한 사내의 내부에 들어서 있는 듯도 싶었다.

가을이 막바지에 달해 가로수 잎이 우수수 떨어지자 나는 현장을 그만두었다. 4층 주택 겉모양 만드는 일이 다 끝나 이제 도배와

인테리어 따위만 남아 있기도 했거니와 신춘문예 준비하기 위해 칩거를 계획하고 있었던 것이다. 이런저런 일이 아직 남아 손이 더 필요하다, 내가 다른 현장으로 갈 계획인데 같이 가자, 그사이 친해진 이들의 이런 유혹을 뿌리치고 산동네 방에 틀어박혀 소설을 썼다.

소설 마감하여 우표 붙여 보내는 날에 겨울 들어 처음으로 눈이 내렸다. 세월은 바야흐로 한겨울로 들어서고 있었고, 일 년을 마감하고 있었고, 마지막이란 어쨌든 조금씩은 들뜬 기분을 내는 시간이라 사람들은 여전히 거리에 가득했다.

추웠으나 나는 버스를 타지 못했다. 소설을 마침내 마감했다는 안도감과 그게 내 손을 떠나 먼 곳으로 가버렸다는 상실감이 뒤엉켜 혼란스러웠는데 사실 여전히 산동네 방에서 홀로 살고 있던 게 더 큰 이유였다.

입김 호호 불어가며 서로 짝지어 지나가는 이들과 그들의 발밑으로 바람에 휩쓸려가는 눈가루를 바라보며 천천히 길을 걷던 내 앞에 추위 속에서 그 존재 가치 더욱 돋보이는 포장마차가 나타났다. 나는 그냥 지나치지 못했다. 찬바람에 포장이 들썩거려 추위를 키워놓고 있는 만큼 흐린 전등불의 따뜻한 유혹이 강렬했던 것이다.

막차 시간까지는 아직 여유가 있었고 추위는 속까지 파고든 상태여서 삼삼오오 짝지어 떨거나 떠들거나 하는 중간에 앉아 국물 옆에 두고 소주병을 막 비틀고 있는데 무슨 소리가 들렸다. 웬 중년의 사내가 엉거주춤하게 들어서서 주인과 안주값을 가지고 수작을 하고 있었던 것이다.

"칠천 원? 그럼 이건 얼마유?"

"고것도 칠천 원이유."

"딱 소주 한 병만 얼른 먹고 갈 건데 오천 원에 해주면 안 되겄슈?"

"허 참, 아저씨, 포장마차에서 깎는 경우가 워딨슈."

귀에 익다 싶어 나는 돌아보았다. 난감한 얼굴로 흥정을 하던 이는 역시 도목이었다. 내가 부르자 그는 조금 놀란 얼굴로 다가와 앉았다. 술에 취해 있었고 지치고 허탈한 모습이었다. 나는 조금 의아했다. 하던 대로 하자면 아내의 무덤에 다녀와서 외로움을 이기지 못하고 술을 마셨을 것이다. 그것까지는 이상할 게 없었다. 하지만 그가 고작 안주값 이천 원을 깎으려고 하는 모습이 이해가 되지 않았던 거였다.

"거기 다녀오셨시우?"

그는 거의 뒤통수를 보이다시피 하면서 끄덕였다. 나는 잠깐 동안 시루봉 넘어 초저녁 별 들고 풀벌레 울음 울어대며 문간까지 따라오는 그의 아내를 떠올렸다.

"근디 무슨 일이라두."

그는 무슨 말인지 알겠다는 투로 고개를 두어 번 흔들더니 홀랑 잔을 털어 넣고는 갑자기 내 얼굴을 마주 보았다.

"술값을, 제기랄, 오십만 원이나 썼어."

"돈도 많으시우."

"철근값 주려고 가지고 있던 것을. 그러니 돈이 남아 있어야지."

그는 현장 돈을 함부로 날릴 사람이 아니었다. 내가 빤히 쳐다보자 그는 설명했다.

"철근장이 오씨 봤었잖어? 그 사람하고 남은 계산 하기루 한 날인디, 글쎄 말이여, 집을 나서는디 눈이 휘날리잖어. 그래서 그 사람이 생각났드랬지 뭐. 그래서 다음에 만나자 하구 산엘 갔어."

"그래서유."

"눈은 내리는디, 뗏장으로 입힌 금잔디가 바람에 옆으로만 자빠져 있드리구. 아, 옛적부터 함박눈 쌓이믄 그지(거지) 빨래한다잖어, 들 추워서 말이여. 그런디 우리 식구 자리는 바람맞이라 눈 한 줌도 모아놓지 못하고 있드라니께."

그는 그게 더 가슴이 아팠다. 가슴이 아파 돌아오는 길에 동료들을 불러내서 술을 마셨다. 그가 하도 우울해하자 동료들이 기분 전환시켜 준다고 룸살롱으로 데리고 갔다. 그는 그곳에서 접대부의 시중을 받았고 양주를 마셨고 노래를 불렀다. 아가씨가 예뻤다. 에라 모르겠다, 싶어 기분을 내다보니 조금 전까지 슬펐던 생각이 다 달아났고, 심지어는 까맣게 잊어버렸다. 아가씨와 블루스를 췄고 양주를 또 시켰다. 그러다보니 결국 자신이 돈을 낼 수밖에 없는 지경이었다고 그는 소주 한 잔을 꿀꺽 털어 넣으며 실토했다.

"밖으로 나오고 나서야 정신이 번쩍 드는 거 아니겠어. 내가 그런 곳에 초짜도 아닌데 오늘은 여자애 살랑살랑 노는 것에 그만 혹 넘어가버린 거야. 허참. 하여간 맘이 영 안 좋더라구. 마음이 그래서 소주라도 한잔 더 하고 싶은디 돈은 없고."

그는 아내에 대한 그리움인지, 술값이 아까워서인지, 그것도 아니면 붉은 조명 아래 술을 치며 팔짱을 껴오던 아가씨에 대한 아쉬움 때문인지 굵은 한숨만 내쉬었다. 아마 그도 딱히 뭐 하나라고 집어 말할 수는 없었을 것이다.

"집사람한테 미안해. 무덤 갔다 올 때마다 그 사람이 따라온다구 생각하는디 말여. 그런디다 그 비싼 술과 안주는 깎아볼 생각두 않고 무조건 가져와라 해놓구서 포장마차 와서는 이건 얼마요, 저건 얼마요, 칠천 원짜리 대합탕도 깎아달라 하고 있으니, 부끄럽기도 하구. 기분 아주 지랄이구먼."

갑자기 그의 얼굴이 늙어보였는데 아내에 대한 그리움에 몸 떠는 그가 양주에 취해 아가씨와 춤추는 모습이 오버랩 되면서 나도 같이 마음이 쓸쓸해졌다.

"오늘 술값은 내 다음에 갚을겨. 그나저나 써달라는 시는 다 썼어?"

나는 천천히 고개를 저었다.

"그려, 내 애절한 것두 넘한티는 객기나 미련맞은 짓으루 보이 겠지……. 그러겠지, 저가 해보기 전에는 알기 어려운 것이겠지 뭐."

그는 그리고 별말 없이 마지막 잔을 비우고는 걸어 나갔다. 잠시 포장 사이로 눈발이 희끗거렸다.

청춘가를
불러요

식전부터 그악스럽게 울어대던 까치 떼가 이젠 배고프다며 갈아
엎어놓은 논으로 밭으로 주전부리하러 날아가 비로소 조용해진 주
변 공기를 느닷없이 울려대는 것은 다름 아닌 트랙터였다. 겨울이
경운기의 계절이었다면 날 풀리고부터 시나브로 시작되었던 게 트
랙터 소리이기는 했다. 골골대는 엔진 소리가 사립 지나서 문득
섰다가 푸르르 꺼지는 것으로 봐서 손여사는 지금 시동 키 뽑고 운
전석에서 내리는 이가 이영감이라는 것을 짐작하고도 남았다. 아
니나 다를까 사립문 여는 소리 들리고 이어 슬그머니 말소리가 건
너왔다.

"계신겨?"

손여사는 얼른 대답하지 못했다.

"나갔남? 신발은 있는디……. 나간겨, 있는디두 대답을 안 한
겨?"

"들어오유."

"얼레. 난 또 대답 읎길래 신발 하나 새루 샀나 했지. 대체 워디
계신겨?"

"워디 있긴. 있을 디가 방밖에 더 있간유."

마무리로 입가에 발라놓은 마사지 크림을 닦아내던 손여사는 여
전히 거울 속 들여다보며 입술만 움직였다. 감은 머리 드라이어로
말리고 이마에서 시작해 미간 거쳐 솟은 광대뼈와 그 아래 낮게 내
달리는 볼을 지나 턱 언저리까지 가래질하듯 바르고 닦는 작업이
거의 끝나가는 판이었다.

"아니, 방이 기시면서두 대답을 안 하는 심뽀는 뭐유. 주무셨
슈?"

"공연히 대답 안 했나. 뭐 좀 허구 있느라 그랬지. 얼른 들어오
유. 풀렸다 해두 우리덜 나이에는 새 날아가는 소리두 추운 법이
닌께."

"뭘 누구 있나 했더만 미장(美粧)하구 있었구먼."

탁, 문 닫히고 흰색에 가까운 반백의 이영감이 들어섰다. 죽은
남편 살아 있을 때부터 내남 없는 너나들이로 가까운 사이였는데
오는 백발 막지 못하는 건 힘 좋은 사내도 매일반이라 세월 착실히

쌓여 있는 모습이다. 단지 살이 빠지면서 더욱 불거진 힘줄이 서로 엉켜 왕년의 모습을 아주 버리지는 않고 있었는데 굵은 손가락 마디마디에 채 털어 내지 못한 흙가루가 붙은 걸로 봐서 한바탕 밭일 잡도리를 하고 돌아오는 중인 듯했다.

"누기는……호호."

손여사는 웃음으로 대답을 때우고 아래턱을 삐죽 내밀며 립스틱을 바르기 시작했다. 가문 논바닥에 비 오듯 잔주름은 점차 줄어들고 형광등 불빛 반짝 반사하는 볼과 붉은 입술이 거울 안에 꽉 찼다.

"요즘 애덜 만화에 맨날 변신, 변신, 해쌌더니먼 진짜 변신은 여기서 하구 있구먼. 누가 낼 모리가 칠십인 노인이라구 하겠슈?"

이영감 말이 아니더라도 잠깐 동안 만에 손여사는 호미 든 시골 늙은 아낙에서 땅값 폭등으로 농협 통장 몇 개 생긴, 운 좋은 여인네 얼굴처럼 변해 있었던 것이다.

"확실히 노는 게 좋기는 좋은가뷰."

앉은뱅이 화장대에 얼굴 들이밀고 있는 여인네 뒤에 엉거주춤 엉덩이 붙인 이영감은 그럭저럭하게 혼잣말로 입을 놀렸다.

"밭일 논일 손 놓구 삼 년 지나니 예전 껍질루 돌아갑디다."

"화장독이라는 것도 있다구 허더먼. 그래도 거기는 그런 것두 읎구먼 그래."

"늙었다구 늙은 티 내는 게 싫어서 쪼금 바른 것 가지구 독이니

뭐니 허튼 거기 그 나이에 일 자랑하는 것두 과히 뵈기 좋은 것은 아니우."

"허허. 내가 뭐라구 그랬남. 그나저나 오늘 손주는 안 뵈는 게……."

"목요일 아니우. 메누리가 놀이방에다가 맽기는 날이우."

"진짜로 한다더니 진짜 행동으로 옮겼네, 그랴."

아들 며느리 모두 출근하는 관계로 젖먹이 때부터 하루도 빠짐없이 아이 붙들고 있는 게 삼천 평 밭을 호미 하나로 하루 만에 매는 것보다도 쉬운 짓은 아니어서 나도 휴식 시간이 필요하다고 일전에 항의를 했던 것이다. 절 받던 시어미에서 똥 치우고 우유 타는 애보개로 전락한 지 꼬박 삼 년 만이었다. 한동안 암담한 얼굴을 하던 며느리가 그럼 목, 금 이틀간은 아이를 시내 놀이방에 맡기겠노라고 한 게 보름 전이었다.

내려오는 말에, 밥 얻어먹으러 온 거지에게 아이 잠깐만 봐주면 한 상 잘 차려주겠다고 하자 그 길로 삼십 리를 내뺐다고 하지 않던가. 밭 매면 깨끗한 고랑 생기고 나물 캐면 반찬이 생기고 하다 못해 골목을 쓸더라도 마을 훈장 지나가다 한 번 더 돌아보는 법인데 종일 아이 보는 것은 밑 빠진 독에 물 붓는 격의 대표격으로 어디 백과사전에 올려놓아도 이견이 없을 거였다.

물론 손여사는 아들과 대처로 시집 나간 딸 셋을 손수 키웠고 손자 또한 손과 눈이 저절로 가는 피붙이라 돌보는 게 괴롭지만은 않았다. 그러나 꽃놀이 단풍놀이도 하루 이틀이지, 아무리 친손자라 하더라도 삼 년 동안 씻고 입히고 먹이고 하다보니 종내는 농사일보다 더 허리가 휘어버렸다.

그리고 무엇보다도 마음에 걸렸던 것은 그동안 피부는 희어졌지만 주름은 더 늘어버렸다는 거였다. 이렇게 살다가 그냥 죽는다? 그런 생각을 했다. 평생 골골거리던 남편 대신 혼자서 아이들 키워내다시피 했는데 늘그막에도 손자들 나오는 대로 줄줄이 맡아 키우고 보살피고 그러다 죽는다? 만약 끝까지 그렇게 간다면 논밭 갈고 새끼 낳고 하다가 고기는 고깃집으로, 뼈하고 꼬리는 곰탕집으로, 가죽은 구두공장으로, 머리는 소머리국밥집으로, 발가락은 우족탕집으로, 털은 붓공장으로, 그렇게 사라지는 누렁소와 다를 바 없다는 생각도 손여사는 했다.

"그럼. 언지 내가 말 뱉어놓구 주서 담는 것 보셨슈?"

"하긴, 그랬지. 말하고 행동이 같은, 참 드문 사람이지."

"칭찬이유?"

"칭찬은 커피라두 한 잔 삶아 내와야 하는 거구."

"초상화 다 끝났으니께 금방 타디리께유. 아닌 게 아니라 내가 손님 앉혀두고 시절 피고 있었구먼."

손여사는 화장품 등속을 정리하고 주방에 나가 커피 물을 올렸다. 물 끓기 기다려 커피 믹스 한 봉지씩 털어 넣고 노란 설탕 한 스푼씩 첨가한 다음 내왔다.

"흰 설탕은 몸에 안 좋다구 방송해쌌등만 메느리가 아예 읎앴네 그랴. 얼라, 뭐하신댜?"

손여사가 은도금 띠 두줄 두른 컵 두개를 똑같은 무늬의 찻잔에 얹고 쟁반에 받쳐 들고 들어갔을 때 티브이 화면에서 두 남녀가 등장하고 있었다.

"가만, 이게 뭐겨? 무심코 눌렀더니 이게 나오너먼."

이노인은 혼자 방에 있기가 무료해서 이것저것 바라보다 눈보다는 버릇에 의해 비디오 플레이 버튼에 손이 먼저 갔던 것이다.

남녀는 벗고 있었고 그리고 하고 있었다. 하고 있는 것도 한국 삼류 영화처럼 애매모호하게 벗고 애매모호하게 붙어 애매모호하게 신음 내는 그런 장면이 아니었다. 남자는 태양이 내려쪼이는 바닷가 모래밭에 누워 물건을 잔뜩 세우고 있고 젖통을 출렁거리며 막 물속에서 나온 여자는 옴폭 들어간 곳에 몇 가닥 털을 달고 빙빙 돌며 뭐라고 씨부렁거리고 있었다.

"그것 보시는규?"

"이렇게 재미난 게 원제 또 생겼댜?"

이노인은 약간은 쑥스러운 얼굴로 찻잔을 맞이하면서도 눈은 사팔뜨기처럼 한쪽으로만 돌아갔다.

"아들놈이 가져다준 거유."

"성환이가? 거 기특허군."

"기특하지."

"아따, 그놈. 양놈은 좆도 크다더니. 썰믄 장춘동 왕족발 특대
사라 채우고도 남겄어."

"더 큰 놈두 있더먼유. 커피는 안 잡수실규? 내 방에 있는 거지
만 벌건 대낮에 들여다보고 있기에는 과히 칭찬받을 만한 물건은
못 되는디."

"아 마셔야지. 그나저나 이걸 원지부터 보신규."

"메칠 안 됐슈."

이노인은 여전히 사팔뜨기를 한 채 손 여사에게로 눈을 돌렸다.
연유를 말해보라는 소리였다.

"사연이 질다믄 질고 짧다믄 짧은디……."

"……"

그러는 사이에 화면 속 두 사람은 튀어나온 부분과 구멍난 부분
을 서로 맞추고 있었다.

"영화버텀 말해야 쓰겄네. 〈죽어도 좋아〉라는 영화 봤슈?"

이영감은 화면 있는 왼쪽으로 돌리랴 손여사보고 끔벅거리랴 눈
이 바빴다.

"죽어두 좋어? 그게 뭐시간디."

"그러실겨. 시골서는 소 몰다 경운기 몰구 그러다 트랙터 운전
대라도 잡아보는 게 가장 큰 출세라 한갓지게 시내 극장 구경할 틈
이라두 있었겄슈."

"극장이 워치게 생긴 물건이라는 것쯤이야 나두 알지."

"해튼(하여튼), 그 영화 때문이유."

위로 올라가 열심히 방아를 찧던 남자가 물건을 쑥 빼더니 여자의 배에 걸터앉아 용두질을 치기 시작했다. 오래지 않아 물건 끝에서 멀건 물이 뚝뚝 떨어졌고 두 것들은 뭐라고 쏼라쏼라 내뱉으며 몸을 비틀었다. 이 영감은 자신도 모르게 덩달아 몸을 틀며 내뱉었다.

"허는 것에 비해 양은 적구먼."

"저것들은 저게 일이라고 허대유. 양 많은 눔두 봤었지만 밥 먹구 하는 짓거리가 저거라서 워디 괼 틈이 있었슈?"

"월래, 끝났는디두 또 빼는구먼."

"으레 저 짓거리드먼유."

화면은 갑자기 어두워지면서 영문 이름자가 주르르 올라가기 시작했다.

"이, 그새 끝난겨?"

"인전 끝인 모양인디. 섭섭하유?"

"오뉴월 염천 더위의 화롯불도 쐬다 물러나믄 섭섭헌디 저 재미난 것이 끝이니 더 섭하지."

"미국 거라드니 저건 별 재미읎구먼."

"재미만 있구먼. 더 재미있는 것은 뭐간?"

"있었는디 읎어졌슈."

"말은 그리해두 워디 있겄지 뭐."

"아뉴. 성환이가 도루 가져갔슈. 이것두 읊어질 물건이니께 못 본 걸루 허유."

"그럼 이것이라두 다시 돌려보유. 당최 씨암탉 잡다 말구 마늘쪽만 삼킨 것처럼 허전하구 밑 안 닦은 것처럼 불편해서 이거 원."

"아이구. 무슨 몸에 좋은 것이라구 탐해싼디야."

"사서삼경 외구 나서두 담벼락에서 가이 새끼들 붙어먹는 것에 저절루 눈이 가는 것이 사람인디, 대놓구 보라구 떡치는 것이야 말 다했지. 두고 느루 보는 사람도 있는디 뭐."

"사서는 사자로 외구 삼경은 경치게 외우셨구먼. 일 때문이 바쁘잖유?"

"왜. 보다가 내가 워치께 할 것 같어서?"

"호호. 지나가는 경운기가 들으믄 웃겠슈. 심심파적으루다가 그냥 보았던 것인디, 것 가지구 자꾸 졸라싸믄 나만 이상한 사람 되잖유. 치워버릴 텡게 잊어버리시우."

"제기랄. 잊어버릴 게 따로 있지. 안 봤다믄 모를까."

"아, 커피 식으유."

"허 참."

손여사가 〈죽어도 좋아〉라는 말을 처음 본 것은 화장실에서 신문지를 통해서였다. 뒤가 무거워 물 칸 위에 걸터앉아야 할 때 신문 쪼가리라도 들고 들어가는 버릇이 생긴 것은 나이 들어 변비 증세가 심해졌기 때문이기도 하지만 농사일 그만두고 시작한 애보기 때문이기도 했다. 농투성이로 늙은 몸이 애보개로 죽을 수도 있다는 생각이 들 때마다 충동처럼 신문을 들여다보았던 것이다.

죽어도 좋아.

신경 거슬리기도 하고 그저 그러려니 하기도 한 그 말은 영화 제목이라고 했다. 영화라면 구미가 당기는 게 또 최근의 입맛이기도 했다. 갱년기에 접어들면서부터 드라마에 저녁 시간을 소비해왔지만 환갑 지나고부터는 영화에 눈이 갔다.

드라마 가지고는 뭔가 서운했고 또 오래 보다보니 저쪽 드라마에서 헤어졌던 것들이 이쪽 드라마에서는 부부로 나오고 이쪽에서 동서지간이었던 애들이 저쪽에서는 형제로 나오곤 했는데 사람 별반 다르지 않으니 이야기 또한 별다를 게 없어서 갈수록 시들하고 한두 번 빼먹다 보면 그나마 솟았던 흥도 죽어버렸다.

대신 이야기의 시작과 끝이 하루저녁에 모두 끝나는 영화가 더 나았다. 어쩌면 그게 한 시절 살아보니 사람살이라는 게 영 싱겁기도 하고 제자리에서 뿌리내리고 평생 사는 나무처럼 지루한 것 같기도 해서 더욱 그랬다.

그렇지만 그동안 영화는 주말극장이나 비디오가 다였다. 도대체 극장 가본 게 언제였던가. 어렸을 적 마을 찾아왔던 천막극장 몇 회에 처녀 시절(사실 소녀 시절이 채 끝나기도 전에 시집을 왔기 때문에 처녀 시절을 보내본 적이 없지만, 어쨌든) 인근 도시에 갔다가 누구 손에 이끌려 두어 번 들어가본 적은 있었다.

비록 늙어 버스도 공으로 타는 신세지만 극장이란 곳이 사람들 모이는 곳이니 못 갈 곳은 아닌 법. 그는 띄엄띄엄 활자를 짚어가며 신문을 더 읽어나갔다. 이것은 70대 노인의 사랑 이야기인데, 드라마처럼 공갈쳐대는 게 아니라 실제 그렇게 살고 있는 노인네들을 데리고 영화를 찍었다는 말이 거기에 있었다. 그리고 말은 그 뒤에 더 있었다.

영상물 등급위원회라는 데서 이 영화를 '제한상영가'로 했다는 데 어느 것 하나 눈에 쑥 들어오는 말은 없었다. 무슨 등급위니 제한상영이니 하는 게 농약 찾다가 가스명수 발견한 것처럼 되레 성가시기만 했다. 이게 영화를 한다는 것인지 안 한다는 것인지 구분이 안 간 것이다. 그는 아들에게 물었다.

"이 영화 워디서 하는겨?"

한참이나 신문을 들여다보던 아들은 안 한대유, 했다.

"틀어줄라구 만든 영화를 왜 안 한댜?"

"글쎄, 제한상영가라네유."

"그게 뭐겨?"

"글시유. 제한적으루다가 상영을 한다는 소리 같은디."

"뭘 어떻게 제한한다는겨?"

신문에서 눈을 컴퓨터로 옮겨 또다시 들여다보던 아들이 드디어 옳은 답을 내놓았다.

"제한상영관이라는 데서 상영을 해야 된대유."

"그 극장은 워던겨?"

"읎슈."

"월래, 읎다니? 영화를 제한극장이라는 디서 틀어라 해놨다구 했잖어. 근디 극장이 읎다니 그게 무슨 말이여?"

"물르겄슈. 해튼 읎슈. 그런 극장은 못 만들게 돼 있나뷰."

"뻴…… 개갈 안 나는 소리두 다 있구먼."

그게 작년이었다. 아들은 제 어미의 말을 기억해놓았던지 여러 달 지나 드디어 극장에서 상영이 된다고 말을 일러왔다. 손여사는 며느리가 퇴근하기를 기다려 극장엘 갔고 아들이 동행했다. 극장이 어디에 있는지만 알지 속이 어떻게 생겼는지는 말짱 까먹어버린 어머니를 위한 아들의 배려였다. 손여사 입장에서도 아들 녀석이 같이 보아주는 게 나쁘지는 않았다. 두 사람은 좌석 가운데 부분 조금 앞쪽에 나란히 자리 잡았다. 그리고 영화는 시작되었고 머잖아 끝났다. 결론부터 말하자면, 손여사는 차 세워놓은 농협 공판장을 향해 걸으면서 이렇게 말했다.

"야, 나 눈물 나드라."

"예에……."

아들은 조심스럽게 대답했다.

"눈물 났던겨. 휘유."

“엄니. 모처럼인디 소주 한잔하실류?”

“야이(며느리) 한티 미안헌디……. 그래두 이렇게 나왔으니 어디 좋은 디 한번 가보자.”

“좋구 말구 읎슈. 저리루 가쥬.”

그러나 기껏 안주에 시켜놓은 술 한 병은 반도 먹지 못했다. 제법 술꾼 소리 듣는다는 아들은 운전 때문에 음료수로 목을 적셨고 손여사는 서너 잔에 주량이 넘쳤던 것이다. 하긴 아들과 실내포장마차에서 대작을 하고 있다는 것부터 분위기를 잔 수로 말할 것은 아니었다.

“슬펐슈, 엄니?”

“글씨, 슬프다는 것버덤두 왜 그리 가슴이 아프던지 물르겠다.”

“……”

영화는 햇볕 넉넉한 네모 창틀에서 바깥을 내다보는 노인으로부터 시작했다. 노인은 승차권 같은 것을 팔고 있었다. 그리고 이어지는 노인의 고독. 사각 진 방에서 무료하게 앉아 있는 모습. 의자에 앉아 풍경만 바라보는 모습. 다시 벽에 기대앉아 있는 모습.

손여사는 가슴이 딱 막혔다. 그건 자신의 모습이기도 했다. 농사일을 할 때는 몰랐으나 자식들 성화에 흙 털고 아이 보면서부터 갑자기 찾아온, 넘쳐나던 시간들. 손자 뒤치다꺼리가 끝이 없었으나 그 지루함은 없어지지 않았다. 그나마 아이가 잠들어도 그는 외출도 못한 채 방에 앉아 무엇인가가 눈앞에 나타나주기를 기다리고 있었던 것이다.

그러나 아무것도 나타나지 않았다. 끝없이 계속되는 시간. 그것은 휴식이 아니었다. 살아도 살아 있는 것이 아니었다. 잠은 점점 줄어들고 다른 일도 없었다. 종일 출근한 아들, 며느리 기다리고 있는 자신을 발견할 때마다 마음이 불편했다. 다시 호미를 잡고 싶었던 적이 얼마나 많았던가. 그래서 그는 뒤늦게 다시 신문을 들여다보고(소학교를 다녀 언문은 깨쳤었다) 영화를 보았던 것이다.

영화 속 영감은 또래 할머니를 만나 연애를 시작했고 머잖아 짙은 입맞춤을 했다. 손여사는 빙그레 속으로 웃었다. 그래, 저 양반들은 진짜로 저렇게 산다지? 복두 많지. 함지박 안에 쪼그리고 앉아 목욕도 하고 장난도 쳤다. 괜히 자신이 부끄러워지기도 했다. 저것이 뭔 짓이여, 하는 마음도 있었고 재미는 있겠다, 싶은 마음도 있었다. 그러나 막상 둘이 이불 위에서 그것을 할 때는 부끄러운지 어떤지도 몰랐다. 둠벙 속에 빠지듯 영화 속에 푹 빠졌던 거였다. 복두 많지. 복두 많어.

그리고 눈물을 건드린 것은 노래였다.

이팔 청춘에 소년 몸 되어서 문명의 학문을 닦아를 봅시다

그는 시작 소절부터 눈물이 핑 돌았다. 예전 노래들이야, 이를테면, 가까이는 하춘화나 남진, 나훈아, 멀리로는 남인수, 이난영, 고복수, 배호, 현인, 김정구 들의 노래는 가요무대 덕분에 잊으려

야 잊을 여력이 없었다. 그래서 운다고 옛사랑이, 이런 노래가 흘러간 과거의 노래라고 여기고 있었던 것이다.

그런데 잊어버리고 있었던 노래 하나가 떡하니 영화 시작부터 나오는 게 아닌가. 무정 세월아 가지를 말어라 장안에 청춘이 다 늙어가노라……. 그건 청춘가였다. 청춘을 노래하는 노래. 세상 떠난 지 오래된 할머니, 어머니가 예전에 늙은 친구들과 불렀던 그 노래였다.

"근디 그 영화를 왜 극장에서 못 틀게 했디야?"

"그것이, 저 거시긴데유."

"뭐여?"

"그게 저. 여기 과일 좀 하나 줘유."

"왜 땡기지두 않는 과일을 달라고 한디야. 지금 먹는 안주두 남었는디."

손여사는 아들의 낌새를 알아차리고 제지를 했다.

"저기해서……."

"왜, 못할 말이냐? 내가 어려워서 그러는 겨? 괜찮으니께 이야기 해봐여."

아들은 쭈뼛쭈뼛하면서 결국 말을 내놓았다.

"거시기 때문에 다가니……."

"거시기가 뭔지는 귀신도 물른다드라."

"저기 여자 주인공이던 할머니가 영감님 거기를 그것 하잖유.

갑자기 컴컴해진 부분유."

"이. 그려."

"거기가 나오면 안 된대유. 좀 그렇잖유. 그런 장면이 나오믄 건강한 국민 의식 함양에 심각한 문제가 생긴다고."

"그렇기두 허겄다. 근디 말이여, 나는 아무 생각두 읎이 넘어갔는디, 그 사람덜은 그것 쳐다보구 있었다니? 나 참 같잖어서."

"낸들 알유? 인터넷에서 읽은 거유. 거기를 그렇게 처리하구 나서야 극장에서 상영이 됐대유."

아들 녀석은 따라놓은 소주를 한 잔 홀딱 삼켰다. 손여사는 음주 단속이라는 게 있다는 것은 알지만 알아서 하려니 싶어 그냥 두었다. 무르고 소심했던 제 아비 품성 내림이라 아들은 씩씩하지는 못한 대신 시끄러운 일을 만들지는 않는다는 것을 믿기 때문이다.

"난 말이다, 빼빼 마른 영감과 물살이 오른 우리 또래 할망구가 벗고 나온 게 좀 면구스럽기두 했지만 말여, 그리구 뭐시냐, 두 노인네 사랑 이야기라구 해서 어디에서 외롭게 살다가니 누구 소개루 만나 서루 의지하믄서 사는 뭐 그런 것이겄지 했지만 말여, 너두 새끼 나서 키우니께 알겄지만, 젊은것 늙은 것이 늙은인디……사람이 서루 의지하고 사랑한다믄 말여, 다들 그런 거지."

"지두 그런 것쯤은 이해허유, 엄니. 그래서 하는 말인디유, 엄니두 좋은 사람 만나서 연애두 하고 사셨으믄 좋겠시유."

"일읎다."

“아버지 생각해서 그러신규? 아버지 돌아가신 지가 십 년두 넘었는디. 저도 오늘 영화 보믄서 생각 많이 했시우. 엄니가 늘 농사일만 하구 손자나 보구 하시면서 사시는 게 얼마나 심심하실까 하구유. 집사람이나 누님들두 찬성할규.”

“말은 고맙다만……. 영화 보믄서 그 나이에 그렇게 운 좋게 만나서 재미있게 사는구나 싶어 부럽기도 했지만 말여, 내가 새 영감 만나고 싶어서 그런 것은 아닌겨. 이래저래 니들 잘 커서 제금나고 했으니께 내 인생두 그리 비편한 것은 아니었다 싶어 욕심두 읇다. 한 잔 더 따라봐라, 이, 늙었다는 것이 새삼 마음이 아프기는 허지만.”

“한 잔 더 잡숴요, 엄니. 그동안 내가 엄니 뫼시구 시내 한번 제대로 나오지도 못했구먼유. 죄송해유.”

“아녀. 크윽. 난 말이여, 그 영화가 암시랑토 않드라. 사람 몸인디.”

“역시 우리 엄니는 확 트이셨다니께.”

“느이 엄니 트였다는 거 인전 알았니?”

“역시 야무지셨구먼.”

보채는 사람한테는 못 당하는 법이라 손여사는 결국 테이프를 뒤로 돌려 틀었고 그사이 이야기를 듣고 난 이영감이 눈가에 미소를 지으며 입을 열었다. 웃음은 아무래도 영화를 다시 볼 수 있게 됐다는 안도 쪽에 가까웠는데 첫 번째 것은 어떻게 마셨는지 생각도 안 난다 하여 두 번째 청한 커피 잔을 손에 들고 있었다.

"글쎄, 그것이 이상한 눈으루다가 보믄 이상한 것인디, 세상 칠십 가까이 살고 나니께 그런 것 따지는 것두 성가시지 않유?"

"내 말이 그 말이유."

대답을 하며 이영감은 새로 나타난 화면에 눈을 보냈다.

"용서 못할 게 읎드라 이 말이지."

"그나저나 그 영화가 그렇게 재미있는 거였나. 나두 언지 한번 보러 가야쓰겠구먼."

"발써 끝나구 딴 영화 할규."

"비디오로는 나왔을라남. 이, 인저 시작하는군."

"보고 기시유. 나는 빨래 좀 널어야 쓰겠슈."

"이, 그리우."

그리고 아들 성환이 비디오테이프를 가지고 온 게 한 열흘 전이었다. 녀석이 밥 먹고 물러간 다음 밤 이슥해서 문을 두드렸을 때 그는 하릴없이 심심한 드라마나 바라보고 있었다.

"엄니, 이거 한번 봐보실유?"

"무슨 영화간디."

"저기…… 진짜루 하는 테이프유."

"진짜루? 월래. 그게 진짜루 있다니?"

“사실 쌔부렀시우. 놓고 갈테니 이따가 심심하믄 한번 틀어봐
유.”

“아니다. 같이 보자.”

“이것을유?”

“그려. 영환디 뭐 어쩐디야.”

“그기 아니구. 그냥 영화가 아니라니께유. 저번 그 영화하고는
틀려유.”

“그래두 괜찮어.”

아들은 쑥스러운 얼굴로 테이프를 집어넣고 플레이 버튼을 눌렀
다. 자막이 지나가고 서양 어느 고속도로 고가에 차가 나타났다.
차는 갓길에 섰다. 선글라스 쓴 사내가 차에 기대서서 왼쪽 오른
쪽을 두리번거리고 있고 은발의 여자가 무릎을 꿇고 다가갔다.

“뭐하는 거다니?”

“보시믄 알유.”

여자가 사내의 물건을 꺼내 입으로 빨기 시작했다. 사내 것은
부풀어오르고 여자 입은 마늘 밭 바심 품앗이에 점심 배추쌈 하듯
미어터졌다.

“대낮에 저게 먼 지랄이랴.”

“저런 영화는 원래 다 저런규.”

흐음. 손여사는 입을 다물었다. 사내가 일을 끝내자 화면은 무
슨 파티 장소로 바뀌었다. 사내, 여자 댓씩 뒤섞여 마시고 놀고 하

는데 오래 가지 않아 한 쌍은 침대에 가서 반듯하게 하고 또 한 쌍은 부엌에 가서 뒤로 하고 또 한 쌍은 그냥 소파에 널브러진 채 서로 빨아댔다.

"좀 그렇쥬?"

"글쎄다."

아들이 있어서 그랬지 속으로 한숨이 나오기도 했다. 늙은 몸 구석에서 붉은 기운이, 그렇다고 무슨 불기〔火氣〕가 있는 것은 아니었지만, 은근히 번지기도 했다. 휘유. 몸은 거짓말을 안 하는 법이다.

서방 죽고 처음이라는 말대로, 손여사 자신이 딱 그랬다.

남편 세상 버린 지 벌써 십여 년이 넘었다. 남편은 환갑에 이르러서도 밤일을 끊지 못했다. 부지깽이 들 힘만 있으면 한다더니, 시간이 오래 걸려서 그렇지 조금이라도 고이기만 하면 그를 끌어당겼다. 그리고 그것은 나름대로의 노력이기도 했다.

남편은 힘이 좋지 못했고 숫기가 부족했다. 청년 시절에는 멋모르고 달려들어 문전에 풀칠만 하고 나가떨어지기 바빠서 고쟁이 내리고 다시 올리는 데 오래 걸리지 않았다. 바쁘기만 했지 여자 생각해주는 스타일은 아니었다.

장년 때부턴 횟수가 줄어들었다. 좀체 찾아오질 않다가 군내가 날 정도가 되어서야 들어왔고 때로는 너무 오래 방치해놔 이러다 쉬 슬겠다 싶어서야 고기 맛을 잠깐 보기도 했다. 그러니 손여사가 운우(雲雨)의 진정한 맛을 조금이라도 본 것은 엉뚱하게도 남편이 생강 넘긴 돈으로 읍내 목화다방 진마담한테 두어 달 착실히 파묻혔다가 빈손으로 돌아온 뒤였다. 손 여사 오십 넘어서였다.

지은 죄가 마음에 걸려서 그랬는지(자잘하게 지지고 볶는 것을 천성으로 싫어했던 손여사는 때 되면 돌아오겠지 하며 툭 털어버리고 일에 매달렸는데, 그것은 책임져야 하는 아이들 때문이기도 했다), 경험에 의해 그제야 여자가 어떤 존재라는 것을 알게 되었는지 몰라도 성심껏 그를 대하기 시작했던 것이다.

남편은 오래 끌려고 노력했고 웬만한 염치 안 따지게 된 여사 자신이 적극적으로 변해 비로소 맛을 좀 보게 된 거였다. 그러나 가뭄은 길고 단비 짧듯이 오래가지 못했다. 환갑 갓 넘자 할 것 다했다는 듯 병(病)을 만나 그것과 함께 가버리고 만 것이다.

그는 자식들 결혼이라는 중차대한 사명이 아직 남아 있었기에 더욱 일에 매달렸고 결국 지금에 이른 것이다.

"외국 영환 것 같은디."

"독일 거라구 허대유."

"갸들은 벨 영화를 다 만든다이."

"말했잖유, 쌔부렀다구."

침대에서 반듯하게 하던 것들은 그사이 부엌에서 하는 것들처럼 하나 굽히고 하나 멀대처럼 서서 하기 시작했고 부엌에서 하던 것들은 숫제 밥 먹는 탁자 위에 굴려놓고 하기 시작했다. 소파에서 뒹굴던 것들은 여전히 그 모습이었다. 화면이 바뀔 때마다 굵은 것은 굵은 것대로 긴 것은 긴 것대로, 휘어진 것은 휘어진 것대로 적잖이 벌어진 여자 물건 속으로 제각각 들락거리고 있었는데, 병원에서나 볼 수 있는 장면 같기도 하고 어떤 때는 정육점 풍경 같기도 했지만, 어쨌거나 야릇한 신음 소리가 끊이질 않아 아들이 슬그머니 소리를 줄이기까지 했다.

"생각 있으믄 건너가."

"아이구 엄니. 아니유."

"괜찮여. 원지 내가 느이들 한티 못되게 구니? 나도 그런 시엄시 되긴 싫여."

"혹시, 저 있어서 불편해서 그류?"

"아녀, 나는 순전히 니 생각으루다가 그런겨."

"엄니두 한번 생각해보유. 저거 보다가 내가 지금 건너가믄 좀 그렇잖유."

"그려. 니 말이 맞다. 좀 있다가 가, 그럼."

모자는 다시 화면으로 눈을 돌렸다. 한참이나 씩씩대며 피스톤질을 하던 사내 하나가 물건을 불쑥 꺼내어 여자 아랫배 위에서 용두질을 했다. 그리고 속엣것을 싸질러댔다.

"많이두 나오너먼."

"순전히 고기만 처먹어서 그러겄쥬."

"애두 잘 배겄다. 근디 왜 다들 저렇게만 한다니?"

"임신두 그렇구 뭣보담두 병 무서워서 그럴규."

"병?"

"에이즈라는 병이 아주 무섭대유. 그게 순전히 저짓으루 돌아댕기는디."

"그려. 월래, 저것을 왜 처먹는다?"

"……"

신호처럼 하나가 제 손으로 끝을 내자 남은 쌍들도 돌아가면서 마무리를 지었는데 그리고 나서 하던 파티 계속하자며 모여들어 뭐라고 떠들어대기 시작했다.

"사실 제가 엄니랑 이것을 보믄 좀 이상할 것 같었슈. 근디."

"근디?"

"생각버덤 아무시랑토 않네유."

"그려? 하긴 나두 그렇다. 저런 징그런 짓거리만 읎다믄 말이다."

"저두 그류. 이상해유. 아주 불편하구 서먹서먹할 것 같았었는디……. 좀 징그럽기는 하쥬?"

"자꾸 저러니께 진짜 같지가 않어서."

"……"

"자꾸 그 영화가 생각난다."

"〈죽어도 좋아〉 그 영화 말유?"

"그려. 그런 영화를 못 보게 하는 게 아무래두 이상한겨. 저런 것은 쌔부렀다는디 말여."

"그러게 말유. 근디 엄니."

"왜?"

"아무래두 쓸쓸하시쥬?"

"쓸쓸? 쓸개 두 개를 쓸쓸이라고 하는 겨, 아니믄 새로 나온 개 종자 이름인 겨?"

손여사는 눈 꼬리를 곱게 구부리며 되물었다.

"엄니두, 참. 그 영화도 그렇구, 좀 거시기하지만 이런 영화두 그렇구, 자꾸 엄니가 쓸쓸해 할까 걱정되어서 그렇지유."

"야이가 접때두 그런 소리 하던만. 걱정은 니 각시 보듬고나 햐. 내 문제는 다 내가 알아서 할 것이니."

"……"

"술 취한 강산에 호걸이 춤추고 돈 읊는 천지에 영웅도 우나니."

손여사는 영화 덕분에 떠올라서 요즘 들어 심심찮게 중얼거리던 청춘가 한 대목을 불렀다.

"역발산 기개세 항우의 장사라도 우미인 이별엔 눈물이더라. 얼레, 또 하너먼."

포르노와 청춘가 한 대목이 어떻게 어울리는지는 알다가도 모르고 모르다가도 문득 알 수 있는 것이지만 어쨌든 부엌에서 거시기했던 사내와 선글라스 쓰고 새로이 나타난 여자가 서로 안녕했냐며 인사를 나누고는 계단 타고 이층 방에 올라 뭐라고 몇 마디 더 나눈 다음 서로 엇갈려 누워 뒷문을 받들어 모시고 빨기 시작했을 때 손여사의 타령은 그 다음 대목으로까지 이어졌다.

"부령 청진 간 임은 돈 벌면 오지요 북망산천 간 임은 언제나 오시나."

그리고는 순간 노래하는 입 다물고 말하는 입을 열었다.

"느이 아부지 세상 뜨고 홀로 살아왔다만 내가 새삼 사내 욕심을 부리겠니, 어쩌겠니? 그 영화 속 할망구처럼 맘에 든 노인 하나 만나 살아보는 것두 재미있었지만 그게 어디 마음대루 되는 것이가니. 그저 손자 새끼 크는 것 보면서 살아두 충분한겨."

"……"

"얄궂은 거라두 내 생각해서 저런 것을 구해왔다는 맘이 고맙다. 그러면 되는겨. 나는 욕심 읂어."

"……"

"세월이 가기는 흐르는 물 같고 사람이 늙기는 바람결 같구나. 아이구, 맨 같은 짓이 자꾸 되풀이되니께 저것두 그저 그렇다. 그만 가 자라. 눈 속의 푸른 솔은 장부의 기색이요 학두루미 울고 가니 절세명승이라. 그만 가라니께, 나두 잘란다."

"다 보셨슈?"

"빨래 좀 넌다구 하더면 여적 뭐했슈?"

"이왕 보시는 거 편하게 보라구 이것저것 했슈. 그래, 회춘기는 좀 동하셨슈?"

"꽃 보믄 흥나는 게 늙었다구 다르겄슈?"

화면은 다시 활자 올라가는 장면으로 바뀌어 있었다. 이영감은 붉게 상기된 얼굴을 숨기지 못했다.

"인저 일이나 제대로 할라나 몰러."

손여사는 슬쩍 웃었다.

"그런다구 일 못할라구. 술 중에서는 외상술이 가장 맛나고 거시기 중에서는 통지기 오입이 최고라더니 느닷없는 영화 한 편에 눈이 다 밝어졌네 그랴."

"갖다 붙여도 원."

"성환이가 다른 것 가져다주면 언제 또 봅시다."

"아이구 일읎슈. 늙은 에미 생각코 구해다준 아들놈 생각해서 본 거지 뭐."

"아 글쎄, 우리 집 것들은 애비가 농사짓는 것이 그저 취미구 재민 걸루 아는 것들이니께 이 집 효도 좀 노놔 받아보자 그거요."

이영감 얼굴에 붉은 기운이 점차 걷히었다.

"그러시구랴."

이영감은 흡족한 얼굴로 몸을 일으키며 그제야 찾아온 바를 말했다.

"내일모리 고추모 하는디 좀 와줄 거유?"

"사람 읎슈?"

"아시다시피 씨가 말랐잖수."

"그류. 내 비록 호미는 제대하고 살지만 그것 하나 못 해줄라구."

"요즘 일당이 한참이나 올라서 삼삼할규."

"잘됐네. 돈 벌어 우리 식구 고기라두 좀 먹어야 쓰겄슈."

"그럼 나 가유."

"운전 조심해서 가시구랴. 괜히 어디 줘박지 말구. 호호."

"그렇다믄 난 회춘한 거유, 허허."

다시 골골거리는 트랙터 엔진이 살아났다가 점차 멀어졌다. 다시 조용해진 자리에 주전부리 마치고 돌아온 까치 떼들이 깍깍 해를 보고 울어댔다.

꽃 피는
봄이 오면

옛날에 유명한 중국 도사 하나가 이상한 꿈을 꾸었다고 했던가.

노랑나비 하나 나풀나풀 날아와서는 보라색 꽃잔디 꽃에 앉았다가 다시 퐁퐁퐁 날아오른다. 볼것 못 볼것 두루 다 보라고 뚫려 있는 눈〔眼〕이지만 이런 날에는 무슨 마술에 걸린 것처럼 저 나비 하나만이 유일하게 보일 뿐이다. 망원경처럼 끝이 뾰족한 안경이라도 썼나, 나비 날갯짓만 유독 도드라진다.

아랫마을 쪽으로 야트막히 미끄러져 내려가는 야산이나, 손님 짐작의 신통력 사라진 지 옛날인 까치나, 심심하면 꼬리나 한번 치면서 우체부 기다리는 게 유일한 일거리인 돌돌이나, 아들이 사다가 마당에 심어둔 오가피나무, 또 뭐가 있나, 그래, 저 높은 곳에서 도도하게 날아가는 왜가리나 저만치에 보이는 옆집 우사(牛舍)의 누렁소들, 이렇게 눈에 들어올 것을 따져보면 적잖지만 무슨 조화인지 노랑나비 하나만 눈에 들어왔다, 정(鄭)은.

하긴 그런 것들은 늘 보던 것이라 새삼 눈에 들어찰 리가 없다. 그렇다면 나비는 희귀한 것인가? 별난 종자인가? 개나리들이 이 세상은 노란색이어야 한다, 를 외치며 피어나자 어디에선가 찾아온 게 저 나비이다. 지난 겨울의 그 혹독했던 눈보라를 생각하면 사실 참 별스런 존재가 아니라고도 할 수 없다. 항아리가 쩍쩍 갈라지던 추위 속에서 저 연약한 것이 어떻게 견뎠을까 싶기도 한 것이다.

그러나 아무리 추워도, 어디 어디에서 사람이 얼어죽었다는 뉴스가 들려와도, 이번 추위에 이름 길고 몸집 작은 벌레 한 종이 결국 멸종하고 말았다는 뉴스는 이때까지 들어본 적이 없다. 겨울이 지나면 봄이 오고 봄이 오면 꽃이 피고 꽃이 피면 벌, 나비 몰려오는 것은 한번도 예외가 없었던 것이다.

그런데 왜 오늘따라 저 노랑나비 한 마리가 유난히 눈에 들어오는가. 팔랑팔랑, 나비는 힘들게 꽃을 찾아다니고 있다. 저 여린 날개로, 저 느린 속도로 어떻게 세상을 버티고 살까.

그 중국 도사가 꾸었다는 꿈이 뭐였지? 어디에선가 들었거나 읽었는데 이제는 그 내용도 가물가물하다. 맞다, 내가 나비가 되는 꿈을 꾸었던가, 나비가 내가 되는 꿈을 꾸었던가, 뭐 그런 것이지.

그런데 왜 그런 생각이 자꾸 드는 거지.

그러다가 정은 무슨 느낌 하나가 초승달처럼 언뜻 스치는 것을 느꼈다. 혹시 내가 나비였는데, 지금까지 사람으로 사는 꿈을 꾸었고 이제 슬슬 꿈이 끝나간다는 소리라서 그런가? 아니야, 몸이 이러니 자꾸 엉뚱한 생각만 나지. 그렇지. 그런 꿈도 아무나 꾸는 게 아니지. 도사들이나 꾸는 거겠지.

바람도 없고 비 한 방울 올 기색도 없는, 남아도는 햇살에 봄기운 더욱 무르익은 오늘 같은 날은 병들고 나이 든 사람들은 사실 죽음을 떠올리기 십상이다. 주변 풍경이 생명력으로 가득 차 있다 보면, 삶을 자꾸 확인해보려는 버릇 때문에, 미련 때문에, 결국 생각의 종점은 죽음으로 귀착되는 것이다.

정은 옛날을 생각했다. 정이 어렸을 때 노인들은 전기요 하나 없이, 히터 하나 없이, 좁은 방에서 먹을 것 변변찮은 겨울 내내 잘 버티다가 따스한 봄이 되면 너무 쉽게 목숨 줄을 놓아버리곤 했다. 보릿고개 탓이기도 했지만 정이 보기엔 그것은 봄철 따스한 햇살 때문이었다.

살아남아야겠다는, 이대로 죽을 수 없다는, 겨우내 서슬 푸르렀던 독한 오기는 봄철 햇볕에, 팔랑팔랑 날갯짓에 수증기처럼 녹아 없어져버린 것이다. 사람에게 죽음을 선사하는 것은 혹독한 눈보라가 아니라 따스한 햇살인 것이다.

이제 내가 그 꼴이 되었나. 정은 가슴속 깊숙한 곳에 무거운 것이 생겨났다. 버스에서 예의 바른 학생에게 자리 양보받을 정도가 되긴 했지만 당장 죽음을 생각할 나이는 아니다. 다만 여러 해 앓았을 뿐이다. 그는 당뇨를 앓고 있다. 당뇨라는 게 죽음이 약속되어 있다는 무서운 병이지만 요즘에는 독감만큼이나 유행을 타고 있어 이름만 가지고는 중병 축에도 들지 못했다. 하지만 바쁜 생활 탓에 치료 시기를 놓쳤고 급기야 합병증의 방문까지 받기에 이르렀다.

이해할 수 없었다. 열심히 산 끝이 고작 병이란 말인가. 그러나 병은 원망할 시간과 힘을 주지 않았다. 선고가 내려지자 기다렸다는 듯이 시나브로 약해졌고 낡아갔다. 치료와 더불어 요양과 식이요법만이 살길이라 하여 이 깊은 산골에 땅 사고 조립식 집 지어 이사 온 게 넉 달 전이었다. 권고대로 이곳에서 맑은 공기와 물 마시고 식이요법 한 탓인지 별다른 고통 없이 지내고 있는 중이다. 봄 들어 유난히 기운 약해지는 것 외에는.

나비는 무슨 힘에 밀렸는지 자갈 깔린 마당을 빙 돌아 꽃 다 지고 푸른 대만 남아 있는 개나리 울타리 쪽으로 날아간다. 개나리라는 게 낚싯대처럼 솟아올랐다가 끝이 가늘어지면서 바람 따라 고개 살랑살랑거려야 제 맛인데 이건 묘목 심어놓은 것처럼 일관되게 모가지가 다 잘려 있다. 꽃으로 울타리를 만들어야 좋다고 아들이 다 자란 것을 사와 오가피 심을 때 같이 심어놓은 것이다. 어디서나 뿌리내리고 잘 사는 천성답게 곧바로 자리를 잡아 꽃을 피웠는데 봄철 제 멋도 다 못 부려보고 댕겅 잘려버렸다.

마당이 끝나는 곳에 바로 붙어 어린아이 키 정도 낮게 자리 잡은 논이 있는데 논임자인 부강댁 소행이었다.

부강댁은 개나리꽃 만발한 울타리를 보자마자 한바탕 씨부렁댔다.

"누구 마음대로 개나리를 심어? 이게 뭐하는 짓인겨. 아, 사람 있으면 나와봐여. 어쩌자고 논 옆이다 개나리를 이렇게 심어놓은 거냐구. 이 그늘진 것 점 봐."

방에 누워 있던 정은 나가볼까 말까 하다가 그냥 있었다. 돌돌이만 연신 왈왈 짖어댔다.

"논에 그늘을 만들어놓으면 농사는 어떻게 지라는겨. 왜 저 좋자구 넘의 농사를 망쳐. 이 가이 새끼야, 조용히 안 해? 짖지 말구 느이 주인 좀 나오라고 해. 사람이 생각이 있어, 없어? 당장 안 뽑으믄 내가 낫으로 다 쳐내버릴겨. 이 가이 새끼야, 짖지 마라니께."

웬만하면 나가서 대거리를 했을 것이다. 정은 그동안 그렇게 살았다. 각박하고 바쁜 도시 생활에서 살아남으려면 남녀노소를 구분해서는 안 되는 법이었다. 상대가 비록 여자라서 껄끄럽기는 하지만(싸우자고 덤벼드는 여자를 남자가 이기기란 거의 불가능하다는 것을 알고는 있다) 그렇다고 못할 바는 아니었다. 여자와 싸왔다고 흥볼 사람도 주변에 없다. 교양 없이 남의 마당까지 쳐들어와서 악을 써대고 있는 여편네를 한바탕 혼내주고 싶었다. 하지만 그대로 있었다. 한마디로 기가 눌린 거였다.

다음 날 부강댁은 낫으로 개나리 몸뚱이를 다 잘라내고 있었다. 정은 기가 막혀 더 이상 못 본 척할 수 없었다.

"아니, 지금 뭐하는 거요."

"오라. 댁이 이 집 주인이셔?"

"힘들게 심어놓은 걸 왜 베어요."

"어제는 사람이 찾아와도 코빼기도 안 내비치더니 오늘은 웬일루 이렇게 나오셨댜?"

정은 말문이 막혀 여인네 얼굴을 바라보았다. 수건으로 싸맨 머리는 햇살을 받아 회색으로 바랬고 그 아래로 주름 깊은 눈과 구멍이 너무 커 모양새 갖추기가 버거운 코, 어디에다 따로 쓰려고 위로 잡아당기고 옆으로 늘여놓은 듯한 입, 고집이 덩어리째 들어 있는 것 같은 각진 턱이 각자 제 기운대로 이쪽을 노려보고 있다. 정은 말이 더 막혔다.

"내가 어제 한 말은 다 들으셨을규. 이유야 어쨌든 나는 내 논에 그늘 생기는 것 못 보유."

부강댁은 검객 검 휘두르듯 낫을 휘둘렀고 개나리는 픽픽 쓰러졌다. 한 달 전이었다.

낮질당한 개나리는 봄이 다 가기 전 어떻게든 낭창낭창한 제 모습을 회복해보려 했지만 몸이 세월을 못 따라가는 것은 걸어다니는 것이나 박혀 있는 것이나 매한가지라 한 뼘도 채 만들어내지 못했다. 희망이 강렬할수록 몸은 더 더딘 법이지 않던가. 덕분에 집은 마치 시(市)에서 서둘러 하는 얼치기 조경(造景)처럼 아주 엉성한 분위기로 변해버렸다. 정은 쓴 입맛을 다셨다.

그는 농사꾼의 아들로 태어나 걷기도 전에 논두렁 흙을 가지고 놀았고 초등학교에 입학하기도 전에 논일, 밭일 온갖 심부름을 하였으며 소풍철 모내기, 피서철 김매기, 여행철 바심하기, 심지어 눈 오고 얼음 어는 시절에도 눈싸움, 썰매타기보다도 산에서 나무하면서 어린 뼈를 키웠다.

농사일이란 게 해가 뜨면 시작되어 누가 뭐라고 해도 해가 져야 끝나는 법인데다 오늘까지 무슨 일 하나 끝내놓았다 하더라도 다음 날엔 무엇이던지 다음 번 것이 기다리고 있는 법이라 일이 생활 자체였다. 하지만 그는 스물이 되기도 전에 일을 손에서 놓게 되었는데 부모가 나서 두 팔로 막아섰기 때문이었다.

우리야 못 배워서 땅 파먹고 살지만 너희는 그렇게 살지 말아라, 너희야 농사꾼 자식이지만 우리는 농사꾼의 부모가 되기는 싫다, 가 아버지, 어머니의 주문이었다. 때는 도시에 공장들이 들어서면서 너도나도 시골을 버리고 값싼 노동자가 되어가는, 그것도 유행이랍시고 하루라도 늦으면 현대화의 물결에서 밀린다는 그 시절이었다.

　정은 부모의 재촉과 시대의 흐름과 무엇보다도 스스로의 판단으로 괭이와 호미를 버리고 도시로 나아갔다. 그저 그만한 회사 영업부 사원으로 들어가 매번 도약해 오를 기회를 물색하고 혼신의 힘을 다해 쟁취하였으며 그렇게 악착같이 살아가는 사람이 흔히 그렇듯 종내는 독립하여 중간 도매상 사장에까지 이른 것이다. 비즈니스 하기에 유리하도록 이름 어중간한 지방 삼류대학 행정대학원까지 수료했었다. 학사 과정 없이 졸지에 석사가 되어 사각모 쓰고 찍은 사진까지 구비하게 된 것이다.

　그런데 물론 병이 들어 더욱 그러하겠지만, 이 산골에 들어와서 적막과 친구가 되어 지내다보니 그게 과연 옳았나 싶기도 했다. 평생 노력하여 마련한 가게를 볼 때는 스스로 대견스러웠으나 비즈니스라는 게 늘 식당 음식과 술과 담배가 충만한 세상이고 그것 때문에 병을 얻었으니 혼동이 온 것이다.

　그것은 농사에 대한 아련한 향수 같은 것이기도 했다. 막상 이렇게 들어앉아 있어보니 논두렁에서 뛰어다니던 옛날 생각이 절절하게 났다. 오랜 시절 잊고 있었던 것, 어떻게 하면 더 빨리, 더 먼저 잊어버릴 수 있을까 궁리했던 것들이, 그 시절의 다랑논, 감자밭, 미루나무에서 매미 울어대던 신작로, 붕어 낚으러 갈 때 지렁이를 고르던 두엄더미, 쟁기 끌던 누렁소, 기계총 머리 친구들까지 속속 생각났다. 하여 그 중국의 도사처럼 무슨 긴 꿈을 꾸었던 것 같기도 했다.

집 아래로 바짝 붙어 논이 있는 게 처음엔 보기에 좋았던 게 그 이유였다. 그런데 논임자가, 이웃 중에서도 가장 가까운 이웃이랄 수 있는 이가 그 모양이라니.

나비는 팔랑팔랑 개나리 너머 논으로 날아갔다. 나비 사라지니 빈 곳에 따스한 햇살만 더욱 가득하다. 며칠 전 아들이 마당에 깔아준 푸른색 자갈도 더욱 푸르게 빛을 반사하고 있다. 어디서 문 긁는 소리가 들렸다. 오늘은 날이 좋으니 신발을 빨아야겠다. 그러고 보니 운동복 바지도 흙투성이다. 새벽에 산에 갔다가 넘어진 것이다. 등산로가 없는 야트막한 야산이다보니 이슬에 젖은 솔잎 무더기라도 잘못 밟으면 넘어지기 일쑤였다.

혼자 사는 몸이라 이것도 일이다. 하지만 이 정도의 일도 없으면 무엇으로 시간을 보내겠는가. 잡곡과 반찬은 아들네가 식이요법에 맞춰 가져다주니 가벼운 설거지 정도로 먹는 일은 마무리된다. 그리고 청소와 빨래가 있다. 어차피 운동을 해야 덜 앓는 병이니 산 타는 것말고도 몸을 움직일 게 있으면 부지런히 움직이려고 노력한다. 운동화에 물을 붓고 바지를 세숫대야에 담그는데 또 문 긁는 소리가 들렸다. 토순이다.

토순이는 이곳에 올 때 친구 하라며 외손자가 선물로 준 토끼이다. 녀석이 일 년 넘게 키우던 것인데 딸네 집에 들렀을 때 그놈 참

귀엽구나, 인사로 한마디 한 걸 가지고 할아버지는 토순이를 귀여워한다, 고 생각한 모양이다. 싫다고 해도 억지로 놓고 갔다.

사실 그는 동물들을 별로 좋아하지 않았다. 그 흔한 개 한 마리 키워보지 않았다. (돌돌이는 최근에 아들이 사와서 기른 것이다.) 더군다나 토끼라니. 헤어지기 싫은 것 꾹 참고 가는 손자 녀석의 마음이나 신문에서 봤는데요. 애완동물을 기르는 게 편찮으실 때는 아주 도움이 된대요, 아버님, 하던 사위의 말에 그럼 한번 두어 봐라, 귀찮으면 그때 돌려주마, 했던 것이다. 토끼라고 해도 예전처럼 토끼장 만들어서 키우던 그런 게 아니라 집 안에서 사람처럼 사는 것이었다. 강아지나 고양이가 집 안에서 촐랑거리고 다니는 것도 눈 시어 해오던 버릇이니 짖을 줄도 모르고 재롱도 피울 것 같지 않은 짐승 하나에 눈이 제대로 갈 리 없었다. 며칠 데리고 있다가 다음 번에 오면 주어버려야지, 했었다.

그런데 웬걸. 이게 짐작과는 달리 아주 엉뚱한 면이 있었다. 정은 스스로도 놀랐다. 초저녁에 잠이 들어 밤중에 깨면 남아 있는 밤 시간이 너무 길어 적적하기 이를 데가 없었다. 인적 없는 야산 아래에 혼자 살고 있다는 것이 너무도 실감나는 시간이었다. 그런데 그때 옆구리를 파고드는 게 토순이었다. 이렇게 눈 빨갛고 말 없고 귀 크고 털 하얀 녀석과 뭐라고 종알거리며 놀다보면 마음이 푸근해지고 시간도 금방 지나갔다. 길고 긴 낮 시간도 녀석의 먹이를 주고 털을 골라주고 하다보면, 또 녀석은 주인이 주방으로 가면 주방으로, 화장실로 가면 화장실로, 안방으로 가면 안방으로 졸졸 따라다니니, 순한 손자 하나 데리고 사는 것처럼 외롭지가 않았던 것이다.

문을 여니 앞발 들고 뭐라고 하소연하는 듯한 눈빛을 하고 있다.

"또 놀아달라고 그러니? 그래 너도 햇볕 좀 쬐자."

토순이를 안고 다시 의자에 앉았다. 햇살 좋고 손의 감촉도 좋다. 주변에서 깡총거리던 돌돌이가 갑자기 짖는 게 그때였다.

"그건 웬 거유?"

부강댁이었다. 정은 개를 말려놓고 인사를 했다.

"오셨어요?"

"새벽마다 산에를 올라가는 눈치던디, 산에서 잡으신규?"

부강댁은 인사 답례도 없이 눈을 더욱더 찢으며 성큼성큼 걸어 들어왔다.

"아프다는 양반이 기술도 좋으시우. 봄철 퇴끼가 맛은 션찮어두 그냥저냥 보양은 되실규."

"먹는 거 아뇨."

"그럼 그 괴기는 뭐하는 괴기유?"

정은 말이 막혔지만 말을 해야 했다.

"기르는 것이요."

"근디 왜 껴안구 있슈? 퇴끼장에다 넣지 않구."

"쓰다듬어주고 있는 거요."

"월래, 그러면 숫제 집 안에다가 뫼시구 키운다는규?"

"그렇소."

"참 나. 개, 고양이 집 안에서 키우는 것은 보았어두 퇴끼 새끼를 키우는 사람은 또 첨이네."

"이게 말 못하는 짐승이지만 그래도 주인도 잘 따르고 정도 깊소."

"잘해주믄 잘 따르는 거야 무슨 짐승인들 안 그럴까. 여하튼 벨일이네. 모가지 비틀어 지져 묵을 것을 됩세 보듬고 키운다니."

정은 끄응, 했다. 부강댁은 무슨 검사 나오는 사람처럼 집 주변을 휘 둘러보더니 다시 얼굴을 돌렸다.

"저번에 내가 개나리 잘라버렸다구 섭섭하셨수? 섭섭하셨을 터이지만 그래두 내 논에 그늘지는 것은 못 보유. 동네하고 무슨 척지고 살 일 있다고 그리 큰 것을 심었수. 농사짓는 사람 마음 이해하는지 못하는지 모르겠지만 어쨌든 이해하시우."

웬일로 이 여편네가 이러나 싶어 불안함이 없지 않지만 그래도 웃는 낯에는 침 못 뱉는 법 아닌가. 저쪽에서 그렇게 나오니 이쪽인들 나쁘게 나갈 일이 없었다. 정 자신도 불과 얼마 전까지 집에서 키우는 애완동물들을 노려보며 살지 않았는가 말이다. 돌돌이만 속 모르고 여태 으르렁거리고 있다.

"가이가 집은 잘 보너면."

"멋모르고 개나리를 심은 우리가 잘못이지요 뭐."

"이해해주니 고맙수."

"농사짓는 마음이야 다 이해하지요. 나도 어렸을 적에는 농사짓구 살았는데."

"그러셨슈? 하긴 우덜 나이가 원래는 다 농사꾼 출신이쥬."

잘린 개나리는 개나리고 이웃은 이웃이었다. 정은 각다구니 같은 여인네라도 이렇게 나란히 앉아 자분자분 말을 주고받는 게 나쁘지 않았다. 따지고 보면 확인차 찾아온 이장과 바쁘다는 것을 억지로 불러들여 커피 한 잔 먹여 보냈던 우체부 외에는 처음이었다.

그래 아파서 몸조리하러 들어왔다는 말은 들었지만 언뜻 봐서는 아픈 얼굴 같지 않다, 아, 그 부자병, 하긴 요즘은 부자병도 아니지, 우리 오빠도 평생 만 원짜리를 한꺼번에 백 장 이상 세어본 적 없는 양반이지만 그 병을 앓고 있다, 부인은 없느냐, 아이구 저런, 먼저 보내버리셨구먼, 어쩐지 쓸쓸하게 뵈셨어, 무슨 일을 했느냐, 아, 그때 하얀색 자가용이 큰 아들네냐, 남은 자식은 그럼 어디에서 사느냐, 그 정도면 다복한 집안이다, 나보다 훨씬 낫다, 나는 딸만 셋을 뒀는데 하나는 청춘에 먼저 보내버리고 둘이 남았다, 큰애는 종종 들여다보러 오는데 작은 것은 명절에도 낯바닥 한번 보기가 어렵다, 형만 한 아우 없다는 말이 하나도 틀리지 않다, 아무리 혼자서 조용히 살고 싶다고는 하나 홀아비 혼자 짐승들을 친구로 지내자면 적적하겠다, 저 밑에 마을로 마실이라도 나오라, 한마디 묻고 세 마디씩 답하느라 여인네는 입이 바빴다.

묻는 대로 꼬박꼬박 답해주며 정은 알고 보면 역시 나쁜 사람 없는 법이구나, 싶어 속으로 웃었다. 하여 커피라도 끓이겠다고 몸을 일으켰다.

"아이구, 냅둬유. 내가 아무리 혼자 산다구 홀아비가 끓여준 커피 먹구 있는 그런 한가한 사람 아뉴."

그러나 아늑한 풍경은 거기까지였다. 저 밑에 있는 밭에 고추모 내느라 그동안 논엘 통 못 올라와봤다며 묻지도 않은 말을 늘어놓더니 한순간에 표정이 변했다.

"뭔가 바뀌었다 싶더니 마당에 자갈을 까셨구먼."

일전에 정이 병원 나가는 날로 일부러 날을 잡았다며 아들이 자갈을 한 트럭 사가지고 와 마당에 깔았었다. 장마철이 되면 비가 잦을 터인데 황토로 쌓아올린 마당이라 아직 다져지지도 않았고 잡풀 또한 변변찮아 흙탕이 될 거라며 깔겠다고 했을 때 그러라고 했었다. 병원에서 와보니 장비는 모두 철수하고 아들만 남아 기다리고 있다가 부자(父子) 둘 심심하게 마주 앉아 저녁밥 먹고 돌아간 날이 있었다. 푸른색 자갈이 깔려 마당은 되려 마당다워 보였고 비가 와도 신발이 덜 더럽혀졌다.

"아들놈이 비 오면 미끄러지기도 쉽고 차 대기도 어렵다고 깔았수."

그러나 말이 채 끝나기도 전에 부강댁은 무거운 몸을 논으로 옮겼다. 순간 정은 긴장을 했다. 아니나 다를까. 초봄에 로터리 한

번 치고 물 받아둔 논 속으로 첨벙첨벙 들어가 허리를 굽히던 부강
댁은 지금까지의 목소리를 버렸다.

"내 이럴 줄 알았어."

"왜요. 무슨 문제라도 있나요."

그리고 이것 봐유, 아주 새된 목소리를 꽥 질렀다. 정은 입을 꾹
다물었다.

"논 속에 자갈 들어간 것 봐."

"......"

"아, 눈 있으면 이것 좀 보라니껜. 자갈을 깔았으면 깔았지 왜
넘의 논에다가 돌뎅이를 집어느봐?"

트럭에 자갈 실어와 마당에 부을 때 한쪽으로 쏠린 게 논으로 들
어간 모양이었다. 깨끗하고 고르게 손질 되어 있어서 논으로 그게
들어갔으리라고는 생각도 못했다. 논에 자갈이 얼마나 금기의 대
상인가. 논이란 게 손톱만 한 돌 조각까지 모두 꼼꼼하게 찾아낸
다음 물을 채워 넣은 것 아닌가. 비록 농사에서 손 뗀 지 사십 년이
지만 논에 돌멩이가 들어가서는 안 된다는 것은 네 살 때 배운 숟
가락질만큼이나 잘 알고 있었다. 정이 그 자리에 있었다면, 우선
주인이 무서워서라도, 단 한 톨도 구르지 못하게 막았을 것이다.
이를 어쩐다. 개나리 그늘은 이것에 대면 새 발의 피다.

"눈 있으면 보라니까."

여인네는 아예 그라인더에서 쇠 갈리는 소리를 내지르며 마당으

로 올라왔다. 급하게 걷어올린 바지가 다시 내려가 종아리랑 옷이랑 구분이 안 가게 흙탕인데다가 시뻘겋게 달아오른 얼굴을 하고 있어서 해질녘에라도 봤으면 영락없이 아수라, 야차 형상이었다. 부강댁은 고만고만한 자갈 예닐곱 개를 쑥 내밀었다. 보나 안 보나 마당에 깔았던 그 뾰족한 자갈이었다. 정은 오금이 바짝 저렸다.

"이게 뭐유."

"……"

"아, 입 놔두고 말 못허유? 이게 뭐냐니까."

"자갈이네요."

"이게 왜 우리 논이루다 들어와 있데유?"

"우리 집 큰애가 자갈 깔면서 실수로 몇 개 들어간 것 같은……"

"실수? 어허, 이 양반 몹쓸 양반이구먼."

"……"

"농사짓는 사람 이해한다고 했지우? 그래 이게 실수유? 넘의 논에다가 돌멩이를 쏟아 부어놓구두 실수라는 말이 지금 나오는 겨?"

그건 좀 심했다. 아무려면 쏟아 부었다니. 하지만 이쪽은 수갑 채워진 입장이라 대꾸가 마땅치 않았다. 대신 돌돌이가 제 주인한테 덤벼들지 말라고 컹컹 짖었다.

"이 가이 새끼야, 조용해. 죽고 싶으냐?"

"컹컹컹."

"이보슈. 내가 집이 개나리 비었다구 일부러 한규?"

"무슨 그런 억지 소리를."

"아니믄 뭐한다구 넘의 논에다가 돌을 부어놓은규."

"말했잖소. 마당에 깔다가 실수로."

"마당에 자갈을 깔았으믄 깔았지 지랄한다구 넘의 논을 망쳐 놔?"

여인네의 막가는 포악에 정은 다시 입을 다물었다.

"이 가이 새끼야, 조용히 하라니까."

깽. 돌돌이는 급기야 헛발질을 피해 뒤로 물러났다.

"좀 진정 좀 하시고 내 말 좀 들어보시우."

"내가 시방 진정허게 됐수? 아이고, 저 돌멩이를 다 워떡해. 인 저 가래질두 못하고 모내기두 못허우. 이앙기 날 다 망가지는디 워떤 놈이 모내기한다고 들어갈규. 얼른 건져 내놔유. 가만 앉아 있지 말구 얼른 사람들 불러다가 자갈 건져내 놓으란 말이유."

"……"

"아이구 천불이야. 이보슈. 나 이 논농사 못 지우. 더도 말구 덜 도 말구 이 논에서 딱 세 가마니 나오니께 물어내슈. 나도 깨끗하 게 포기할 테니께 세 가마니 값만 물어내란 말이우."

조심스러운 여인네의 옷자락처럼 소리도 없이, 소문도 없이 산 위로 반달이 떴다. 그것이 신호인 양 저물어가던 시간은 한순간에 가속도가 붙었다. 불과 조금 전까지 환히 보이던 사방 천지가 어느새 저만치 어둠 속으로 멀어져 있었다. 그러나 반달은 차갑되 밝은 특성을 옳게도 살려 밀려드는 어두움에 은색을 뒤섞어놓고 있었다.

어두움과 달빛은 세상만사의 소란스러움을 삭여주는 힘이 있었다. 집 뒤에 있는 시누대 숲은 저녁 노을을 받아 어수선하게 흔들렸는데, 더군다나 부리질, 날갯짓으로 하루 종일 바쁘던 참새 떼들이 잠자리로 삼은 탓에 다갈다갈 콩 볶듯 소란스럽기도 했는데 그새 할 말들 모두 나누었는지 조용했다.

멀리 먹이 사냥을 나갔던 왜가리도 그 무렵에 돌아오면서 노을을 배경 삼아 동양화 한 폭씩 허공에 그려대더니 그예 높다란 집에 넓고 긴 몸을 둥글게 말아 눕히고 기척 하나 없다. 우사의 소도 저녁밥 먹고 되새김하며 졸기 시작했고 텃세 부리던 까치나 텃세에 눌려 눈치만 커버린 산비둘기나 모두 아침에 털고 나왔던 곳으로 돌아들 간 탓에 사방은 적막을 되찾아놓고 있었다. 이런 시간은 쥐나 뱀도 꼼짝하지 않을 것 같았다.

그러니까 모두 잠자리에 들기 시작한 이 고요하고 아늑한 시간에 홀로 깨어 수고하는 이는 정 혼자였다. (아니 하나 더 있다. 돌돌이였는데 느닷없는 주인의 행동에 어떡해야 좋을지 몰라 제 집으로, 논둑으로 왔다 갔다 하고 있다.) 잠시 허리를 편 그는 반달을 보며 숨을 길게 내쉬었다. 땀이 등줄기를 타고 흐르고 입성은 벌써부터 흙칠 범벅이 되어버렸다. 참, 어쩌자고 이런 경우가 생겼을까.

그가 서 있는 곳은 부강댁 논이었고 그가 하는 일은 다름 아닌 자갈 줍기였다.

여인네가 성질 하나로 버티고 산다는 것은 짐작한 부분이었지만 고개가 다 절레절레 돌아갔다. 기세로만 보면 촌에서 농사짓고 살기에는 너무 아까운 인재였다. 그 성깔에 그 호령이면 지금이라도 전투부대 사령관 자리 하나는 충분히 차지하고도 남을 듯했다.(전쟁이라는 게 어차피 땅 뺏고 지키기 싸움 아닌가.)

당장 물어내라고 호통을 칠 때는 중요한 물건 서너 가지만 급한 대로 한 봇짐 만들어 어디 피난이라도 가고 싶은 심정이었다. 정은 한마디도 대꾸를 못했다. 부강댁은 더욱 독이 올라 누가 뭐라고 하지도 않았는데

"아니, 여자 혼자 농사 짓는다구 깔보는겨? 그러는겨? 잘못 보신겨. 여자라구 무시허먼 큰 코 다치기 딱 알맞으니께 얼른 내 말 대루 허시우. 자갈돌 하나도 없이 다 찾아내놓든지 쌀 세 가마니 값 내놓든지. 나 이 논에 농사 안 져. 못 져. 책음지고 당신이 알아서 햐."

열혈 청년 웅변하듯이, 적군에게 홀로 사로잡힌 장군이 기개 굽히지 않고 추상같은 호령하듯이, 왁왁 악을 쓰고서는 내려가버렸다. 정은 기습을 받아 치명적인 상처 입은 병사처럼 아무도 없는

마당에서 눈도 제대로 들어올리지 못하고 한숨만 내쉬다가 급기야 바짓가랑이 걷고 논으로 들어온 거였다.

어두워졌는데도 그는 나갈 생각을 안 했다. 아니 못했다. 한달 내내 놀다가 개학하기 하루 전에 숙제가 있었다는 사실을 깨달은 학생처럼 밥이 되든 죽이 되든 무조건 뭔가를 해내야 한다는 강박 밖에 남지가 않았다. 그냥 나가면 그 독살 맞은 여인네가 대포라 도 들고 나타날 것 같은 기분이었다.

정은 곧추 폈던 허리를 다시 굽혔다. 이건 모내기하는 것도 아 니고 그렇다고 풀 매는 것도 아니고 말 그대로 진흙 속을 뒤져 뭔 가를 찾아내야 하는, 일이되 일 같지도 않고 일이 아니라고 하기 에는 너무나 고생스러운 짓이었다. 반죽하듯 주물럭거리다보면 어쩌다 딱딱한 자갈돌이 하나씩 손에 잡혔다. 돌은 마당 가운데로 던졌다. 그게 무엇인지도 모르고 돌돌이는 쪼르르 달려가서 냄새 를 맡아보다가 다시 돌아왔다.

"염병할 여편네 같으니라구.

기가 질려 당사자 앞에서는 한마디 못했던 게 비로소 나오기 시 작했다.

"지랄같은 여편네. 성질이 그 따위니 자식들인들 찾아와지겠 어? 끄응. 아이구 허리야. 어떤 남자가 그런 여편네랑 살았는지 아이구, 참."

그렇게 해놓고서 자신도 모르게 고개를 휘휘 둘러보기도 했다.

성질대로 하자면 돈을 확 주어버리고 싶기도 했다. 하지만 수십
만 원 돈인들 어디 하늘에서 떨어지는 것도 아니고 또 얄미워서라
도 돈을 주고 싶지는 않았다. 그래 몸으로 때워보자는 심사였던
것이다.

안개 낀 창문 바라보는 듯, 묵은 때 입은 거울 들여다보는 듯 형
체는 있되 희미하고 희미하기는 하되 뭔가 움직이는 것은 분명한
데 도대체 저게 무얼까 궁리도 제대로 못해보는 시간을 한참이나
보내고 나서야 정은 그게 허공에 매달려 있는 링거라는 것을 알아
차렸다. 그걸 알아차리는 데까지 시간이 걸려서 그렇지 한번 정신
한끝을 끌어매자 이곳이 병원이며 근처에 있는 사람이 며느리와
친구인 박(朴)이라는 것을 깨닫는 것은 금방이었다.
　"어머, 아버님. 깨셨어요?"
　정의 얼굴은 소리 없는 곳으로 먼저 갔다.
　"초상 치를 일도 아닌데 이 친구는 왜 불렀어?"
　"아범이 연락해서 조금 전에 오셨드랬어요."
　"자부 너무 나무라지 말게. 정기검진 받을 때 외에 손가락 하나
라도 다쳐 병원 올 때는 무조건 연락을 해달라고 내가 당부를 해놓
았었네. 우리 정도면 병원 기어들어가는 친구들 찾아다니며 위로
해주는 것으로 내 몸의 위안을 삼는 나이 아닌가."
　객지에서 만났으되 고향 친구처럼 굳어진 박은 웃고 있었다.

"부고 돌리고 싶어 몸살이 났구먼."

"아버님, 아니에요. 아침에는 정말 어떻게 되시는 줄 알았어요."

아닌 게 아니라 어디 낭떠러지 같은 곳에 떨어지듯 잠이 들었는데 그게 말 그대로 낭떠러지가 되어 빠져나오지를 못하고 아침에 아들한테서 전화가 왔을 때 이만저만한 일이 있었다는 말만 간신히 마무리해놓고 다시 혼절하듯 정신을 놓고 말았다. 뒤이어 아들이 들이닥쳐 병원으로 옮겨왔던 것이 아련하다.

"혈당이 보통이 아니었어요."

으음. 정은 자신도 모르게 신음을 냈다.

"그래, 지금은 견딜 만한가?"

"아무것도 아니야. 조금 무리해서 그래."

"오는 길에 부고장 금박 입힌 걸루 한 오백 장 주문해놨었는데 다시 취소해야겠구먼. 거 인쇄소 김사장 모처럼 일거리 생겼다고 좋아하던데 말이야."

"젠장. 친구 보내려다가 자네가 먼저 골로 가는 수가 있어."

"무슨 소리. 내 목표가 친구들 두루 뗏장 입혀주는 거 아닌가. 그러나저러나 어떻게 실려왔는지 기억이나 나?"

"대충."

"저는 지금도 가슴이 떨려요, 아버님."

"걱정하지 마라. 이젠 괜찮으니까."

"그 여편네 가만 안 두겠어요."

"아니, 여편네라니, 무슨 말이야?"

며느리는 박의 물음에 답도 않고 하던 말을 내처 이었다.

"아버님만 깨어나시면 제가 쫓아가서 한바탕할 생각이었어요. 세상에 무슨 그런 여자가 다 있어요."

정은 링거 꽂힌 손을 내저었다. 할 수만 있다면 입을 틀어막고 싶었다.

"아니, 얘야."

"화가 나서 참을 수가 있어야죠."

"저기 나 물 좀 다오."

며느리는 손으로 물을 따르면서 박을 향해 부강댁에 대하여 단숨에 보고를 마쳐버린다.

"정말 못된 여편네에요. 아침에 아범한테 이야기를 듣고 주먹이 다 부르르 떨리더라니까요."

며느리 주먹만 떤 게 아니었다. 물 잔 받아든 정의 손도 떨렸다.

"그래서?"

박은 재미있다는 얼굴이다.

"그래서 아버님이 어제 밤새 그 논에 들어가서 자갈을 주으셨대요. 그러니 가뜩이나 병환 중이신 분이……."

정은 고개를 돌렸다. 다시 한번 혼절을 했으면 좋을 정도였다.

진작부터 철퍽, 슥, 슥, 가래질 소리가 들리고 있으나 정은 가만히 누워 있다. 산에도 가지 않았다.

어제 병원에서 집으로 오다가 길에서 하필 부강댁을 만났다. 논에 갔다가 오는 모습이었다. 모른 척 지나갔으면 딱 좋겠는데 저쪽에서 벌써부터 알아보고 떡하니 서서 말 붙여올 태세를 차리고 있어 그러기도 어려웠다. 차를 세우라고 이르고 창문을 내리니 산도깨비 형상이 머리에서부터 순서대로 나타났다.

"워디로 도망갔다가 오시우?"

어쨌거나 인사라도 하려고 한 것인데 첫마디가 그거였다.

"도망이라니요?"

"도망친 거 아니우? 넘으 논 망쳐놓고 내뺐으니 그게 도망이지 뭐유?"

그러나 정은 기가 막혀 할 틈도 없었다. 이 사람인가요? 며느리가 범인 본 형사처럼 문을 열고 나선 것이다.

"이것 보세요, 아주머니. 나 좀 봐요."

부강댁은 이건 또 뭐냐, 싶게 멀뚱한 표정을 했다.

"우리 아버님이 도망칠 사람처럼 보여요? 논에 돌조각 몇 개 들어갔다고 그래요?"

"이 양반 며느리인 모양인데, 왜 눈에 불을 켜고 이런댜?"

"그래요. 며느리예요. 안 그래도 한번 만나려고 했어요. 무슨 심보로 우리 아버님을 괴롭혀요? 편찮으셔서 조용히 요양하시는

분을 왜 날마다 찾아와서 못살게 굴어요?”

이미 마음먹은 며느리는 제발 아가, 말리려 드는 시아버지까지 밀어내고 있었다.

“누가 누구를 괴롭힌단 말이유.”

“당신이 그랬잖아. 아버님이 스트레스를 너무 받으셔서 입원까지 하고 왔다구.”

아예 존대마저 뺐다.

“당신 잘 들어. 한 번만 더 우리 아버님 괴롭히면 가만 안 두겠어. 아버님은 괜찮다 하시지만 자식들은 그 꼴 못 보니까, 내 말 똑똑히 명심해. 꼭 뺑덕어미같이 생겨가지곤. 아버님 가요.”

가운데 막아선 정은 앞뒤 양쪽이 다 노래졌고 부강댁은 돌처럼 굳어 제자리에 서 있었다.

이제 걱정하지 말라며 며느리는 어깨에 힘주고 돌아갔으나 정작 걱정은 그때부터 시작이었다. 부강댁 때문에 골치가 아프긴 했지만 싸움을 하든 화해를 하든, 죽이 되든 밥이 되든 정 스스로 했어야 했다. 그런데 며느리가 나서고 말았으니 이건 마치 사람 잡도리하려고 식구들 데리고 온 꼴이 되어버렸고 그게 스스로 한심해서 긴 밤 내내 마음이 불편했다.

괘종 시계 열한시 치는 것까지 듣다가 몸을 일으켰다. 밖은 늦봄 눈부신 햇살이 들판과 소나무 숲과 우사 지붕에 가득했다. 며칠 사이에 봄이 무르익을 대로 익어버려 숫제 여름 기운이 돌았다.

짐작대로 부강댁은 논에 가래질을 하고 있었다. 깊이 뒤집어쓴 수건이나 완만하게 휘어진 굵은 허리는 평소의 모습이었으나 숨소리 하나 들리지 않는 것은 다른 풍경이었다.

사과를 먼저 하자니 얄밉고 안 하자니 며느리가 퍼붓던 장면이 떠올라 미안했다.

"왔어요?"

대답이 없다.

"아까부터 계속하던데 좀 쉬었다 하지 그래요?"

"일없슈."

대답은 싸늘했다. 그래도 대꾸가 나온 게 정은 다행이었다.

"저기, 어제는 미안허우."

"참 대단한 며느리 두셨습디다."

"저 뭐냐, 날 위한답시고 그랬는데 아직 젊어서 그런 것이니 이해하시우."

"자식들이 어른 생각해주는 거야 뭐라 할 것 있겠슈? 그런디 내가 그쪽 양반을 괴롭힌 거유? 가슴이 벌떡거려서 잠을 다 못 잤슈. 내가 괴롭혔슈?"

"괴롭히기는 뭘."

부강댁은 그 소리 해놓고서 입을 꾹 다물고 이쪽만 바라보았다. 수건 때문에 그늘이 져서 표정을 알 수 없다. 그러다가 아이구, 소리를 지르며 주저앉으려고 했다. 손을 쑤욱 집어넣더니 뾰족한 자갈 하나를 꺼내서는 이것 보라는 듯 손바닥을 폈다. 정은 충동적으로 논으로 뛰어들었다.

"이리 주시우, 내가 하리다."

"일없수. 내 일을 왜 거기서 허는규."

"나도 다 해봤던 일이니까 걱정 말고 가서 좀 쉬시우."

"됐다니깐 아, 왜 이래유."

서로 가래를 붙들고 밀고 당기고 하다가 어, 어, 소리가 나왔고 둘은 한순간 논바닥에 넘어졌다. 공교로운 일이 일어난 게 그때였다. 부강댁이 손잡이 빼앗긴 가래를 힘껏 잡아당기자 힘에 이끌려 몸을 덮쳤다. 발목이 논 속에 잡혀 있는 상황이라 그대로 넘어졌는데 하필 정의 입술이 여인네의 입술에 쿵, 소리를 내며 부딪혔고 오른손은 가슴을 더욱 넓적하게 짓눌러놓고 말았던 것이다.

정은 잇몸 깊숙이 파고드는 통증보다는 입술과 손바닥에 퍼지는 야릇한 느낌 때문에 정신이 하나도 없었다. 거참. 어쩌자고 이런 일이. 그건 반대편도 마찬가지였다. 엉덩이를 논 속에 심고 있는 부강댁도 이 기괴한 경우를 어떻게 받아넘겨야 할지 몰라 눈, 코, 입을 더욱 크게 벌리고 위쪽만 바라보고 있었다. 나무들 파랗게 물이 오르고 그 사이사이로 햇살 환하게 퍼지는 것을 배경으로 논 가운데 넘어진 늙은 남녀는 민망함이 가시는 동안 그 자세 그대로 있었나. 정은 마침내 넘어신 여인네의 손을 잡아 일으켰다. 끄는 대로 부강댁은 따라왔으나 서로 다리에서 힘이 빠진 관계로 몇 번 더 무릎을 접힌 다음에야 간신히 논에서 빠져나왔다.

"씻으시우."

정은 함지박에 물을 받았다.

"아무도 없는 깊은 산 속이 이래서 좋은 게 아니우. 천천히 씻구 계시우. 내가 가래질 다 해놓을 테니."

"그러다가 또 입원한다구 하믄 나 몰류."

한동안 멀거니 서 있던 부강댁이 말을 받았다.

"걱정마시우. 힘이 넘쳐나니까."

정은 가래를 들고 논으로 들어가고 부강댁은 뻘탕 된 옷을 벗는 데 어디선가 노랑나비 하나 팔랑팔랑 날아오고 있었다.

오래전, 최진희 노래 틀어놓았던 맥줏집 낡은 의자에 항마좌로 앉은 소설가 김성동 선생께서 너는 소설이 무엇인지 알고 있니? 물으셨다. 그리고 선생은 스스로 답하셨다.

"소설이란 무시무종(無始無終)이니라."

시작도 없고 끝도 없는 것. 경계와 한계를 지운 채 삼차원 좌표 어딘가에서 언제나 진행 중으로 존재하는 것. 그럴 것 같다. 이 정도 고개 끄덕여지기까지 시간이 한참 걸렸다.

올겨울은 유난히 춥다. 남하하는 대륙성 고기압이 산 타고 내려와 집 주위에 오래 머물고 있어 그렇기도 하지만 이젠 젊음을 다 써먹었다는 소리가 몸에서 들리기도 하기 때문이다. 잘 가라 청춘아. 가겠다는 것은 보내야 한다는 것을 나는 나에게 배웠다.

소설집 한 권이 사람의 추위를 막아주기야 하겠는가마는 이웃의 하소연에 몸 떨다보면 어느 구석에서 한 홉짜리 번열이라도 만들어지지 않겠는가.

이 책이 팔려 올해는 딸아이 피아노를 사줄 수 있으면 좋겠다.

섣달 그믐밤에 한창훈